AMÈRE PILULE

Docteur Ellen GRANT
(Londres)

AMÈRE PILULE

LE « CONTRACEPTIF PARFAIT » EST-IL SANS DANGER ?

Préface
du Professeur Lucien Israel

O.E.I.L.
4, rue Cassette
Paris 6e

ISBN : 2.86839.136.2

SOMMAIRE

Préface

J'espère que ce livre aura du succès. Ses deux mérites essentiels sont à mes yeux, d'une part de souligner les dangers réels de la pilule, et d'autre part de montrer, indirectement, que le bouleversement des équilibres naturels comporte toujours, obligatoirement, un prix à payer. Minimiser ce prix est possible, nous le verrons, mais exige une connaissance des lois de la nature qui ne s'acquiert qu'à longue peine.

Aujourd'hui, à l'ère de la génétique triomphante, nous savons dans beaucoup de cas, nous soupçonnons dans la plupart, que les humains sont inégaux devant les agressions, qu'elles soient psychologiques, chimiques, médicamenteuses. Mais ce qu'il est impossible de savoir à l'avance, c'est quelles seront les perturbations provoquées, combien de personnes elles toucheront, quand elles se manifesteront, qui exactement elles toucheront.

Il faut, par exemple, vingt ans dans l'espèce humaine pour que se manifeste le potentiel cancérigène d'une drogue quelconque, et les résultats ne sont pas extrapolables d'une espèce à l'autre. Il peut en être ainsi des médicaments. Nombre d'entre eux, après avoir franchi avec succès les obstacles conduisant à leur mise sur le marché, doivent être retirés des années après parce qu'une toxicité imprévue et tardive s'est manifestée.

En dépit de tous les souhaits de ceux et celles qui appelaient de leurs vœux la « pilule », en dépit des précautions prises, il s'est avéré que la manipulation hormonale prolongée des cycles ovariens est nocive et toxique.

Laissons de côté les controverses relatives à l'incidence des cancers, qui ne seront pas résolues avant une période d'observation plus longue associée à une méthodologie plus stricte. Ce qui est déjà certain, c'est que les pilules contraceptives, même les plus faibles en principes actifs, entraînent des troubles de l'humeur et du comportement pouvant aller jusqu'à la dépression sévère, une prise de poids souvent irréversible et surtout des perturbations circulatoires importantes. Varices et varicosités, phlébites, coronarites, embolies pulmonaires, hypertension artérielle avec hypercholestérolémie, sont chez beaucoup de femmes jeunes la rançon de la pilule. Leur vie en est altérée et écourtée, parfois dramatiquement. Le tabac agit comme cofacteur dans tous ces cas. Une femme jeune qui fume et prend la pilule prend un risque vasculaire considérable. On sait aussi que la prise prolongée de pilules contraceptives dès le jeune âge rend plus aléatoires et plus délicates les grossesses ultérieures. Telle est la réalité, plus ou moins occultée par tous ceux qui voudraient tant qu'il n'en soit pas ainsi.

En fait, s'agissant d'autres domaines de la médecine il est vraisemblable que des produits entraînant de telles conséquences n'auraient jamais reçu l'autorisation de mise sur le marché. Des phénomènes culturels et politiques ont influencé les décideurs. Même s'il apparaît presque impossible aujourd'hui de bannir les pilules contraceptives, qu'au moins la vérité soit dite. Qu'au moins les choix des très jeunes femmes qui décident de les utiliser ne soient pas faits dans l'ignorance. Je me place ici au reste du point de vue de la responsabilité individuelle, non de celui de la prévention. Il est peu plausible que la connaissance des effets prévus de la contraception hormonale entraîne une diminution de son utilisation. Il n'en est ainsi ni pour le tabac, ni pour l'alcool, ni pour l'héroïne... En fait, la seule parade réside dans la science, si décriée par ailleurs aujourd'hui. C'est la mise au point de produits moins dangereux, d'utilisation intermittente, qui résoudra le problème. Et les chercheurs français avec Émile Baulieu sont sur la bonne route. Mais, d'ici là, combien de désastres ? Moi qui pense que les « médecines douces » n'ont d'autre intérêt que d'occuper les loisirs des malades atteints de maladies douces, que n'eus-je donné pour que toutes ces jeunes femmes demandent à l'homéopathie, à l'acupuncture, aux différentes approches « holistiques » les secrets de la contraception. Mais conscientes, quoiqu'elles en disent, des limites de ces pratiques, elles se tournent vers la seule médecine efficace. Or, dans ce domaine, celle-ci n'en est qu'à ses balbutiements. Les utilisateurs pressés essuient les plâtres.

Cela aurait pu être prévu. Nous qui savons combien fragiles et délicats, combien subtils et sophistiqués sont les équilibres physiologiques, comment n'avons-nous pas jeté l'alarme avant ? Corriger, même au prix de perturbations, un déséquilibre menaçant à terme, c'est la démarche même de la médecine. Et personne ne saurait vouloir attendre la perfection avant de traiter, ici et maintenant, une maladie autrement grave ou mortelle. Mais modifier une fonction naturelle, cela est bien autre chose. Il n'est pas plus ambitieux de mettre au point une contraception médicamenteuse fiable, réversible, sans danger, que de vouloir greffer à l'homme des branchies qui lui permettent une vie aquatique. Nous y arriverons peut-être un jour, mais pas avant que d'avoir singulièrement approfondi nos connaissances physiologiques et biochimiques. Nos connaissances grossières d'aujourd'hui n'autorisent que des résultats grossiers, incertains, dangereux.

Il est curieux que le même mouvement d'idées qui a voulu condamner les sociétés industrielles au nom de leur non-respect des équilibres naturels, ait prêché pour la libération sexuelle, ici et maintenant, par des procédés qui les perturbent gravement. Il est certain qu'un jour existeront des procédés contraceptifs aux dangers extrêmement minimisés pour l'individu — quoique les dangers pour l'espèce, pour nos sociétés, restent à mesurer. Il est certain aussi qu'un jour les hommes pourront fumer impunément, c'est-à-dire sans risquer l'insuffisance respiratoire, coronarienne, sexuelle ou les cancers bronchiques entre autres qui aujourd'hui frappent les fumeurs.

Mais aujourd'hui, nous n'en sommes pas là. Les partisans du « tout et tout de suite » font aux scientifiques un honneur que ceux-ci n'ont pas encore mérité.

Professeur Lucien ISRAEL

Avertissement

Je tiens à exprimer ici toute ma reconnaissance à mon époux Norman pour son inestimable soutien, ainsi que pour leur aide à tant de mes collègues et amis qui ont apporté leur contribution à mes travaux tout au long de ces vingt-cinq dernières années.

Parmi eux, le Dr Eleanor Mears, le Dr John Pryse-Davies, Mme Enid Vine, Mme Barbara Lamb, le Professeur Merton Sandler, le Dr Desmond Carroll, le Dr Franck Clifford Rose, Mr Ian Burn, le Dr Patricia Goldwin, le Dr Tim Steiner, le Dr Bruce Müller, le Dr Bill Ollier, le Professeur Victor Wynn, le Dr Gina Schœntal, le Dr Kitty Little, le Dr Richard Mackarness, le Dr John Mansfield, le Dr George Lord, le Professeur Jack Pepys, le Dr Ronald Finn, le Dr Len Mc Ewan, le Dr John Howard, le Professeur Derek Bryce-Smith, le Dr Stephen Davies, et le Dr Ifor Capel.

J'aimerais aussi tout particulièrement remercier Mme Belinda Barnes de Foresight, Mme Amelia Nathan Hill de l'Action Anti-Allergie, et Mme Wendy Fischer de l'Institut de Dyslexie. Mme Jean Robinson, ex-président de l'Association des Malades, a été consultée pour l'épidémiologie ; Mme Jane Galbraith, pour les données statistiques ; Betty (E.M.) Thornton a apporté les références clés, et ma collaboratrice Judy Kirby a tout coordonné. Le poids de la dactylographie a été assumé par Mmes Audrey Condry et Yvonne Tralls, ainsi que Deborah Goodall et Judy Kirby. Je souhaite encore remercier mon chargé d'affaires Deborah Rogers, et Judith Hannam, des Editions Elm Tree Books.

Chapitre I

UN CONTRACEPTIF NATUREL ?

Si les années soixante étaient dans le vent, les années quatre-vingt optent sans détour pour une vie saine. En vingt ans, nos objectifs sont bouleversés : on voulait passer du bon temps, maintenant on veut être en forme, et notre méfiance ne fait que croître à l'encontre des médicaments, des produits chimiques et de la médecine conventionnelle. Cependant un élément issu des années soixante entrave cette marche vers une vie plus saine, mettant en danger les générations futures : *la pilule.*

Comment la jeune femme moderne, enfermée dans ce système, peut-elle arriver à son désir d'une vie équilibrée et saine avec la peur latente des dégâts que causera en son corps les hormones stéroïdes ? Elle ne peut être rassurée par le catalogue interminable des recherches médicales qui s'étale à la une des journaux, des magazines, ou à la télévision. L'un sonne l'alerte au cancer, l'autre lance un démenti formel, un autre encore fait des tours de passe-passe avec les dosages hormonaux pour sortir « la » dose de sécurité mais, quels que soient leurs efforts, les médecins ne pourront donner à la pilule la pleine innocuité qu'en attendent les femmes. Comme des recherches il ne sort toujours que des contradictions, le ton des conseils change. On nous dit maintenant qu'aucun médicament n'est dépourvu d'effets secondaires, et que les risques de cancer, et de maladies vasculaires doivent être mis en balance avec les problèmes à la fois sociaux et médicaux de la grossesse. C'est un subtil équilibre de responsabilité qui signifie que les femmes devront dans l'avenir accepter de payer le prix d'une contraception à leur convenance. Il doit sauter aux yeux de toute femme que quelque chose va très mal dans la contraception. Deux modes de prévention sont devenus courants depuis ces deux dernières années : l'auto-examen du sein et les frottis du col utérin. Plus que des mesures d'hygiène, ces usages sont devenus pratique courante pour essayer d'endiguer l'augmentation alarmante des cancers du sein et du col de l'utérus, particulièrement chez les jeunes femmes. L'ironie de cette situation est que l'on presse les jeunes femmes d'examiner leurs seins, en même temps qu'on leur prescrit un médicament qui peut y susciter une maladie, et qu'on leur conseille de faire des recherches de routine de frottis du col de l'utérus à cause d'un lien possible entre leur contraception et le cancer. Si la prévention est la rengaine des années quatre-vingt, elle n'est pas logique avec elle-même.

J'ai pris part aux premiers essais de la pilule à Londres en 1961. Je travaillais comme assistante du Dr Gérard Suyer, consultant d'endocrinologie au « University College Hospital », et qui fut un des premiers médecins britanniques à tester les nouvelles hormones chez les femmes. J'avais entendu parler de cette méthode révolutionnaire de régulation des naissances pendant mes études à la Faculté de Médecine de Dundee et je compris aussitôt combien cette découverte était importante. Les essais de Londres furent conduits par le Conseil pour la Recherche sur le contrôle de la Fertilité et c'est avec un mélange d'orgueil, d'ignorance, d'appréhension et de confiance juvénile que je commençai mon tout premier stage clinique. Ce fut l'année suivante que la pilule fut mise à la disposition des femmes britanniques. La joie fut universelle devant la simplicité de la méthode, mais presque immédiatement les premiers effets secondaires graves — thrombose veineuse — furent rapportés en Amérique et en Angleterre.

À peu près à cette époque ma secrétaire à la clinique, qui prenait la pilule, s'effondra sous le coup d'une violente douleur à la jambe. Elle était atteinte d'une thrombose de l'artère iliaque, suivie d'une paralysie intestinale. Cet incident, toutefois, ne me détourna pas de mes recherches. Comme beaucoup de médecins à cette époque, je pensais que de tels événements mettant la vie en danger étaient rares, et que si nous essayions suffisamment de combinaisons différentes la pilule se révélerait sans danger. *Dix années plus tard je compris que c'était faux, et je cessai de la prescrire.* Durant ces dix ans je jonglai avec différents types et dosages de pilules afin d'éviter aux femmes des effets secondaires tels que la migraine, mais à la fin des années soixante, j'arrivai à la conclusion que toute femme présentant le moindre effet secondaire ferait mieux de remplacer la pilule par une méthode mécanique de contraception. J'eus la conviction que les deux hormones de la pilule causeraient toujours trop de maladies et que, tôt ou tard, la profession médicale en général serait de cet avis.

C'est l'inverse qui s'est produit. Nous avons fait l'expérience de plus de vingt années de mauvaise santé inutile chez les femmes, et maintenant une seconde génération est exposée aux effets nocifs des hormones stéroïdes. Mais, fait bien plus alarmant, alors que pendant les années soixante nous les donnions aux femmes mariées qui avaient déjà souvent atteint le nombre souhaité d'enfants, aujourd'hui des femmes de plus en plus jeunes se tournent vers la pilule, bien que quatre études[1]* aient déjà montré un risque accru de cancer du sein après un usage prolongé de contraceptifs oraux chez des femmes de moins de vingt-cinq ans qui n'ont pas eu encore d'enfants.

La pilule, toutefois, est un produit d'un si grand confort

* Voir notes, p. 235.

social et sexuel que ses conséquences tragiques vont continuer à être occultées jusqu'à ce que les femmes réalisent pleinement quelles sont les conséquences d'une telle facilité. Une ignorance voulue nous a conduits à fermer les yeux sur l'énorme augmentation de la mauvaise santé chez les jeunes femmes depuis l'introduction de la pilule et sur le fait que les effets de la pilule sur les allergies, les maladies vasculaires, la santé mentale, le cancer et les anomalies congénitales, *sont plus graves que les effets du tabac et apparaissent beaucoup plus rapidement.*

Chacun espère que demain une pilule « sans danger » sera découverte ; et en attendant, des chercheurs optimistes ont essayé de nous démontrer que la pilule pouvait protéger de certaines maladies, telles que les tumeurs bénignes du sein. Mais il s'agit d'un de ces cas où les statistiques peuvent déformer la vérité. En fait, la pilule déstabilise les femmes à système immunitaire faible, en produisant rapidement chez elles des effets secondaires qui les poussent à l'abandonner. Un médecin peut cesser de prescrire la pilule à une femme qui présente des tumeurs bénignes du sein, ou ne pas autoriser à la prendre d'emblée [2] une autre femme qui présente des facteurs de risque. Ainsi, ce sont les femmes qui ont le plus solide système immunitaire qui continuent à utiliser la pilule. Les chercheurs étudient ces femmes et déclarent que la pilule les a protégées d'une maladie bénigne du sein ! En réalité, ce sont les femmes qui présentaient de simples tumeurs bénignes du sein qui ont arrêté la prise de la pilule plus tôt qu'il n'est d'usage, tandis que celles qui développent un cancer du sein, ont pris la pilule plus longtemps. La situation est largement compliquée du fait que, alors que de larges doses d'hormones stéroïdes sont parfois utilisées pour supprimer des tumeurs bénignes du sein, ce sont les petites doses présentées dans la plupart des pilules qui peuvent en provoquer l'émergence.

Quand un remède a été utilisé régulièrement pendant de nombreuses années, il devient presqu'un élément de la culture populaire, et il est aussi dur pour les médecins que pour les patients de l'abandonner. Les tranquillisants, introduits dans la même décade que la pilule, sont devenus le soutien principal d'une foule de gens qui les ont pris quotidiennement parfois pendant vingt ans. Une pression économique du Gouvernement, ajoutée à un récent mouvement de réaction contre eux, a convaincu les médecins généralistes de moins prescrire ces drogues sédatives. Bien qu'on ait toujours considéré ces tranquillisants comme inoffensifs et ne créant pas d'accoutumance, quelques-uns des utilisateurs de longue durée ont découvert qu'ils avaient presque tous les symptômes de l'accoutumance aux narcotiques, lorsqu'ils tentaient de s'en sevrer.

Inondés comme nous le sommes sous le flot constant des alertes aux médicaments et des tragédies dues à leur abus dont nous abreuvent les journaux, et débordés par les créations d'organismes luttant pour obtenir réparation des dommages causés aux victimes, je m'étonne de ce que la pilule parvienne à résister à l'impopularité dans notre climat anti-drogue actuel. En dépit d'un intérêt fortement affiché pour tout ce qui est juste, *donnons-nous en fait à la liberté sexuelle plus de prix qu'à la santé ?*

⁂

Nous étions assis dans une salle de lecture claire et ensoleillée de l'École de Médecine de Dundee quand nous entendîmes pour la première fois parler de la pilule. Notre conférencier nous dit qu'une méthode révolutionnaire de contraception, qui agissait par blocage des hormones du cerveau, avait été découverte en Amérique et que des essais sur une grande échelle avaient déjà commencé à Porto Rico. Ma première réaction fut de surprise. C'était là la solution magique à un dilemme humain vieux comme le monde : la médecine mise au service pratique de l'homme. Ce que je ne pouvais pas savoir alors, c'est quel serait le revers de l'histoire de cette victoire de la science, mais à l'instant d'une découverte, qui donc en demande le prix ?

Le rôle des hormones dans le contrôle des naissances, qui a surgi à la une des journaux de façon si fracassante au cours des années 1950, fut décrit pour la première fois au XIXe siècle, lorsque les physiologistes commencèrent à être sur la piste de ces messagers chimiques.

Il devint évident à plusieurs chercheurs qu'un agent chimique voyageait à travers le courant sanguin pour communiquer informations et directives aux organes cibles. Le lien avec le contrôle des naissances apparut à la fin du siècle, quand fut faite une découverte cruciale. Un chercheur trouva que les sécrétions d'une vésicule, colorée de jaune dans l'ovaire, empêchait la libération d'autres ovules, dès qu'une grossesse avait commencé. La substance n'avait alors pas de nom et ce n'est qu'en 1905 que le mot « hormone » (du grec « J'excite ») apparut sur la scène scientifique. Trois ans plus tôt, une importante expérience dans un laboratoire de Grande-Bretagne avait décrit comment le pancréas produisait des sucs digestifs sur instructions venant du duodénum : l'existence du messager chimique était établie. *En 1921* (l'année où fut découverte l'insuline), *un médecin autrichien identifia les sécrétions du corps jaune comme des hormones et déclara qu'elles pouvaient être utilisées comme contraceptifs.* On découvrit plus tard que ces hormones naturelles consistaient en plusieurs types d'œstrogènes et en une progestérone.

Les hormones naturelles produites par notre corps nous sont propres. Elles sont « faites » avec soin et précision pour répondre à nos besoins individuels heure par heure ; elles sont continuellement dirigées par des mécanismes rétroactifs sensibles. Elles nous servent à organiser un grand nombre de nos fonctions corporelles, et même à maîtriser le stress. Les hormones sexuelles œstrogène et progestérone proviennent dans notre corps d'une substance grasse appelée cholestérol. Cependant, aussi bien que puissent les hormones de synthèse imiter celles de notre propre fabrication, elles resteront toujours des substances étrangères, et chacun de nous peut y réagir d'une manière différente. L'évidence s'impose par les faits ; aujourd'hui des femmes et des enfants deviennent allergiques à leurs propres hormones, peut-être à la suite de la prise par les femmes de contraceptifs oraux*.

Une fois les hormones « découvertes », les fabricants se mirent à les produire synthétiquement. On commença par utiliser chez les femmes les hormones sexuelles animales pour limiter les taux élevés de la grossesse et empêcher l'ovulation. Mais il s'avéra que la production animale était trop difficile et coûteuse pour répondre à une demande que l'on prévoyait universelle. En 1928, la firme allemande Schering fut la première à extraire les œstrogènes des ovaires des truies, mais il fallait quatre tonnes d'ovules pour extraire 25 milligrammes seulement d'estradiol ! Plus tard la progestérone fut extraite des racines d'un igname sauvage mexicain, mais on ne pouvait la prendre par voie orale car elle est presque complètement détruite dans l'appareil digestif. On l'utilise aujourd'hui par injection et suppositoires pour traiter le syndrome prémenstruel selon l'idée, fréquemment erronée, que les femmes qui souffrent des problèmes de règles manquent de progestérone.

Les années antérieures aux premiers essais de la pilule virent les firmes de médicaments rivaliser entre elles pour découvrir une méthode économique de production d'hormones susceptibles d'être prises par voie orale. La percée révolutionnaire vint avec la fabrication de testostérone artificielle. Des dérivés de cette hormone mâle sont présents dans presque toutes les pilules d'aujourd'hui, bien qu'un petit nombre d'entre elles proviennent de progestérone artificielle. Ces dernières sont synthétisées dans les laboratoires, à partir d'un cholestérol extrait du suint, de la bile de bovins ou des

* N.D.T. : Par exemple, diabète, certaines stérilités....

stéroïdes de plantes. Les laboratoires Schering et la firme américaine Syntex furent les premiers à produire ces hormones actives par voie orale qui imitent la progestérone. En Europe, ces médicaments furent connus sous le nom de progestatifs et, en Amérique, de progestines.

Les animaux réagirent de multiples façons aux préparations de la nouvelle hormone. Ils subirent des modifications du métabolisme de leurs hydrates de carbone, leurs graisses et leurs protéines, et des altérations de leur équilibre en sel et en eau.

Les effets des hormones mâles ou femelles pouvaient être bloqués ou stimulés, et les actions de plusieurs hormones cérébrales étaient bloquées. Données pendant la gestation, elles produisaient parfois chez les animaux des anomalies chez leur progéniture.

Plus tard, je crus bon d'écrire, avec ma collègue le Dr Eleanor Mears, au *British Medical Journal*[3] pour déclarer que les effets sur la femme « ne sont pas nécessairement les mêmes que les effets sur les animaux ». Nous étions trop optimistes. *Les expériences sur les animaux se sont révélées d'excellents prophètes des effets sur les êtres humains, en particulier quant à leur pouvoir de provoquer un cancer.*

Ce n'était pas une découverte nouvelle, que les œstrogènes données expérimentalement aux animaux provoquent des cancers du sein en poussant à la croissance rapide des cellules (c'était connu en 1932) ; mais en dépit de cela, la plupart des contraceptifs oraux, aujourd'hui, sont un mélange d'œstrogènes et de progestatifs. Les premiers essais de pilule en Amérique utilisaient la progestine seule, à cause du risque de cancer dû aux œstrogènes, mais les premières pilules essayées cliniquement par le Dr John Rock, un gynécologue d'Harvard, n'étaient pas tout à fait pures : elles contenaient un peu d'œstrogènes. Et quand les pilules de progestine pure furent données, les femmes se plaignirent de trop saigner. On n'avait pas réalisé alors que pour un bon contrôle du cycle, la progestine avait besoin d'un certain degré d'activité œstrogénique, car une activité trop faible provoquait aussi des saignements irréguliers.

Le Dr Rock et le Dr Gregory Pincus firent tester la première pilule combinée dans les années 1950, sur un groupe volontaire d'Harvard et sur quelques malades mentaux chroniques.

Des hommes et des femmes prirent parallèlement un premier type d'Enovid (10 mg), lequel arrêta avec succès l'ovulation chez les femmes et, momentanément, la production de sperme chez l'homme. Mais on écarta rapidement les hommes de ces essais, quand l'un d'eux présenta des testicules ratatinés, preuve visible que quelque chose allait mal.

La « pilule pour homme » semble avoir piétiné devant cet obstacle. Mais plus tard, même la mort inexpliquée de trois femmes de Porto Rico qui participaient aux essais sur la pilule n'entrava pas sérieusement le progrès[4]. *Depuis lors, des millions de femmes du monde entier ont pris part à la plus grande expérience de masse de l'histoire sur la pilule, et l'on pensa que le spectre de la surpopulation courait à sa fin.*

Comment agissent les hormones sexuelles féminines ?

— Une femme naît avec, dans ses ovaires, une réserve d'ovules pour sa vie entière ; ceux-ci reposent dans la cavité pelvienne de chaque côté de la matrice. Ils sont contrôlés par une horloge « biologique » qui peut agir efficacement jusqu'à quarante années consécutives L'horloge, située dans l'hypothalamus et l'hypophyse à la base du cerveau, envoie des messages chimiques, les hormones, qui stimulent le développement et la libération des ovules. Les hormones cérébrales contrôlent également la sécrétion en œstrogènes et en progestérone de l'ovaire.

— Dans la première moitié du cycle menstruel, l'hormone stimulante du follicule (F.S.H.) développe un ovule tandis que sa vésicule protectrice sécrète des œstrogènes. La production d'œstrogènes apparaît juste avant l'ovulation, et l'ovule s'échappe de sa vésicule protectrice. La vésicule rompue devient jaune et est connue sous le nom de corps jaune. Elle sécrète alors la progestérone de même que plusieurs œstrogènes. La progestérone est tout simplement « une stéroïde qui prépare la grossesse », et sa production est stimulée par l'hormone lutéinique de l'hypophyse (L.H.).

— Les œstrogènes épaississent la paroi interne de la matrice après que les préparatifs internes du cycle précédent aient été évacués durant le saignement menstruel. Les œstrogènes stimulent aussi les cellules qui garnissent les glandes afin de les faire grossir rapidement, se diviser et proliférer.

— Après l'ovulation, la progestérone ordonne à ces cellules de sécréter une mixture d'amidon et de graisse dans l'espoir de nourrir une nouvelle vie. Dans le même temps, ces hormones ont la charge d'élargir les vaisseaux sanguins, afin d'apporter plus de sang, et de former le placenta.

— En cas de grossesse, un ovule est propulsé dans une trompe de Fallope jusqu'à ce qu'il rencontre un spermatozoïde qui nage à sa recherche. Habituellement, un seul spermatozoïde pénètre dans un ovule*, lequel immédiatement se divise en une masse de cellules qui alors se nide, peu de jours après, dans la paroi de la matrice. Les taux des hormones sexuelles œstrogène et progestérone s'élèvent et la libération d'ovules s'arrête.

— Les taux d'hormones continuent à s'élever durant la grossesse et, du fait de leur taux élevé dans le corps, le cerveau cesse de sécréter les hormones stimulant l'ovulation. *C'est cette action que les hormones synthétiques imitent, trompant continuellement le cerveau en lui passant une information de grossesse.*

* N.D.T. : Une vie humaine commence.

— Pendant la grossesse, l'embryon qui se développe sécrète une hormone appelée « H.C.G. », qui stimule la sécrétion croissante d'œstrogène et de progestérone du corps jaune pendant les trois premiers mois. Plus tard, le placenta prend le relais de la sécrétion d'hormones jusqu'à ce que le bébé signale qu'il est prêt à naître, presqu'exactement neuf mois à partir du premier jour de la dernière période menstruelle. Davantage de progestérone se transforme en œstrogènes, ce qui fait soudain tomber le taux de progestérone. La production d'œstrogènes augmentant, les douleurs du travail commencent et le bébé naît quelques heures plus tard.

— *La pilule réalise une castration médicale.* Les cycles menstruels normaux et la production normale d'hormones cessent. Deux jours après l'arrêt de la pilule, la chute des taux d'hormone artificielle provoque un saignement réactionnel. Une femme qui prend la pilule n'a pas de périodes menstruelles normales.

— Voir la liste des préparations hormonales, p. 221.

Chapitre II

LES ESSAIS DE LONDRES

L'équilibre hormonal : des manipulations dangereuses

On croit en général que chaque femme peut trouver une pilule qui convient à son équilibre hormonal personnel. En fait, les pilules classiques ont toutes un dosage hormonal presque identique.

La perspective d'une planète surpeuplée fut l'argument initial pour mettre au point une méthode simple et à toute épreuve, de contrôle de l'explosion démographique redoutée. La pilule aurait pu être acceptée n'importe où par des couples de classe moyenne, mais la recherche primitive avait le Tiers Monde en tête. En Amérique, l'argent nécessaire à l'expérimentation des contraceptifs oraux fut réuni par Margaret Sanger, vétéran de la campagne pour les droits de la femme ; et son intervention accrédita le mythe que la pilule faisait partie de la libération de la femme.

Mon entrée dans la révolution du birth-control se fit en 1961. J'avais vingt-six ans et je travaillais comme assistante du Dr Gérald Swyer, consultant d'endocrinologie à l'Hôpital du Collège Universitaire de Londres.

Il était avec le Dr Gregory Pincus, coprésident du comité consultatif sur la contraception orale auprès de la Fédération Internationale du Planning familial. C'était un groupe prestigieux de cinquante scientifiques — médecins, mais il n'y avait que six femmes parmi eux. *L'on me demanda si j'acceptais de tester la nouvelle pilule contraceptive pour le Planning Familial. Il s'agissait d'une consultation rémunérée, deux ans seulement après mon doctorat. C'était une offre excellente.*

D'autres raisons firent que j'acceptai immédiatement. De mes plus lointains souvenirs d'enfance, j'avais retenu qu'il n'y avait rien de plus grave au monde que le problème de la surpopulation. Je revoyais mon Écossais de père, évoquant les conséquences d'une trop grande population, les guerres, la pauvreté, la famine, la pollution. Il était fortement impressionné par cette menace contre la civilisation, et tout au long des années il m'avait transmis cette inquiétude. Je fus donc très satisfaite que l'on me demande de participer aux premiers essais à Londres.

Au cours des essais des années cinquante et soixante, on distribua de grandes quantités des deux hormones sous forme de pilules combinées, en Amérique, au Mexique et à Porto Rico. Bien qu'il y ait toujours eu une grande proportion d'irrégularité de prise quel que soit le type de pilules, les doses élevées étaient remarquablement bien tolérées. Elles imitaient (agissaient comme) les taux élevés d'hormones des six derniers mois de la grossesse quand les femmes se sentent bien et paraissent heureuses. Cependant, elles se plaignaient communément de nausées et, autre problème, d'un arrêt trop prolongé de la sécrétion de la glande hypophyse, d'où l'absence de retour du saignement (aménorrhée). Pour éviter cet écueil, on essaya plusieurs dosages de pilules, en coupant les doses de moitié à chaque fois.

À Londres, l'objectif était de chercher le dosage le plus faible, susceptible de stopper l'ovulation. Aujourd'hui, les femmes ont l'impression que la recherche pour une pilule faiblement dosée est récente, mais c'est précisément ce que nous faisions dans les essaïs de Londres pendant les années soixante. Mes premiers travaux ont souvent été écartés sous le prétexte erroné que je ne parlais qu'à propos de hautes doses de progestatifs. Déjà toutes les pilules habituellement utilisées devaient avoir une dose suffisamment élevée de progestatifs, sans quoi il risquait de se produire une brutale hémorragie. Les récentes tentatives pour utiliser des pilules le plus faiblement dosées possible, ce que nous écartions dans les années soixante, ont abouti à un plus grand nombre de grossesses, lorsque le cycle de la pilule avait été interrompu, ou bien quand des antibiotiques avaient été pris contre une infection. Les femmes ont plus de risques de concevoir avec ces pilules dites plus « sûres », et c'est pour cela que nous les avions écartées. Alors que nous cherchions à déterminer les pilules les mieux équilibrées en hormones, provoquant le moins d'effets secondaires chez les femmes britanniques, le but réel des essais de Londres était uniquement de découvrir la dose efficace contre toute grossesse.

Le Dr Eleanor Mears, secrétaire médicale du F.P.A.* avait déjà utilisé les hormones chez un petit nombre de patientes. C'était une organisatrice de premier ordre. Elle tenait les formulaires d'essai tout prêts pour mon usage et offrit d'assumer mon stage au cas où mon petit garçon tomberait malade. Rassurée par ce soutien, je commençai ma tâche avec grand enthousiasme.

L'enthousiasme régnait dans les cercles du F.P.A. à cette époque. C'était contagieux. Les rares médecins qui prescrivaient la pilule étaient demandés comme conférenciers dans les cliniques de tout le pays, avec leurs histoires de patientes ravies dont la vie sexuelle était enfin devenue simple. Typique était la réaction d'une femme qui me dit : « À présent mon mari m'offre des fleurs. » Si les femmes aimaient la simplicité de la méthode, les médecins voyaient la fin de l'escalade dangereuse de la population mondiale. Mais pendant

* Family Planning Association (Planning Familial).

qu'ils se préparaient d'avance à un décollage national en flèche, le Dr Mears et moi-même avions affaire à des problèmes plus immédiats.

Notre étude englobait des milliers de femmes à Londres, et plus tard à York, Édimbourg, Liverpool, Birmingham, Newcastle et Glasgow. Il y avait alors sept progestatifs et deux œstrogènes synthétisés en laboratoire, et nous testions trois types de pilules combinées, dans lesquelles deux hormones étaient données ensemble dans une même pilule pendant vingt ou vingt et un jours, suivis d'un arrêt de sept jours ; les pilules séquentielles, en général des œstrogènes pendant vingt jours, plus un progestatif associé les cinq derniers jours, suivis d'un arrêt de sept jours ; enfin, un progestatif seul, avec prise d'une pilule chaque jour.

Chacun des laboratoires pharmaceutiques engagés firent don de pilules et de fonds au Conseil pour les essais cliniques des différents produits, contrairement à l'Amérique où chaque centre de recherches cherchait à se faire financer par une grande société. Les femmes volontaires se faisaient enrôler au quartier général du F.P.A. à Londres. C'était des femmes mariées de vingt-cinq à quarante-quatre ans, en bonne santé, de poids normal, et qui avaient fait preuve d'une fertilité supérieure à la moyenne. Des travaux en Amérique avaient établi que seul un couple sur trois réussit à mettre une grossesse en route dans les deux mois ; mais nos dames avaient un score bien meilleur : neuf sur dix étaient devenues rapidement enceintes et en fait, la moitié d'entre elles avaient déjà eu des grossesses accidentelles. Néanmoins, elles acceptaient de courir le risque de futures grossesses accidentelles car elles calculaient que ce risque était moindre avec la pilule qu'avec d'autres méthodes, point de vue qui s'avéra quelque peu erroné quand plusieurs femmes, un peu plus tard, devinrent enceintes avec les pilules moins dosées.

Mon rôle consistait à relever avec soin l'histoire de chaque femme et de lui faire un examen complet : contrôle du poids, de la tension artérielle, et une recherche de l'anémie. Tous les six mois, j'envoyais aux anatomo-pathologistes des frottis vaginaux et cervicaux, et de petits prélèvements du revêtement interne de la matrice.

Nous n'enrolâmes pas dans nos premiers essais de groupes de « femmes contrôles »* utilisant des méthodes différentes comme les capotes. Normalement, dans les études en double aveugle, deux groupes sont contrôlés en même temps, mais les contraceptifs oraux étaient un cas particulier. Si, par exemple, on essayait un nouveau comprimé pour le rhume des foins, la moitié des volontaires recevraient des placebos**, pratique qu'on ne pouvait pas utiliser avec des femmes qui avaient besoin d'une protection contraceptive.

À cette époque, les femmes payaient en général leurs capotes, crèmes, pessaires et condoms à la F.P.A., et seules les volontaires des essais avaient la gratuité du birth-control. Comme les laboratoires payaient pour faire les tests, il ne paraissait pas pensable de leur demander de payer pour les méthodes mécaniques afin d'inclure un groupe de contrôle dans les essais. Toutefois, à l'époque, cela n'apparaissait pas comme un obstacle aux essais alors que le but était de trouver les pilules les plus acceptables pour la majorité des femmes. Ce n'est qu'à la fin des années soixante quand le N.H.S.*** commença à payer pour la contraception que prirent place les essais pleinement contrôlés.

Nous essayâmes à toutes fins utiles plus de soixante-dix combinaisons différentes de deux œstrogènes et de sept progestatifs, et ce fut une satisfaction particulière de découvrir qu'aucune de nos volontaires très fertiles

* « Groupe contrôle » ou « femmes contrôles » : groupe de femmes n'étant pas exposées au médicament testé, mais recrutées selon les mêmes critères d'âge, de nombre d'enfant, d'exposition au tabac, ou autres... Leur évolution sera comparée avec celle des femmes traitées.

** Placebo : comprimé semblable au comprimé actif, mais n'ayant aucune action.

*** N.H.S. : *National Health Service.*

ne devint enceinte en prenant la première pilule que nous ayons testée.

Mais mon premier enthousiasme commença à chanceler. Quelques tendances déroutantes se dessinaient. Bien que dans tous les centres d'essais on ait enregistré fidèlement les hémorragies brutales chez des volontaires pendant qu'elles étaient sous pilule, les effets secondaires semblaient rapportés plus arbitrairement. Il semble que l'on ne notait ces effets que lorsque le médecin concerné pensait à poser des questions précises sur les maux de tête, la dépression ou l'anxiété. Nombreux sont les médecins qui estiment important de ne pas encourager les femmes à imaginer des symptômes « névrotiques ». Il existe une tendance à minimiser les multiples plaintes des femmes, réputées exagérées. Souvent, on n'interrogeait pas les femmes directement sur de possibles symptômes, de crainte de leur en mettre l'idée dans la tête.

Tandis que nous nous préparions à ajouter à notre première publication de résultats, quelques-uns des effets désagréables que les femmes m'avaient rapportés, il nous fut reproché d'insister sur les aspects négatifs du remède, alors que ses bienfaits dépassaient les espérances. Notre premier rapport dans le *British Medical Journal* en 1962[1] montra qu'aucune de nos 100 volontaires n'était devenue enceinte, que leurs règles étaient régulières, avec réapparition du saignement deux jours après l'arrêt de la pilule ; les écoulements étaient plus fluides, elles avaient moins de crampes et de tension prémenstruelle, et chez quelques femmes les seins étaient moins douloureux et sensibles. Le contrôle des cycles était excellent, avec seulement deux cas sur cent de forte hémorragie. Mais l'envers de l'histoire, c'était que les femmes se plaignaient aussi d'une parfaite migraine classique, de perte de la libido et de dépression. *Les plaintes de migraine, parfois éprouvées pour la première fois, se multipliaient.* Une femme qui désespérait de limiter sa famille essaya quatre préparations différentes, mais finissait toujours par se retrouver alitée avec des migraines tellement sévères que ses voisins devaient s'occuper de ses enfants. Je parle d'expérience : personne ne peut se figurer les symptômes de la migraine classique avec son altération de la vue, la douleur et les nausées qui l'accompagnent. Je ne pouvais pas attribuer ces symptômes à des causes seulement psychiques.

Les scientifiques qui travaillent sur les animaux — je devais les rencontrer aux réunions annuelles de la Société pour l'Étude de la Fertilité — ne proposent pas d'ordinaire d'explications psychologiques aux comportements de l'animal, bien que les animaux puissent réagir aux excès de stress, tout comme les humains. Mais il est possible de mesurer les modifications physiques, et c'est cela que je voulais faire avec mes patientes. La chance, l'occasion se présenta d'elle-même quand l'anatomo-pathologiste qui étudiait les biopsies de l'endomètre pour les essais décida d'émigrer et que l'on m'offrit le poste. *Ceci me donna la chance de voir au microscope l'effet de la pilule sur la matrice.*

Je découvrais avec beaucoup d'intérêt les raisons physiques des effets secondaires que l'on me rapportait. Je dus faire l'expérience inutile d'assister à des séminaires de conseil psychosexuel qui, pensait le Dr Mears, pourraient m'aider à prendre en mains les femmes qui se plaignaient d'une perte de la libido. Elle me suggéra que lorsque certaines femmes qui prenaient la pilule perdaient le goût des relations sexuelles, il pouvait y avoir une raison psychologique. Elles pouvaient avoir placé leurs espoirs dans la pilule pour résoudre quelques difficultés sexuelles et, quand elles étaient déçues sur ce plan, inventer un effet secondaire à incriminer. À mon avis, ce n'était pas un argument valable dans tous les cas. J'étais troublée par les énormes changements d'humeur causés par les différentes pilules, la prise de poids (chez certaines), les maux de tête et la dépression ; la chance m'avait donné le meilleur des instruments possibles pour rechercher ces différences : mon microscope.

Je pouvais examiner les lamelles biopsiques pendant que mon petit garçon allait à l'école maternelle et que sa petite sœur dormait dehors dans son landau.

Peu après que je me fusse accoutumée aux aspects de la paroi interne de la matrice pendant les différents jours du cycle normal, et mise à établir le catalogue des changements opérés par les différentes pilules, je fis une découverte excitante. Un prélèvement présentait un tissu fin et rétréci, typique de l'effet d'un progestatif, mais il y avait aussi un gros amas de petites artères à parois épaisses appelées artérioles. La femme sur qui avait été fait ce prélèvement avait été hospitalisée pour de sévères attaques de migraines, pour dépression et perte de la libido. Son prélèvement biopsique avant la prise de pilule avait paru normal avec de grosses glandes et seulement un petit amas d'artérioles. À présent, sa matrice présentait des artérioles si proéminentes, que je me demandais s'il n'y avait pas quelque rapport avec le fait que, avec cette pilule, elle ait des attaques de migraine. Je me souvenais avoir lu des rapports du Dr Edris Rice-Wray à Mexico, disant que certaines femmes avaient d'étranges dessins vasculaires dans leur endomètre. J'étais convaincue qu'une relation existait. Nous donnâmes à cette femme une pilule différente avec quatre fois moins de progestatifs, mais avec la même dose d'œstrogènes que la pilule qu'elle prenait. Sa dépression diminua et sa migraine disparut. Mais, à présent, elle avait les veines des jambes douloureuses et des vertiges. Son prélèvement de matrice ne montrait pas d'amas d'artérioles mais au lieu de cela de petites veines dilatées. Je me demandai si cela ne signifiait pas que les vaisseaux de l'endomètre reflétaient des modifications, non seulement des artères de la tête mais aussi des veines de tout le corps.

À ce moment-là, j'avais remarqué que de plus en plus de femmes qui présentaient de gros amas d'artérioles de l'endomètre avaient aussi des maux de tête ou de la migraine. Pourquoi ces femmes devraient-elles avoir des vaisseaux paraissant plus nombreux, et s'épaississant plus vite que d'autres sous stimulation hormonale ? Le problème n'est pas encore résolu. Le Dr Kitty Little, scientifique d'Oxford, écrivit plus tard que les dérivés mâles de la pilule, les nortestostérones, développaient chez les animaux les vaisseaux sanguins de telle sorte qu'ils devenaient plus épais et moins réguliers que la normale. Ce qui était évident, toutefois, c'est que certaines femmes étaient plus sensibles que d'autres. Je repris 200 prélèvements biopsiques sur des cycles normaux de nos volontaires avant la prise de pilule, et je constatai que quelques-unes avaient davantage d'amas d'artérioles pendant les premiers temps de leurs cycles menstruels. C'étaient ces femmes qui avaient le plus tendance aux maux de tête[2].

Sur les 500 premières femmes enrôlées chez nous, 10 pour cent avaient des maux de tête avant d'avoir pris la pilule, en général juste avant ou pendant les règles, ou à d'autres moments de stress hormonal comme la puberté, l'accouchement ou même lors d'un stress mental ou physique. Un plus faible pourcentage disait avoir de la migraine. Ces deux groupes avaient tendance à avoir de forts maux de tête avec n'importe quelle pilule, mais nous découvrîmes alors que certaines combinaisons de pilules donnaient la migraine à jusqu'à six femmes sur dix au cours de leurs premiers douze cycles de pilules, quelques-unes pour la première fois de leur vie.

Toutes les pilules n'avaient pas cet effet. Certaines provoquaient des maux de tête à une femme sur dix seulement, et même quelques volontaires cessèrent d'en avoir. Une pilule, celle qui contenait les doses les plus élevées d'œstrogènes et de progestérone, prévenait de tels symptômes prémenstruels chez presque tout le monde. Les hautes doses de stéroïdes supprimaient les maux de tête et les modifications de l'humeur, mais aussi avaient tendance à causer une aménorrhée, une absence totale de saignement.

Pendant cette bataille des dosages, nous finîmes par comprendre que ce n'étaient pas les doses élevées ou faibles de progestérone qui causaient le plus de maux de tête, mais la dose moyenne lorsqu'elle était combinée avec la même dose d'œstrogènes. Nous trouvâmes qu'il y avait une combinaison à dose-sommet pour ce qui est des maux de tête. Nous essayâmes trois doses d'œstrogènes avec la même dose de progestatifs, et c'était encore le chiffre moyen qui était le coupable. Les pilules composées causaient plus de maux de tête que les œstrogènes ou les progestatifs utilisés séparément. Mais le hic était que les pilules à dose unique avaient leurs propres inconvénients — en particulier des saignements irréguliers et des grossesses imprévues.

J'arrivai à la conclusion que la clé était dans les proportions. Une modification aussi faible que 15 microgrammes d'œstrogènes ou un demi-milligramme de progestérone pouvait faire la différence entre une pilule qui cause beaucoup de maux de tête, ou très peu[3].

Les hormones et le mal de tête semblent aller de pair dans le cycle normal. Il y a une chute d'œstrogènes dans le sang à l'ovulation, et de nouveau, juste avant les règles. Ce sont là les moments où les femmes peuvent éprouver des maux de tête, bien que la phase prémenstruelle semble en provoquer davantage. Les vaisseaux sanguins deviennent alors plus sensibles aux modifications biochimiques, parce qu'ils sont développés et altérés par les hormones du cycle. Comme cela arrive, ce sont les mêmes actions chimiques qui contrôlent à la fois les réactions de nos vaisseaux sanguins, et celles de notre humeur et de notre comportement. Ces actions chimiques sont également altérées par les modifications hormonales et le régime alimentaire, et elles ont tendance à passer la barrière entre le sang et les tissus cérébraux à l'époque des règles. Ceci explique pourquoi des femmes ont des maux de tête avant les règles si elles mangent du fromage, du chocolat, des oranges, ou boivent de l'alcool, alors qu'à d'autres périodes du mois, elles les mangent sans conséquences.

Un neurologue australien[4], qui étudia des femmes atteintes de migraines, trouva que les taux d'œstrogènes et de progestérone de leur sang variaient beaucoup avant les règles. Leurs migraines survenaient quand les taux d'œstrogènes tombaient, même lorsque leur production de progestérone restait élevée. C'était une étude intéressante et qui allait contre le traitement à la mode du syndrome prémenstruel, lequel consistait à donner la progestérone, dans la croyance souvent erronée, que toutes les femmes qui souffraient manquaient de progestérone, quoique certaines femmes aient vraiment une chute de leur progestérone avant la baisse de leur taux d'œstrogènes. La suppression des symptômes par des doses massives de stéroïdes pouvait procurer un bien-être temporaire[5]. Mais j'ai vu beaucoup de femmes chez qui les symptômes et les réactions allergiques devenaient extrêmement graves à la suite de cette soi-disant thérapeutique « naturelle » à la progestérone. Un traitement de la tension prémenstruelle de ce type provoqua chez l'épouse d'un médecin, âgée de trente-cinq ans, une ménopause précoce. Un an après, elle se sent encore malade et extrêmement fâchée qu'on lui ait prescrit un remède aussi drastique.

Au début des essais de Londres, nous essayâmes sans fin de trouver les bonnes combinaisons de doses pour empêcher les femmes volontaires d'avoir des effets secondaires. Des maux de tête affectaient jusqu'à soixante pour cent des femmes dès la première année de prise de ces pilules progestatives qui avaient un effet sécrétoire tardif prolongé, et entraînaient un développement prononcé des artérioles de l'endomètre. Mais quand je mis sur le tapis la question des maux de tête et de la migraine — ce que je considérais comme un signe et un avertissement précoce — à un meeting du Conseil où l'on discutait du marketing à venir de l'une des pilules, la réaction des membres me stupéfia. *Il y eut un silence total.* Ce silence, perçu à tant de réunions médicales depuis ce jour, semble s'être transformé en une clameur assourdissante !

Et pourtant nous savions très bien que s'il était aisé de prévenir les maux de tête en changeant le dosage des pilules, nous courions au-devant d'autres problèmes. En 1964[6], je publiai une méthode pour évaluer l'équilibre hormonal d'une pilule d'après les modifications de la matrice. Pendant les mois précédant l'emploi de la pilule, des échantillons d'endomètre de deux cents femmes montrèrent un épaississement dans la première moitié du cycle. La sécrétion apparaissait sous les noyaux des cellules (les vacuoles subnucléaires) entre les seizième et dix-huitième jours, signe que les femmes avaient ovulé et qu'elles se mettaient à sécréter de la progestérone. La paroi interne de la matrice continuait à s'épaissir, et la sécrétion se vidait dans les grosses glandes, prête à nourrir un embryon conçu. Dans les tout derniers jours du cycle, les vaisseaux de l'utérus s'élargissaient et se dilataient. C'était tout à fait différent quand les femmes prenaient une pilule combinée de progestatifs. Je pouvais à peine trouver quelque tissu, et la croissance était faible. Le revêtement était très mince avec quelques rares petites glandes disséminées. Comme l'on commençait à prendre les pilules le cinquième jour du cycle, je pouvais voir une sécrétion pendant deux ou trois jours, mais ensuite il n'y avait que peu d'activité pendant le reste du cycle. Cependant, certaines femmes présentaient des vaisseaux sanguins étonnamment gros, comme je l'avais justement décrit. Par contraste les pilules séquentielles, où les œstrogènes étaient donnés de dix à quinze jours avant l'addition de progestèrone, provoquaient une épaisse surcroissance de glandes et de tissus.

Je démontrai que si la sécrétion apparaissait du septième au onzième jour, cette pilule donnerait aux femmes des cycles réguliers. Sur à peu près quatre-vingt-seize cycles sur cent, elles auraient un saignement deux jours après avoir arrêté leurs pilules. Quand je voyais les sécrétions (vacuoles) pendant presque tout le cycle, les femmes saigneraient probablement avant d'avoir pris leurs vingt pilules. Par exemple, si une pilule provoquait des vacuoles du dixième au vingtième jour, les femmes saignaient tôt pendant presque la moitié de leurs cycles. Si une pilule n'agissait ni principalement comme un œstrogène ni principalement comme un progestatif, les femmes avaient plus de chances de saigner tôt. Non seulement les pilules les plus faibles en progestatifs provoquaient des saignements inattendus qui étaient parfois importants, mais encore elles ne réussissaient pas à prévenir l'ovulation et les grossesses non désirées, ce que faisaient les pilules séquentielles contenant moins de 0,1 milligramme de mestranol. *C'est pour cette raison que presque toutes les pilules utilisées maintenant ont une action fortement progestative*[7].

En 1969, nous essayâmes en Yougoslavie quatre pilules de progestérone seule[8]. Avec 0,25 mg d'acétate de mégestrol, presque la moitié des femmes devinrent enceintes, tandis qu'avec 0,5 mg de chlormadinone, 0,3 mg d'acétate de norethistérone et 0,05 mg de norgestrel, on avait un taux de grossesse de 12,4 et 9 pour 100 femmes / an respectivement.

Aucune de ces pilules n'était aussi efficace que la pilule combinée. Bien que la dose de 0,25 mg ait été trop faible pour modifier l'endomètre, elle altérait la glaire cervicale — indication précoce que le col devait être particulièrement sensible aux effets carcinogènes des progestatifs, comme commençaient à le découvrir le professeur Weid et le Dr Melamed en Amérique*. Vers la fin des années soixante, j'avais calculé que quand on varie l'équilibre hormonal d'une pilule et que l'on augmente la force des progestatifs, on transforme les effets secondaires de pertes sanguines irrégulières, en distension des veines, en irritabilité, en augmentation du poids, en modification des artères, en dépression et en perte de la libido.

* Voir p. 130.

Le facteur de coagulation

On croit en général que le risque de thrombose n'apparaît qu'avec des pilules à haute dose d'œstrogènes. En fait, de sérieuses modifications des artères et des veines peuvent apparaître avec toute pilule chez des femmes prédisposées.

L'effet le plus frappant de la pilule, c'est la variation de la susceptibilité individuelle. Des pilules différentes ont des effets différents sur différentes femmes. Quelques femmes ont des réactions sévères et invalidantes avec n'importe quel type de pilule, tandis que d'autres échappent aux symptômes pendant des années.

L'interruption des symptômes avec un changement de pilule est à peine surprenant, puisque les deux hormones modifient le métabolisme des amines, lequel contrôle la réactivité des vaisseaux sanguins, de l'humeur et du comportement. Dans nos études des années soixante, nous avions trouvé que de petites variations de dose, soit des œstrogènes soit du progestatif, pouvaient transformer les effets secondaires et les modifications des vaisseaux sanguins et des enzymes. Chaque nouvelle dose pouvait simplement déclencher un autre effet secondaire dans une autre fonction du corps.

Le plus notoire des effets secondaires dans les premiers temps a été la thrombose. Parce qu'elle était une conséquence saisissante et parfois fatale, elle obtint la meilleure diffusion par les journaux et à la télévision. Un des premiers cas a été décrit dans le « *Lancet* » [1] par un médecin généraliste du Suffolk dont la malade, une infirmière, avait fait une embolie pulmonaire. Une thrombose signifie simplement un caillot dans le sang. Des caillots peuvent se former aussi bien dans les artères que dans les veines, et entraver la circulation du sang. Les caillots peuvent provoquer des attaques, des paralysies, des crises cardiaques ou de très fortes douleurs abdominales. Les veines des jambes sont plus fréquemment touchées, et c'est un état dangereux car le caillot peut remonter jusqu'aux poumons. Une lésion brutale aux poumons est tout autant une sentence de mort qu'une crise cardiaque.

Les thromboses sont peut-être une des causes les plus communes de décès chez les personnes âgées, mais elles sont rares chez les jeunes. Ce qui a certainement fait leur publicité, bien que, en fait, le cancer tue deux fois plus chez les femmes qui ont pris la pilule. Des risques accrus de thrombose apparaissent quand il y a des modifications du sang, de la circulation et de la paroi des vaisseaux. Parmi les usagers de la pilule, nous avons trouvé que les douleurs des veines apparaissaient la plupart du temps sous pilule soit d'œstrogènes soit de progestatifs, qui avaient soit une dose plus élevée, soit une dose équivalente d'œstrogènes, et en particulier si elles dilataient les petites veines de l'endomètre[2].

Modifications du sang

Notre sang contient son propre système de sauvetage pour éviter qu'il ne se vide par la blessure. Quand nous saignons après une coupure, il devrait très vite coaguler grâce à la présence de cellules appelées plaquettes. La viscosité de ces plaquettes qui, effectivement, « bouchent » la plaie est causée par un facteur de coagulation qui produit des fibres de fibrine.

Les facteurs de coagulation sont augmentés durant la grossesse sous l'influence des taux élevés d'œstrogènes ; et bien sûr les pilules aux œstrogènes ont le même effet, à l'exception d'une seule. L'antithrombine III, dispositif de sécurité qui prévient la formation de caillots, est abaissée par la pilule. Les troubles de la coagulation sont rares dans une grossesse normale, mais le risque de thrombose et d'embolie pulmonaire est plus grand juste après l'accouchement lorsque l'on donne des remèdes à base d'œstrogènes pour stopper la lactation. Les risques ne sont plus importants que dans deux seuls autres cas : après une opération chirurgicale ou chez les malades atteints de cancer.

Le Dr Helen Payling Wright, qui découvrit la viscosité des plaquettes, constata que les plaquettes des jeunes mères s'accroissaient en nombre et en viscosité chaque jour après la délivrance jusqu'au dixième jour, puis elles commençaient à perdre cette viscosité[3]. Pour une femme qui vient d'accoucher, il y a risque le jour où il y a le plus de plaquettes visqueuses, et ce risque est multiplié par trois si l'on donne des œstrogènes. Les femmes qui prennent la pilule ont un plus grand nombre de plaquettes visqueuses que la normale.

J'ai appris davantage sur les plaquettes grâce au Dr Kitty Little d'Oxford, qui avait passé de nombreuses années à rechercher les effets des stéroïdes sur la moelle osseuse[4]. Les globules rouges et blancs et les plaquettes sont produits dans la moelle osseuse. Des cellules géantes appelées mégacaryocytes sont chargées de produire les petites plaquettes ; et l'un des effets de la pilule combinée sur la moelle, c'est d'arrêter ces cellules en développement, ce qui conduit à une production très accrue de plaquettes anormalement visqueuses. Dans les expérimentations, on a trouvé des masses de petits caillots dans les os, le foie, la rate et les reins des lapins.

Modifications de la circulation sanguine

Des volontaires se sont plaintes à moi de crampes des jambes et de veines gonflées et douloureuses qui les réveillaient la nuit. Sous microscope, on pouvait voir les veines douloureuses en sinusoïdes dilatées, et les femmes qui avaient des crampes montraient un épaississement de cellules autour des parois des sinusoïdes, état appelé « condensation du stroma ». Je me demandais si cet épaississement se retrouvait dans les muscles du mollet où les déchets du métabolisme cellulaire pouvaient s'être bloqués dans les petites veines au lieu d'entrer dans le courant sanguin. S'il en était ainsi, les crampes nocturnes pourraient s'expliquer : en effet, c'est pendant le repos que les déchets s'accumulent, alors que le mouvement active la circulation.

Nous eûmes douze femmes qui développèrent des phlébites des veines superficielles, ou des thromboses des veines profondes après un an de pilule, et elles s'étaient plaintes également de crampes des jambes. La longueur du temps de prise de toute pilule semblait augmenter la probabilité de sinusoïdes dilatées et d'accidents vasculaires sérieux. L'idée de faire cesser de prendre la pilule aux femmes qui avaient des crampes commençait déjà à faire son chemin.

Modifications des parois des vaisseaux

En 1970[5], trois anatomo-pathologistes du Washington DC Army étudièrent les vaisseaux sanguins de vingt jeunes femmes décédées qui étaient sous contraceptifs oraux. Bien qu'à cette date, il y ait déjà eu des observations cliniques détaillées sur les thromboses chez des usagères de la pilule, l'on prêtait peu d'attention aux découvertes anatomo-pathologiques.

Neuf femmes seulement, dans l'étude des médecins de l'Armée, étaient connues comme utilisatrices de la pilule à usage contraceptif. Cinq en avaient reçu pour « raison médicale », règles douloureuses, saignements importants ou irréguliers.

La prise la plus courte était de cinq semaines et la plus longue de trente mois. La plupart avaient pris la pilule moins de six mois, et la plupart avaient une vingtaine d'années ; la plus jeune n'avait que dix-huit ans. Quelques-unes avaient pris des tranquillisants, une de la cortisone, et deux étaient sous extraits thyroïdiens.

L'on découvrit des caillots encore récents dans les vaisseaux de tout le corps, y compris du poumon, du foie, de l'abdomen et des jambes. La plupart des vaisseaux avaient des plages épaissies dans les couches internes de la paroi des artères et des veines, parfois remplissant presque entièrement le vaisseau. Deux des femmes avaient des fibromes utérins, fréquents sous pilule, et une, une hyperplasie du sein. Trois présentaient des inflammations chroniques du col utérin. Une avait eu une cécité brutale due à une thrombose artérielle. Deux autres avaient des artères rétrécies et, par places, un épaississement des trois tuniques de l'artère pulmonaire, quelque chose d'inhabituel chez les non-utilisatrices de la pilule. Une de ces femmes avait été choisie comme contrôle, car on ne la savait pas utilisatrice de la pilule, mais l'on découvrit plus tard qu'elle avait pris un contraceptif oral pendant six semaines avant sa mort. Ces modifications irrégulières des parois de l'artère indiquent soit une circulation plus rapide entraînant des hémorragies, soit plus lente avec probabilité de thrombose.

Bien que j'eusse déjà décrit que l'épaississement artériel affectait jusqu'à six sur dix des femmes dans l'année où elles étaient mises sous un quelconque contraceptif oral, un des anatomo-pathologistes de l'armée écrivit qu'elles étaient de ces cas *rares* chez qui les tissus vasculaires réagissaient aux stéroïdes sexuels de manière idiosyncratique, de telle sorte que l'épaississement finissait par boucher graduellement des vaisseaux importants. Plus tard, en 1977, des gynécologues de l'US Air Force approfondirent cette affirmation[6]. Ils examinèrent l'artère principale de l'utérus de femmes qui avaient subi une hystérectomie. Presque toutes parmi les quarante-quatre patientes qui avaient pris des pilules combinées, ou ce qu'on nomme « œstrogènes naturelles » ou medro progestérone (un seul cas) présentaient un épaississement de modéré à sévère de la tunique interne de leurs artères. Les sept femmes qui n'avaient jamais pris d'hormones avant leur hystérectomie ne présentaient pas de telles transformations. La plupart des utilisatrices de la pilule l'avaient été pendant moins de cinq années, mais celles qui l'avaient prises plus longtemps avaient des vaisseaux plus gravement atteints. La plupart avaient arrêté la pilule plusieurs années auparavant. Les modifications n'avaient rien à voir avec une hypertension ou le tabac. Deux des utilisatrices d'œstrogènes combinés avaient un cancer de l'endomètre.

On estime que le risque d'hémorragie dans les tissus périphériques du cerveau est multiplié par six pour les utilisatrices de pilule, et par vingt-deux pour celles qui fument de surcroît. Des points faibles peuvent exister sur les vaisseaux sanguins depuis la naissance, et peuvent former un sac appelé anévrisme. Mais la situation est aggravée par la pilule et les neuro-chirurgiens ont l'habitude d'opérer de jeunes femmes dont les anévrismes ont saigné (hémorragies subarachnoïdiennes) après avoir pris des contraceptifs oraux.

La pilule cause aussi vraisemblablement le durcissement des artères parce qu'elle élève la tension artérielle. Les pilules qui provoquent beaucoup de maux de tête et des modifications des vaisseaux utérins ont une particulière tendance à donner une pression artérielle élevée. *Plus une femme prend longtemps une pilule même faiblement dosée, plus elle a de chances d'avoir une tension artérielle élevée.* Les hormones qui contrôlent la tension sont altérées par la pilule, et les atteintes des vaisseaux des reins peuvent à leur tour augmenter la tension. De petits caillots dans l'arrivée de sang aux reins provoquent des zones mortes et des cicatrisations, ce qui cause une augmentation réflexe de la pression du sang par élévation de produits chimiques. Une autre cause d'hypertension est l'atteinte des reins par infections. Les infections urinaires ont davantage tendance à devenir chroniques chez les utilisatrices de la pilule, et les atteintes infectieuses répétées entraînent des lésions du rein. Beaucoup de femmes qui nécessitent une greffe du rein ont pu avoir leurs reins abîmés par la prise de la pilule.

En 1969, je publiai les résultats des essais sur la thrombose veineuse du Conseil pour la Recherche sur le contrôle de la Fertilité[2]. Nous en avions 12 cas sur

797 nouvelles patientes qui réunissaient 16 892 cycles, ce qui correspond à neuf femmes sur mille par an. Mais pour ces femmes qui prenaient des pilules faibles en progestatifs et aux œstrogènes élevés (174 femmes réalisant 3 027 cycles), le taux était de vingt-six pour mille par an. Les pilules faibles en progestatifs et à grosse dose de mestranol nous donnèrent de manière significative, davantage de plaintes de jambes douloureuses et de crampes.

À peu près au même moment, les pilules à haute dose d'œstrogènes reçurent un coup mortel. Le Comité pour la Sécurité des médicaments (C.S.D.) — maintenant Comité pour la Sécurité de la Médecine — parvint à l'évidence qui fut tenue pour preuve que *les risques de thrombose étaient plus importants avec de hautes doses d'œstrogènes*[7].

Jusque-là, j'avais été amenée à croire que, de même que le mestranol se transforme dans le corps en éthinyl œstradiol, le mestranol à 0,1 milligramme était égal en force à 0,05 d'éthinyl œstradiol, mais du jour au lendemain, toute pilule contenant plus de 0,05 milligramme d'œstrogènes était retirée de la circulation comme contraceptif, bien que cette évidence ne fut pas publiée jusqu'à l'année suivante[8]. Des médecins renvoyèrent volontairement les cartes jaunes du C.S.D. détaillant les effets secondaires, et les premiers jours, la plupart de ces cartes tendaient à provenir des deux Centres du F.P.A. de Londres et d'Édimbourg. Peu de médecins semblaient troublés par ces données, en dehors de nous, aussi nos rapports sur les effets secondaires représentèrent le sommet d'un iceberg que personne ne voulait regarder en face.

L'évidence présentée par le C.S.D. avait une autre faille : alors que j'avais trouvé sans aucun doute davantage de thromboses avec la pilule à haute dose d'œstrogènes, il y avait une autre explication à la chose. En moyenne, nos volontaires avaient pris les pilules à haute dose deux fois plus longtemps que les pilules faibles en œstrogènes. Les femmes pouvaient supporter ces pilules plus longtemps, parce qu'elles avaient besoin de suffisamment d'œstrogènes pour se sentir heureuses — les doses plus faibles les rendaient malheureuses — et les thromboses mettent habituellement plus de douze mois pour apparaître. La conversion vers une dose plus faible d'œstrogènes n'améliora nullement le tableau. Enlevées du marché, les pilules contenant plus de 0,05 milligramme pouvaient réduire les douleurs veineuses d'un tiers, mais les maux de tête et les modifications d'humeur augmentaient. Je trouvai que, sur 341 femmes arrêtant la pilule pour effets secondaires, le pourcentage était le suivant :

	Syndrome céphalée %	Modification d'humeur %	Modification des veines %
• Pilules combinées à :			
— haute dose d'œstrogènes	30	30	30
— faible dose d'œstrogènes	50	45	22
• séquentielles	56	34	24

La Suède réduisit également les œstrogènes des pilules en 1968, et vers 1980 l'incidence des maladies veineuses thrombo-emboliques était tombée de 30 %, mais il n'y avait pas d'amélioration dans l'incidence des complications artérielles et des taux de mortalité[9].

Il est difficile pour des spécialistes isolés[10] d'être au courant de la véritable incidence des effets secondaires graves. Selon le point de vue le plus répandu, les effets secondaires graves sont rares ; après tout, seule une infime proportion de cas n'est jamais rapportée dans la presse médicale mondiale. Cependant, si en Amérique, au début des années soixante, peu de cas de thrombose avaient été enregistrés, dès que les journaux eurent étalé l'histoire de cet effet secondaire, le nombre des cas rapportés s'accrut de façon inquiétante. L'incidence véritable est souvent plus grande que le nombre recensé, et le fait que la troisième patiente engagée en 1961 ait développé une hémorragie cérébrale et une thrombose, et que la douzième patiente ait développé une hypertension crânienne bénigne jette le doute sur la croyance que les effets secondaires sont rares.

Mrs C. nous était très reconnaissante de l'avoir engagée comme troisième patiente en 1961. Elle avait une famille nombreuse et un mari difficile, aussi était-elle ravie d'être délivrée de la peur d'une nouvelle grossesse. Elle approchait de la quarantaine, et sa pression artérielle était de 140-90 ce qui est à la limite de l'hypertension, quand je l'examinai quatre ans après qu'elle ait commencé la pilule. Elle suivit alors une autre consultation et quand je la vis deux ans plus tard, je fus stupéfaite de voir que sa tension artérielle était montée à 210-140. Elle avait pris environ vingt livres et se plaignait de fatigue, de dépression, d'irritabilité et de maux de tête. Elle avait aussi un utérus volumineux, probablement fibromateux. Je l'adressai à un gynécologue pour hystérectomie, lui disant que désormais elle n'aurait plus besoin de prendre de pilule. Malheureusement, elle ne voulait pas de l'opération et continua à prendre la pilule comme elle l'avait fait depuis des années. Six mois plus tard, elle fut transportée d'urgence à l'Hôpital Guy avec une hémorragie cérébrale. Le neuro-chirurgien enleva un caillot de sang, mais l'anatomo-pathologiste découvrit que l'hémorragie avait succédé à une thrombose de l'artère cérébrale. À l'opération, les vaisseaux du cerveau montraient un épaississement sans athérome et des zones nécrotiques ainsi que des thrombi, modifications très semblables à celles des vaisseaux de l'utérus.

Le triste de cette histoire fut que, bien que Mrs C. se fut bien remise, elle resta paralysée du côté droit avec une élocution embrouillée. Elle me téléphona, et avec difficulté me demanda si elle pouvait encore prendre la pilule. Quelle tragédie, que de penser que certaines femmes aient si peur d'arrêter la pilule, alors même qu'elles savent très bien que cela les rend malades. Ceci ne s'applique pas tellement aujourd'hui aux femmes mariées, mais les femmes non mariées sont encore épouvantées d'arrêter la pilule.

En 1965, le Dr Franck Walsh de Baltimore recensa dans la littérature internationale soixante-trois cas qui accusaient des complications du cerveau ou de l'œil chez des utilisatrices de pilule[11]. Les syndromes cérébraux comprenaient 25 attaques, pour la plupart dues à une thrombose de l'artère ou thrombose cérébrale. Il y avait 4 cas d'hypertension intracrânienne bénigne, et un autre cas développait une paralysie de la sixième paire crânienne un mois après l'arrêt des stéroïdes. Dans notre essai aussi, nous avions eu un cas d'hypertension intracrânienne bénigne. C'était la douzième patiente enrôlée en 1961. Mrs J.R. avait gagné 28 livres en poids après 70 cycles sous pilule ; elle fut admise en neurochirurgie à l'Hôpital Alkinson Morley, pour maux de tête et troubles visuels. Elle avait une augmentation de pression dans les ventricules cérébraux et un œdème de la papille (vaisseaux enflés en arrière de l'œil). L'hypertension intracrânienne bénigne est connue comme pouvant se produire quand des stéroïdes tels que la cortisone ou la prednisone sont arrrêtés, mais peut aussi survenir sous stéroïdes tels que la pilule.

Le Dr Walsh trouva que les symptômes oculaires étaient le plus souvent causés par des thromboses artérielles ou veineuses et aussi par des angéites. Il y avait huit cas de névrite optique. Ceci est habituellement un signe précoce d'une maladie démyélinisante connue comme la sclérose en plaques, et dans deux cas, ces maladies se sont développées avec des symptômes généralisés.

Une des femmes commença à perdre la vue un mois après avoir commencé le norethynodrel et le mestranol pour des ménorragies (règles très abondantes) ; quelque temps plus tard, on diagnostiqua chez elle un « problème de démyélinisation foudroyante ». La sclérose en plaques (S.P.) est une maladie du système nerveux, mais la première atteinte des gaines nerveuses est causée par des modifications des petits vaisseaux sanguins qui entourent les nerfs. Pendant la période 1963 à 1978, le nombre d'admissions à l'hôpital pour S.P. chez les hommes est resté le même, mais chez les femmes il a presque doublé. Cela peut résulter de la pilule puisque dans les expériences on a trouvé que la S.P. était augmentée par le médroxy-progestérone acétate (M.P.A.) (progestérone seule).

Bien que la majorité des médecins occidentaux dans la pratique générale prescrivent la pilule, très peu d'entre eux ont publié des rapports détaillés, et moins nombreux encore sont ceux qui ont observé directement les modifications des vaisseaux sanguins qui, si souvent, accompagnent les symptômes. Lorsque je fis la liste alphabétique de nos patientes, sans noter quelle sorte de pilule elles prenaient, neuf sur dix des femmes se plaignaient de multiples affections et l'on comptait chez *une femme sur dix* de sérieux symptômes et indices menaçant la vie.

En 1982, le Professeur Victor Wynn de l'Hôpital Sainte-Marie à Londres, publia les résultats d'une étude portant sur la pilule combinée la plus faiblement dosée possible[12]. Après trois années, 8 % seulement sur les 210 femmes du début continuaient à la prendre. Sur 39 femmes qui entamaient leur troisième année de pilule, 2 furent atteintes de thrombose veineuse profonde et une de thrombose superficielle. Les problèmes n'en restent pas là.

Modifications cérébrales : la pilule donne le « cafard »

On croit en général que la pilule peut être utilisée dans les troubles prémenstruels. En réalité, les modifications de l'humeur sont la principale raison pour laquelle la plupart des femmes arrêtent la pilule avant trois ans.

C'est bien connu à travers l'histoire : les femmes ont tendance à devenir maussades et imprévisibles à certaines époques du mois. Cette association vieille comme le monde d'un comportement étrange avec les cycles menstruels est si étroite, qu'elle est devenue partie intégrante de notre langage. Le mot lunatique est dérivé du mot lune en latin. Et c'est ce fait même, que la plupart des femmes remarquent quelques changements d'humeur chaque mois, qui a conduit à écarter les modifications mentales réelles, intenses, et parfois dangereuses, causées par la pilule contraceptive.

Dans les années soixante, les femmes de notre essai sur la pilule, qui se plaignaient de dépression, de manque d'intérêt pour les relations sexuelles, d'irritabilité et d'agressivité, étaient classées comme névrosées. J'étais résolue à prouver que leur changement d'humeur était réel, affecté par les hormones, et donc mesurable. J'y parvins, à ma grande satisfaction, dans la seconde moitié des années soixante[1 2] mais vingt ans plus tard, ce travail est encore le plus souvent ignoré.

La dépression est un effet secondaire de la pilule qui peut être fatal. Après avoir observé pendant six ans ces effets sur nos volontaires, nous étions capables de prédire l'augmentation actuelle des enfants maltraités, et des suicides. Dix ans plus tard, des chercheurs rapportaient une augmentation dramatique d'auto-empoisonnements et d'auto-agressions, avec les plus forts accroissements chez les femmes entre quinze et trente ans. (L'étude du F.P.A. d'Oxford[3] a montré que les utilisatrices de la pilule étaient quatre fois plus nombreuses à être admises à l'hôpital pour tentatives de suicides que les femmes du même âge qui utilisaient des diaphragmes). La plus forte incidence atteint le groupe d'âge de quinze à dix-neuf ans, le plus souvent de jeunes femmes célibataires, classées comme dépressives dans les registres des chercheurs. Les filles de ce groupe avaient été poussées à prendre la pilule, pour sa sécurité et sa commodité.

La dépression et la perte de la libido se produisent le plus souvent avec les pilules contraceptives à faible dose d'œstrogènes. Les femmes ont besoin d'œstrogènes pour se sentir heureuses, et une pilule faiblement dosée en œstrogènes tend à les rendre plus malheureuses. Ces pilules ont pu protéger les femmes contre quelques-uns des risques physiques les plus effrayants, mais elles provoquent des tensions mentales, que la profession médicale tolère comme un moindre mal et un effet secondaire préférable.

Nos premières recherches sur la pilule conduisirent à découvrir que, dans le cycle normal, il y a une élévation dramatique d'une enzyme (catalyseur) appelée monoamine oxydase, vers la fin du mois, et c'est à ce moment-là que les femmes se sentent malheureuses, ou tendues et irritables. Des remèdes qui suppriment la monoamine oxydase sont alors souvent donnés aux malades en état de dépression. Nous avons observé que plus du quart des femmes qui prenaient des pilules fortes en progestérone, faibles en œstrogènes, devenaient dépressives ; et sur 136 femmes qui prenaient la première pilule testée nous en trouvâmes deux suffisamment déprimées pour tenter de se suicider. La plupart d'entre elles se plaignaient également de perte d'intérêt pour les rapports sexuels.

On nota cependant d'autres modifications d'humeur, y compris l'accroissement de la libido, — ce qui n'est pas tout à fait surprenant, puisque les pilules comportent des hormones mâles. Une patiente, spécialisée dans les traitements de beauté, se plaint de se voir pousser sur le corps des poils noirs ; une autre pilule, avec action du type hormone mâle et un équilibre légèrement plus élevé en œstrogènes, avait un effet particulier sur le comportement sexuel et l'humeur. Par exemple, Mrs E., pendant un voyage en autobus, eut à vaincre un désir irrépressible de se jeter au cou du conducteur et de l'embrasser. C'était, me dit-elle, tout à fait contraire à son caractère.

Seul un petit nombre de femmes s'arrêtèrent de prendre leur pilule pour modification d'humeur pendant les premiers cycles, mais ensuite, après que l'essai soit parvenu à sa fin, 40% de celles qui avaient renoncé à la pilule pour ses effets secondaires émettaient au moins une plainte pour changement d'humeur. La pilule de Mrs E., qui ressemble à d'autres pilules encore sur le marché, eut des effets particulièrement graves sur l'humeur : agressions, violences et amnésie.

Mrs N. avait 23 ans. Elle avait pris sans problèmes une pilule pendant deux ans, quand elle changea de pilule pour prendre celle que prenait Mrs E. Petit à petit, au cours des dix mois suivants, elle devint plus irritable. Un jour, elle explosa de colère contre son mari et lança sur lui un poulet congelé. Par bonheur il ne fut pas blessé mais il dut lui raconter cette attaque, car elle avait perdu la mémoire et n'arrivait pas à se souvenir de ce qui s'était passé.

Une autre dame, sous la même pilule, lança sur son mari une grande boîte de biscuits. Si cette pilule ne causait pas de dépression, elle semblait avoir une particulière tendance à provoquer de violents mouvements d'humeur.

Les morts par suicide ou accidents ne sont pas souvent reliées avec la prise de la pilule, et dès lors ne sont pas recensées comme telles. Et tant que l'on n'acceptera pas l'évidence que la pilule augmente le risque de mort par maladie mentale ou par violence, on continuera à ne pas en tenir compte dans les faits.

Pendant ces cinquante dernières années, des articles scientifiques ont été publiés, établissant que les femmes ont davantage tendance à avoir des accidents ou à commettre des crimes pendant leurs règles. L'un racontait comment des femmes pilotes étaient plus susceptibles de s'écraser au sol ; l'autre expliquait comment des prisonnières françaises convaincues de crimes violents avaient commis 85 % de leurs attaques pendant la critique phase prémenstruelle.

Dans notre pays, le Dr Katharina Dalton a vulgarisé la notion de syndrome prémenstruel[4]. Elle constata que l'étude française se vérifiait chez nous : les femmes avaient plus tendance à commettre des crimes avant leurs règles. Elle poussa l'étude plus loin, et vit que les maladies des enfants pouvaient aussi dépendre des cycles de leur mère. Non seulement les femmes ont plus tendance à l'absentéisme, à être malades ou hospitalisées au moment de leurs règles, mais leurs enfants ont aussi davantage de risques d'être amenés en consultation chez un médecin, ou hospitalisés. Quelques mères reconnaissent qu'elles ont été, sans raison, violentes avec leurs enfants juste avant leurs règles, quand elles éprouvaient une tension insupportable.

Les symptômes prémenstruels font partie d'un cycle normal et peuvent provoquer suffisamment d'angoisse. Mais ils ne durent que quelques jours critiques, et la majorité des femmes apprennent à s'y adapter chacune à sa façon. Un petit nombre de femmes sont moins sensibles et ne semblent pas affectées par les modifications de leurs hormones mais elles sont rares. La pilule change radicalement cet état de choses. La plupart des contraceptifs oraux produisent des modifications semblables à celles de la phase prémenstruelle ; mais au lieu de se limiter à quelques jours, cet état critique peut se prolonger plusieurs semaines.

Le tableau est complexe et embrouillé. Quelques femmes racontent que leur tension prémenstruelle diminue avec la pilule. Avec notre première pilule, 26 % avaient éprouvé moins de tension ; 11 % disaient que c'était pire ; 5 % ne ressentirent aucun changement. Sous hormones contrôlées, il n'y a pas de poussée brutale des enzymes, et ceci a été revendiqué comme un bénéfice. Toutefois, les préparations hormonales synthétiques et naturelles peuvent masquer les symptômes prémenstruels pour une courte durée. Ce qui se passe alors, c'est que chaque type d'hormone ou combinaison de dose a ses propres symptômes, qui peuvent s'intensifier et persister tout au long du cycle.

Il y a eu beaucoup de tendances sociales désastreuses depuis le début des années soixante. On a prétendu que c'était la décennie qui avait vu toutes les classes accéder à la liberté d'expression, et, sans aucun doute, la pilule apparut comme favorisant cette noble conception. Alors que beaucoup d'autres facteurs sociaux doivent être pris en considération pour estimer la valeur de cette importante période, j'aurai la hardiesse de souligner quelques liens entre l'usage massif des stéroïdes et les catastrophes sociales aujourd'hui si communes.

Enfants maltraités

Depuis 1961, le nombre d'enfants hospitalisés s'est accru chaque année jusqu'à 1980. La violence envers les petits enfants est tellement courante depuis vingt ans que c'est devenu un motif banal d'entrée des enfants à l'hôpital. Les femmes fatiguées et déprimées sont moins patientes avec leurs bébés quand ils crient.

Il est bien connu que la violence est liée à l'alcoolisme, à la dépression du post-partum, à la pollution du plomb, à la division des familles, au manque d'amis attentifs, et à bien d'autres raisons sociales, mais il est dommage que la violence sur les enfants n'ait pas été recherchée à fond dans les principales études sur la pilule. Les femmes de notre essai nous ont révélé qu'elles avaient des sentiments meurtriers envers leurs enfants pendant qu'elles prenaient la pilule, mais qu'elles se sentaient immédiatement meilleures dès qu'elles s'arrêtaient de la prendre. Quelques femmes devinrent aussi agressives envers leur mari. Les premières pilules à très haute dose utilisées au début en Amérique imitaient la grossesse ; mais à plus faibles doses, les pilules reproduisent l'état de l'après-naissance immédiat, quand la thrombose, la dépression, le comportement irrationnellement violent ont davantage tendance à se produire parce que les taux d'hormones ont diminué.

Jacqueline avait 25 ans quand elle vint me consulter ; elle prenait depuis l'âge de 16 ans des quantités de pilules de toutes sortes. Elle ne pouvait se souvenir de leurs noms, mais c'étaient pour la plupart des pilules « faiblement dosées ». À l'âge de 19 ans, alors qu'elle marchait le long d'un chemin avec son ami, elle éclata en sanglots sans raison apparente. Elle ne comprenait pas pourquoi elle se sentait si malheureuse. Elle consulta son médecin généraliste qui lui donna des tranquillisants. Quelques mois plus tard, en décembre, elle prit une overdose. En août suivant, elle fut hospitalisée pour une seconde tentative de suicide qui faillit réussir. À cette époque, Jacqueline avait de fréquentes attaques de migraine ; elle se sentait malade, souffrait de vertiges et avait un mauvais goût dans la bouche. La peau de son front était devenue pigmentée. Elle arrêta finalement la pilule à l'âge de 22 ans. La pigmentation disparut et les attaques de migraine diminuèrent. Elle utilisa un stérilet de cuivre pendant un an. Mais il fallut le retirer à cause de saignements importants et irréguliers. Quand je la vis pour la première fois, elle était devenue allergique à beaucoup d'aliments et de produits chimiques.

Elle avait de continuels maux de tête et se sentait faiblir quand elle faisait la cuisine au gaz. Elle avait eu plusieurs « boy friends » et maintenant s'apprêtait à se marier. Quand son fiancé revint du Canada et vit combien elle était malade, il rompit les fiançailles. D'étroites relations personnelles étaient devenues très difficiles. C'est un des handicaps des anciennes utilisatrices de pilules qui n'ont pas recouvré leur santé.

La dépression consécutive à un accouchement peut pousser une mère à la violence. Après la grossesse, les taux d'hormones de la femme baissent subitement, avec un effet de retrait des stéroïdes sur le cerveau. Mais il y a une autre cause importante à la dépression ou psychose du post-partum. Une femme enceinte ou qui allaite a besoin de plus de zinc pour la croissance de son enfant. Le zinc se concentre dans le placenta, et se perd à la naissance. Les animaux remplacent leur zinc en mangeant le placenta. Si une femme a pris la pilule, elle a plus tendance à être déficiente en zinc au début de sa grossesse. Comme la plupart des femmes enceintes ne prennent pas en général de zinc, cela veut dire que la carence en zinc du post-partum, qui est assez sévère pour provoquer de la dépression, serait devenue plus fréquente chez les mères. Les enfants eux-mêmes ont aussi plus tendance à montrer un déficit en zinc et un déséquilibre minéral, ce qui peut amener à un comportement antisocial. Je discuterai plus en détail de ce problème au chapitre VIII.

Divorces

Un certain nombre de femmes tire argument de la rupture de leur mariage pour cesser de venir à notre consultation sur la pilule dans les années 1960. Cela peut bien nous avoir laissé froids mais en regardant en arrière, cela peut apparaître comme le début de l'épidémie de divorces qui, en 1983, a touché presque un tiers de tous les mariages. L'étude du Collège Royal des Médecins généralistes en 1974 a montré que le divorce était deux fois plus fréquent chez les utilisatrices de pilule.

Suicides

Dans les années 1930, il y avait trois hommes pour une femme qui tentaient de se suicider (Si cela devait être attribué aux effets de la crise, il faudrait se souvenir que les femmes aussi ont passé des moments difficiles à cette période). En 1980, les proportions ont été inversées : il y a maintenant trois femmes pour un homme qui se suicident.

Depuis la fin des années soixante, il s'est produit une augmentation importante des tentatives de suicides, en particulier dans le groupe des quinze à dix-neuf ans. En 1968 le Centre antipoison d'Édimbourg admettait 307 jeunes filles[5]. Six ans plus tard, ils en recevaient 560 par an.

Depuis 1962, les tentatives de suicide ont augmenté de 6% chez les hommes et de près de 13% chez les femmes. Les hommes tendent à être des criminels, des alcooliques ou des drogués. Mais les deux sexes ont quelque chose en commun : ils ont en général souffert d'une récente rupture avec quelqu'un de très proche, juste avant leur tentative de suicide.

Cette augmentation dramatique des suicides de jeunes femmes s'est manifestée dans la plupart des pays de l'Ouest depuis que la pilule a été mise sur le marché[6]. Cinq ans avant la pilule, les tentatives de suicide aux USA étaient estimées à 15 pour 100 000 de la population par an. Vers 1977, presque une jeune femme sur cent parmi les 15 à 24 ans[7] tentait de se tuer chaque année. Cela se passait peu d'années après que les pilules à haute dose d'œstrogènes aient été supprimées.

J'ai vu plusieurs jeunes femmes ayant fait des tentatives répétées de suicide pendant qu'elles prenaient la pilule. Pour beaucoup de femmes, la dose d'œstrogènes dans les pilules à faible dose est juste assez insuffisante pour les laisser heureuses, surtout quand leur propre production d'œstrogènes est bloquée par la pilule.

Morts accidentelles

Les accidents et la violence sont les premières causes de décès parmi les jeunes de 15 à 24 ans. Contrairement à l'opinion courante selon laquelle les femmes risquent plus d'être tuées dans un accident de la circulation que de mourir par la pilule, les données des essais contrôlés démontrent, qu'en fait, les femmes qui prennent la pilule courent un risque plus grand d'accidents que les autres femmes.

En 1980, la grande étude américaine de Walnut Creek sur la contraception rapportait un plus haut risque d'empoisonnements accidentels, de suicides et de crimes parmi les utilisatrices de la pilule[8] tandis que les données sur la mortalité, du Collège Royal des Médecins généralistes, publiées en 1981, montraient chez les utilisatrices de la pilule deux fois plus de morts accidentelles[9]. En Angleterre et au Pays de Galles, les empoisonnements accidentels et les décès de causes indéterminées ont augmenté de 11 fois chez les hommes de 15 à 19 ans, mais de 22 fois chez les jeunes femmes depuis 1960[10]. En 1984, le rapport du R.C.G.P. (Royal College of General Practitionners) montra une croissance significative des tentatives de suicide (283 parmi des femmes qui prenaient la pilule, et 106 parmi des « femmes contrôles »). On ne mentionnait pas les événements liés à la grossesse et au post-partum.

À la requête de l'Association de Schizophrénie de Grande-Bretagne, j'analysai comment les changements biochimiques et immunitaires causés par la pilule et le tabac pouvaient précipiter une maladie mentale chez des personnes prédisposées[11]. En théorie, des variations de dose avec les mêmes produits chimiques peuvent déterminer si une personne fera de la dépression, aura des attaques de migraine ou sera atteinte de schizophrénie.

⁂

Tandis que je me demandais comment prouver que les modifications d'humeur étaient réelles et non psychologiques, on fit en pharmacologie une découverte importante qui avait des implications en psychiatrie, et avec mes propres recherches. Comme c'est souvent le cas en médecine, des conclusions peuvent être tirées de recherches sans relations entre elles. Dans le cas présent, un médicament connu pour bloquer les effets de l'enzyme mono-amine-oxydase (M.A.O.) était donné aux tuberculeux. Effet surprise, des malades déprimés se sentirent tout à coup beaucoup mieux. Ce bénéfice inattendu souleva une grande excitation et les médicaments inhibiteurs de M.A.O. commencèrent à être largement utilisés en psychiatrie pour traiter la dépression. Il y eut alors l'inévitable effet secondaire. Quelques-uns des malades eurent d'atroces maux de tête, et même quelques-uns firent des hémorragies cérébrales. Ces réactions étaient d'autant plus probables s'ils avaient aussi mangé du fromage, du chocolat, ou bu de l'alcool.

Cet effet toutefois aida à faire avancer davantage la connaissance des mécanismes régulateurs en cours. Notre circulation change continuellement en liaison avec l'environnement. Les vaisseaux sanguins se contractent si nous avons froid et se dilatent si nous avons chaud ; s'ils réagissent trop fort, nous pouvons avoir des maux de tête ou de la migraine.

Grâce aux recherches de ces vingt dernières années, nous savons que les principaux agents chimiques, responsables des réactions de nos vaisseaux sanguins sont appelés des amines, lesquels résultent de la synthèse dans notre corps des protéines que nous mangeons. Le fromage, surtout ceux comportant des moisissures (bleus), est emballé avec de la tyr*amine*, les chocolats contiennent beaucoup de phénylethyl*amine*, et l'alcool a un taux élevé en hist*amines*.

Une migraine se déclenche chez des gens prédisposés s'ils mangent trop de ces aliments. Comme les taux d'amines s'élèvent dans leur sang, leurs vaisseaux tendent à réagir fortement et leur causent des douleurs. Le M.A.O. est une des enzymes qui aide à faire baisser les protéines et les amines dans notre corps. S'il y a des taux élevés d'activité de l'enzyme, les taux d'amines chutent de façon trop radicale et provoquent de la dépression. Mais quand l'action de l'enzyme est bloquée par la nouvelle drogue, les taux d'amines s'élèvent parfois trop rapidement, causant spasmes et hémorragies. C'est pourquoi les médicaments inhibiteurs du

M.A.O. donnés pour la dépression étaient assortis d'avertissements aux malades d'éviter le fromage, le chocolat et l'alcool à tout prix.

Un article du « *Lancet* »[12] à cette époque décrivait comment il y avait des modifications de l'activité du M.A.O. dans la paroi interne de l'utérus juste avant le saignement normal du cycle féminin. Aussitôt que je vis cet article, je pensai qu'il apportait un indice sur les modifications d'humeur hautement dépressives occasionnées par certaines pilules contraceptives. Par là même, j'avais compris que seules certaines pilules causent une dépression immédiate et la perte de la libido, et que c'était celles qui étaient principalement progestatives et qui prolongeaient la dernière phase sécrétoire de l'endomètre à deux ou trois semaines, au lieu de deux ou trois jours.

Je me demandais si les pilules qui provoquent la dépression augmentaient l'activité du M.A.O. plus que les autres. Avec cette question en tête, je me précipitai chez le Professeur Merton Sandler qui m'avait aidée dans mes recherches sur les maux de tête causés par la pilule dans le département de Pathologie chimique de la Maternité de l'Hôpital Queen Charlotte. Cela ne l'impressionna pas, mais son collègue anatomo-pathologiste, le Dr John Pryse Davies intervint pour m'aider en me promettant de colorer nos prélèvements de l'endomètre afin de déceler si l'activité du M.A.O. était forte, faible ou modérée. Je récoltai des prélèvements de la manière habituelle et les congelai immédiatement pour le transport. Les petits flacons étaient placés dans un thermos et un livreur spécial les portait sur sa motocyclette à l'Hôpital Queen Charlotte. Mis à part un jour où le thermos explosa et où nous perdîmes les prélèvements, nous dûmes poursuivre pendant deux ans ce travail quotidien et régulier jusqu'à ce que nous ayons obtenu six groupes de résultats.

Ils furent bien plus concluants que je ne l'imaginais. Outre le M.A.O., on mesura aussi deux autres enzymes, les phosphatases alcalines et acides. À cette époque, je ne connaissais pas la signification des deux autres enzymes, mais nous savons maintenant que la phosphatase alcaline est importante pour l'absorption par l'intestin et probablement liée au développement d'allergies alimentaires.

Toutes trois étaient altérées par les hormones stéroïdes. Mon intuition que les pilules à effet très dépressif pouvaient causer de plus grandes modifications du M.A.O. dans l'endomètre, était confirmée. Assurément ces pilules produisaient une haute activité du monoamine-oxydase pendant presque toute la durée du mois.

C'était très passionnant, car une fois de plus il semblait clair que ce qui se passait dans le revêtement interne de l'utérus correspondait à ce qui se passait partout ailleurs dans le corps. Une femme sur quatre faisait de la dépression avec des pilules à la plus forte dose de progestatifs, mais seulement si ces pilules contenaient une faible dose d'œstrogènes. Sur 214 femmes prenant ces associations de fortes doses de progestatifs et de faibles doses d'œstrogènes, 28 % se plaignirent de modifications dépressives d'humeur, et seulement 6 % chez les 301 femmes qui prenaient les pilules séquentielles aux œstrogènes. Le taux pour 702 femmes qui prenaient d'autres pilules était de 16 à 20 %. Mais ces pilules faibles en progestatifs causaient des saignements plus irréguliers. Une pilule hautement dosée qui donnait des M.A.O. élevés, dûs aux progestatifs, ne déprimait pas les femmes, mais elle contenait aussi une dose élevée d'œstrogènes et 3 % seulement de femmes furent affectées. Les pilules à dose moins forte en progestatifs et plus faible en œstrogènes qu'on utilise couramment aujourd'hui peuvent provoquer de la dépression chez une femme sur dix.

Il m'apparut clairement que les œstrogènes accroissent la production des amines et préviennent la dépression, mais que trop de progestatifs provoquent de la dépression, probablement en accentuant la chute des amines et en abaissant leur taux dans les tissus. Fatigue et irritabilité apparaissaient plus souvent avec des doses plus faibles ; mais celles-ci, bien entendu, entraînaient aussi davantage de saignements irréguliers et augmentaient le risque de grossesse. Ce que nous démontrions n'était pas attendu ardemment, loin de là. Nous envoyâmes nos résultats à un journal de biochimie clinique aux États-Unis. Ils nous furent retournés un an après environ, avec pour tout commentaire qu'il était ridiculement ascientifique de suggérer qu'une modification chimique de l'utérus puisse avoir un rapport avec des modifications dans le cerveau.

Mais quand le Dr Sandler vit combien nos résultats étaient concluants, il fut d'accord pour mesurer le M.A.O. biochimiquement, et en 1967, nous fûmes prêts à publier les changements dans le cycle normal. Nous avions découvert que l'élévation de l'activité du M.A.O. était énorme, passant de moins de 1 000 à plus de 20 000 unités d'activité. On ne trouvait de tels niveaux que dans les prélèvements de la phase sécrétoire tardive, ce qui prouve que les femmes doivent alors faire face à un taux d'activité enzymatique de vingt fois supérieur à la normale, juste avant leurs règles [13]. L'activité du M.A.O. dans le sang s'accroît, puis s'effondre juste avant le début des règles.

Les recherches les plus récentes, vingt ans après notre découverte, établissent un lien très probable entre le cerveau et les modifications de l'utérus.

Les techniques dont on dispose à l'heure actuelle montrent comment les différentes zones du cerveau répondent aux stimuli des hormones et des amines. Alors qu'on n'avait pas encore démontré que l'hormone naturelle progestérone pouvait altérer le M.A.O. cérébral chez les femmes, on avait déjà fait, sur le cerveau des animaux, le tracé des zones particulières correspondant à leurs réactions aux stimuli des hormones et des amines. Au cours des années soixante, le Dr Michaël Richard, qui travaillait à l'Institut de Psychiatrie, donna du progestérol aux singes femelles et trouva qu'elles s'intéressaient moins aux mâles, lesquels, comme par hasard, s'intéressaient moins à elles. Il découvrit que les sécrétions vaginales contiennent des copulines, produites par une bactérie banale du vagin. La progestérone modifie les cellules vaginales, de même qu'elle altère les cellules de l'utérus, et les bactéries produisent moins de copulines. Le Dr Michaël découvrit également qu'il en va de même pour les femmes qui prennent la pilule [14].

Chez la femme, il est bien connu que les œstrogènes sont transformés en œstrogènes « catechols » très actifs, qui contrôlent le métabolisme des amines dans les zones sensibles du cerveau et dans les organes cibles tels que l'utérus et les ovaires. Il n'est pas ridicule de suggérer que les modifications de l'utérus puissent donner une indication plus directe de transformations au niveau du cerveau, que le dosage des taux sanguins.

Les pilules séquentielles, aux œstrogènes seuls les premiers onze ou quinze jours, laissaient le M.A.O. bas tout le long du cycle. Ajouter des progestatifs les derniers dix ou quinze jours n'augmente pas l'activité du M.A.O. et peu de femmes deviennent dépressives quand elles prennent ces pilules. Un laboratoire qui fabriquait les pilules séquentielles nous demanda un grand nombre d'exemplaires de notre article publié en 1968 par le B.M.J. [2] pour les faire circuler parmi tous les généralistes d'Australie.

Le B.M.J. refusa d'éditer autant de tirés à part. Ce fut heureux, car on découvrit, un peu plus tard que de donner des œstrogènes seuls avait beaucoup amplifié l'incidence du cancer de l'endomètre aux États-Unis.

Les modifications d'humeur ne sont pas seulement causées par le mélange progestérone-œstrogènes. Bien que l'on utilise habituellement les œstrogènes pour traiter la dépression, les œstrogènes ou la progestérone donnés seuls peuvent provoquer beaucoup de bouleversements métaboliques sérieux, y compris une élévation critique des taux de cuivre du sang chez des femmes à antécédents — celles qui ont tendance à faire de la schizophrénie.

Mme M.K. avait pris des œstrogènes pendant des années. On lui avait donné des œstrogènes « naturelles » de jument lorsqu'elle était tombée malade après une hystérectomie et l'ablation de ses ovaires, un peu avant quarante ans. Quand elle essaya de se passer d'hormones, elle souffrit d'essoufflement, aussi elle recommença à prendre des œstrogènes et se sentit à nouveau bien. Elle paraissait jeune pour son âge, elle avait de beaux cheveux, une peau de jeune fille, elle avait du goût pour s'habiller et se plaisait à s'occuper de ses enfants. Mais, petit à petit, Mrs M.K. devint de plus en plus anxieuse, agitée et bouleversée. Elle commença à s'inquiéter à propos des enfants, se sentait prise au piège dans sa belle demeure, et il lui semblait que la vie n'avait plus d'intérêt pour elle. Alors elle consulta un psychiatre qui lui donnait des antidépresseurs. Ni elle, ni le psychiatre n'imaginèrent que son équilibre fut affecté par la prise d'œstrogènes ; ils pensèrent l'un et l'autre que ses problèmes étaient mentaux. On lui avait dit qu'on donnait des œstrogènes pour traiter la dépression de la ménopause, et elle était certaine que ses symptômes étaient dus au manque d'œstrogènes si elle s'abstenait d'en prendre. Toutefois, les antidépressifs la rendirent plus malade. Elle devint violente, et malheureusement sa seconde tentative de suicide aboutit à sa mort.

Pour certaines femmes, il est impossible de trouver une pilule qui soit exempte de symptômes. Voici ce qui est arrivé lorsque nous avons essayé de redresser la situation pour trois femmes. Mrs N.L. prenait depuis 19 mois une pilule à faible dose de progestatifs et à haute dose d'œstrogènes (diacétate d'éthynodiol, 0,1 mg + 0,1 mg de mestranol). Elle demanda à prendre autre chose à cause de forts saignements irréguliers accompagnés de crampes et d'engourdissements des pieds. Sa biopsie de l'endomètre montrait beaucoup de petits vaisseaux dilatés. Elle prit la même pilule, mais dosée à 1 milligramme. Ses symptômes de jambes et de pieds disparurent et ses règles devinrent très peu abondantes. Cette fois il lui fallut s'arrêter au bout de trois mois seulement parce qu'elle était devenue complètement frigide. Bien que cette pilule soit fortement progestogénique, sa dose élevée d'œstrogènes provoquait chez certaines femmes des symptômes veineux, et deux femmes sur trente développèrent une thrombophlébite.

Mrs N.L. essaya alors une pilule séquentielle avec la même forte dose d'œstrogènes pendant 21 jours, additionnée de progestatifs (chloramadinone 2 mg) pendant dix jours. Elle se plaignait toujours de dépression et de perte de la libido, et changea une fois de plus pour une autre pilule dosée de 0,25 mg de diacétate d'éthynodiol plus mestranol. Elle la prit pendant 14 mois mais eut des saignements irréguliers pendant 11 de ses cycles.

Mrs I.D. commença avec la même pilule à faible dose de progestatifs et haute dose d'œstrogènes, mais au bout de 27 mois se mit à saigner continuellement pendant 35 jours. Elle changea de pilule pour celle dosée à 25 mg mais se mit à saigner pendant 15 jours au bout de 7 cycles, et se plaignait de vertiges. Sa dernière pilule fut celle dosée à 5 mg, qu'elle prit pendant 13 mois avant de l'arrêter à cause de maux de tête, vertiges, fortes crampes dans la jambe droite, et une augmentation de poids de 14 livres.

Sur les vingt autres patientes qui avaient essayé cette pilule-là, l'une s'effondra sous une violente douleur dans la poitrine, une autre fut hospitalisée pour très fort état anxieux, et une autre encore pour douleurs abdominales.

Mrs V.O. prit 3 différentes doses de norgestrel à faible dose d'œstrogènes. Elle avait 37 ans et avait eu 10 enfants sans fausses couches. Elle avait souffert de tension prémenstruelle, de dépression et de maux de tête avant ses règles et, à l'occasion, de crampes dans les jambes. Elle commença avec 0,1 mg de norgestrel, et après neuf cycles elle eut deux cycles de saignements irréguliers, davantage de crampes dans les jambes que d'habitude, et ses veines variqueuses avaient éclaté à deux reprises. Alors elle prit la pilule dosée à 0,25 mg pendant 12 mois et prit neuf livres. Elle changea de pilule, prit celle dosée à 0,5 mg parce que les faibles doses avaient dû être arrêtées en raison de saignements trop abondants. Douze mois plus tard, elle arrêta la pilule entièrement, car elle avait les doigts et les chevilles enflées, se sentait défaillante et avait des sensations d'oppression dans la poitrine.

Nous avons retrouvé sans cesse que le fait de moduler les doses de progestatifs ou d'œstrogènes chez la femme, transformait ses symptômes, les faisant passer de l'hémorragie subite à des troubles veineux, troubles artériels, tels que maux de tête et tension élevée, prise de poids, dépression. Les symptômes dits « névrotiques » comme la fatigue, l'anxiété et l'irritabilité étaient plus accentués avec les pilules de gamme moyenne qui avaient un équilibre plus élevé d'œstrogènes. Toutes les pilules produisaient tôt ou tard de nombreux effets secondaires.

Il me semble que le bilan de nos essais de Londres peut se résumer au constat que, là où des dosages élevés provoquaient une large réaction en chaîne d'effets secondaires, des dosages légers (bas) entraînaient autant de grossesses que les méthodes mécaniques de contraception.

Chapitre III

JEUX DE BASCULE BOULEVERSEMENTS DANS LE MÉTABOLISME

On croit en général qu'il suffit de changer les doses d'œstrogènes et de progestatifs pour supprimer les effets secondaires sur le métabolisme. En fait, les œstrogènes et les progestatifs ont des effets différents sur les graisses, les protéines et les hydrates de carbone. C'est ce qui a rendu impossible la mise au point d'une pilule dépourvue d'effets secondaires indésirables.

Alison était une jeune mère de deux enfants. Elle avait trente ans et paraissait en bonne santé, heureuse et pleine d'éclat. Elle était statisticienne et je lui demandai de m'aider alors que je préparais les résultats des essais de Londres pour le B.M.J. en 1965. Elle avait calculé qu'avec des pilules différentes, on trouvait des différences hautement significatives dans le nombre de femmes qui avaient maux de tête, thrombose ou dépression, ce qui signifie que les symptômes n'étaient pas simplement survenus par hasard mais qu'ils étaient plus vraissemblablement le fait des différentes doses d'hormones.

Nos filles étaient dans la même classe à l'école maternelle, aussi nous nous invitions l'une l'autre à prendre le thé ensemble. Un jour d'été, je portai à Alison un gros gâteau de fraises à la crème. Elle le regarda avec envie et dit : « Ça a l'air magnifique, mais je ne peux pas manger d'aliments gras. Je vais me faire enlever la vésicule biliaire dans une ou deux semaines ». Je la plaignis, et soudain pensai à lui demander si elle prenait la pilule. Alison dit que oui. Sur mon conseil, elle arrêta aussitôt la pilule. Le chirurgien s'étonna de ce que les calculs de la vésicule aient disparu sur les radios d'Alison avant qu'il ait pu l'opérer.

Presque vingt ans après, Alison a toujours sa vésicule et depuis qu'elle ne prend plus la pilule, elle n'a aucun mal à digérer les matières grasses.

Je remarquai d'abord que quelques-unes des volontaires de la recherche sur la pilule développaient des calculs de la vésicule biliaire, dans les débuts des années 60, et j'en fis part au Comité pour la Sécurité des Médicaments. C'étaient là les premiers avis qu'ils aient reçu. Mais bientôt d'autres cas furent rapportés en Angleterre.

Les atteintes de la vésicule biliaire ne restaient plus le strict apanage des belles, fortes, et fécondes femmes de quarante ans, mais devenaient plus fréquentes que jamais chez les jeunes femmes.

La prise de poids est un des effets secondaires les mieux connus de la pilule. Encore une fois, avant l'avènement de la pilule, l'obésité était liée à la ménopause et connue comme « l'embonpoint de l'âge ». Assez curieusement, le gain de poids ne dépend pas seulement des dosages en hormones d'une pilule, mais dépend tout autant de l'équilibre hormonal exact de chaque pilule. Avec une pilule ayant une dose moyenne de progestérone et une dose faible d'œstrogènes, la moitié des femmes gagnèrent dix livres leur première année. Mrs G.D., par exemple, eut des maux de tête durant son premier cycle. Ses jambes devinrent douloureuses et elle se sentait plus fatiguée chaque jour. En dix mois elle avait gagné 21 livres. Elle cessa de prendre la pilule et son poids redevint normal en quelques mois.

Bien que je n'aie pas jugé bon d'analyser la prise de poids dans un article à part pour un journal médical, je constatai que c'étaient les pilules qui avaient les plus graves effets sur le système vasculaire et sur le moral, qui influaient de manière aussi importante sur la prise de poids. En dépit du fait que, chaque pilule ayant des actions biochimiques particulières, toutes les femmes ne sont pas également affectées. Quelques-unes gagnent rapidement du poids, d'autres très lentement et elles peuvent ne pas rapprocher leur obésité de la prise de la pilule ou d'un traitement d'hormones de remplacement. Quelques-unes perdent leur appétit. Elles sont incapables de manger, elles maigrissent et deviennent anorexiques. Lorsqu'on les force à manger, elles peuvent alors devenir de plus en plus grosses, parce que les mécanismes de contrôle ont été rompus. Mais la pilule agit en bloquant les mécanismes normaux de contrôle du cerveau, de l'hypothalamus et de la glande pituitaire (hypophyse).

Car malheureusement, la pilule n'intervient pas seulement dans le contrôle normal de la fonction sexuelle mais elle agit aussi sur les hormones qui régularisent le stress, la croissance, l'activité thyroïdienne, ainsi que la division et le métabolisme de notre alimentation : hydrates de carbone, protéines, graisses, sels minéraux, vitamines et notre équilibre hydrosodé.

Quand les hormones stéroïdes telles que la pilule sont introduites dans le corps, elles modifient la production des autres hormones stéroïdes fabriquées par les glandes surrénales. (Voir appendice I pour plus de détails). Le Dr Kitty Little a décrit comment les pilules stéroïdes sont causes d'anomalies des os, des cellules du sang, des vaisseaux sanguins et des mécanismes qui combattent le stress. Dans des expérimentations, elle a découvert que ce sont les jeunes animaux immatures qui subissent les plus grandes modifications ; et c'est son travail qui l'a faite se sentir très concernée par les risques d'ostéoporose à long terme (amincissement du tissu osseux), de problèmes au niveau du dos ou des articulations chez les jeunes filles à qui l'on donne la pilule dès la puberté — période où leur corps a souvent déjà suffisamment de mal à s'ajuster sur les modèles hormonaux adultes.

Dès 1968, le Dr Little prédisait une montée de symptômes de vieillissement précoce chez les utilisatrices de pilules, et en particulier une augmentation des fractures d'effort* parmi les jeunes femmes qui prennent la pilule. Les maîtres de ballet à Londres se sont plaints de ce que leurs élèves avaient à l'heure actuelle davantage de fractures imprévisibles.

Le Professeur Victor Wynn avec son équipe de l'Hôpital St. Mary, à Paddington, a montré comment la pilule pouvait être à l'origine de diabètes. La progestérone et les progestatifs (à doses minimes) peuvent élever le sucre du sang et causer une résistance à l'insuline comme le font les hormones mâles et les stéroïdes anabolisants utilisés par certains athlètes.

Les œstrogènes ont particulièrement tendance à élever la production des graisses du sang, tel le cholestérol, mais les progestatifs, qui agissent comme des hormones mâles, abaissent une fraction particulière du cholestérol. De faibles taux de cette fraction de HLD_2 ont été associés à l'augmentation du risque de maladies artérielles. L'on pense que c'est un facteur contribuant au fait que les femmes sous pilule aient un plus haut risque de maladies du cœur.

Les problèmes de vésicule biliaire se multiplient avec la pilule parce que *les œstrogènes élèvent le taux de cholestérol, tandis que les progestatifs retardent la vidange de la vésicule, les uns et les autres favorisant les calculs de cholestérol.*

Le métabolisme des protéines peut être bouleversé par la pilule, et les progestatifs tendent à ralentir l'activité des enzymes du foie qui épurent notre sang. Les protéines sont décomposées selon des modes anormaux

* Médicalement, on parle de « fractures spontanées » provoquées par des traumatismes minimes.

et ce sont des produits chimiques anormaux qui apparaissent dans l'urine. Un déficit en zinc et en vitamine B6 peut se développer, provoquant davantage de bouleversements dans le métabolisme des hydrates de carbone et le métabolisme cellulaire en général.

Bien que nous ayons trouvé que les œstrogènes diminuaient et que les progestogènes augmentaient l'activité M.A.O.*, une autre enzyme qui décompose les protéines, le C.O.M.T.**, était soit trop élevée, soit trop basse, dans le sang des femmes qui prennent la même pilule. Ces deux enzymes requièrent la présence de l'oligo-élément cuivre, mais la pilule augmente trop les taux de cuivre, en particulier chez des femmes prédisposées.

La pilule peut entraîner un déficit en zinc et un excédent de cuivre, ce qui en retour altère les fonctions de l'intestin et du foie, entraînant des réactions alimentaires qui peuvent aller jusqu'à l'anorexie ou la boulimie. La pilule peut également bouleverser les taux de fer, de magnésium, de manganèse, d'iode et de chrome, ce qui peut être diagnostiqué par analyse minérale.

Pour illustrer comment les hormones stéroïdes peuvent affecter les taux des oligo-éléments dans le corps, une patiente qui depuis plus de dix ans prenait des œstrogènes, soi-disant naturels et un progestatif, subit une analyse minérale détaillée du sang, des cheveux et de la sueur. On constata un déficit sévère en zinc, magnésium et manganèse, et un très fort excédent de cuivre. On lui fit prendre des suppléments de sels minéraux et de vitamines, tout en diminuant progressivement les œstrogènes, afin de prévenir les inévitables effets secondaires d'un sevrage brutal. Weindling et Henry ont analysé les tests de laboratoires modifiés par la pilule[1], et les transformations au niveau des vitamines seront traitées plus en détail au chapitre VIII.

* M.A.O. : mono-amine-oxydase.
** C.O.M.T. : Catechol. o. méthyl transférase.

Les dernières pilules

Quand le Professeur Wynn déclara que même une faible dose de L Norgestrel provoquait encore des désordres métaboliques, l'intérêt se reporta vers le désogestrel, plus faible, avec une forte action de type progestérone, mais pratiquement pas d'effet androgène ou anti-œstrogène. Les résultats des essais sur le Marvelon (150 microgrammes de désogestrel et 30 microgrammes d'éthinyl œstradiol) furent exposés en 1983, lors d'un séminaire sur la contraception orale[2]. On constata qu'il avait la même incidence en effets secondaires et en hémorragies brutales qu'une pilule triphasique mini-dosée contenant du Levonorgestrel et de l'éthinyl œstradiol. Seule une grossesse se produisit sur 427 femmes et les effets métaboliques étaient ceux qui accompagnaient les œstrogènes : les graisses du sang étaient élevées de même que les protéines du plasma. Les taux de testostérone étaient très bas.

La plupart des contraceptifs oraux abaissent le taux de testostérone libre. Normalement, les femmes sont au summum de leur attirance et de leur initiative sexuelle au milieu de leur cycle d'ovulation, et la plupart des contraceptifs oraux effacent cet effet de pointe, de telle sorte que les relations sexuelles s'en trouvent considérablement affectées. Les pilules dépourvues d'activité androgène (sans hormones mâles) et utilisées pour traiter l'acné, l'hirsutisme et les maladies polykystiques des ovaires, n'engendrent que de très faibles taux sanguins de testostérone. Un professeur suédois expliquait : « Nous avons beaucoup de mal à maintenir nos femmes sur certains des multiples modèles expérimentaux de traitements. » Il semblait que ces femmes préféraient s'accommoder de leur pilosité, conserver leur libido et ne pas prendre de drogues ! Il avait remarqué par ailleurs que le « Regulatory Board » de Suède, fortement dominé par des femmes très actives, est très sceptique à l'égard de toute combinaison qui diminue les taux de testostérone. L'on affirme que *l'hirsutisme est très com-*

mun chez les utilisatrices de la pilule, et quelques chercheurs suédois pensent que les puissants progestatifs androgéniques, tel le Norgestrel, peuvent causer l'hirsutisme en déplaçant des sites de fixation et en libérant de la testostérone endogène.

Au cours du séminaire (sur la contraception orale) on exprima de l'inquiétude sur l'action prolongée d'un progestatif (présent dans une pilule largement recommandée pour lutter contre l'acné des jeunes filles, mais pas contre celui des garçons, qui en ont pourtant davantage), lequel rendait difficile le retour des menstruations chez les patientes tant qu'on ne leur avait pas fait prendre un supplément d'œstrogènes. (En fait, l'acné répond souvent de façon radicale à un supplément de zinc et à un régime hypo-allergique).

Le conférencier trouvait aussi nécessaire la mise au point d'une pilule adaptée aux femmes souffrant d'hirsutisme, et ce d'autant plus que les pilules relativement non androgéniques avaient été retirées du marché pour avoir provoqué chez le chien des tumeurs bénignes du sein.

Au bout de 25 ans, le scénario de la contraception orale tourne toujours en rond. La même pilule peut faire varier de manière radicalement opposée des enzymes d'importance stratégique capitale, en excès ou en carence. C'est un jeu de manège et de pendule à la fois. Très peu de gens comprennent qu'à cause de variations individuelles dans les enzymes de la paroi de l'intestin et du foie, *les taux dans le sang des progestatifs de la pilule peuvent augmenter jusqu'à dix fois*[3]. La banale prise de vitamine C à hautes doses, habituellement tout à fait bénéfique, a pour effet de surclasser une pilule, faisant passer à un niveau élevé son dosage en œstrogènes, faible au départ.

Chapitre IV

BIEN PLUS DANGEREUX QUE LE TABAC

On croit en général que si les femmes qui prennent la pilule renoncent au tabac, elles courent moins de risques de maladies vasculaires et autres. En fait, *la pilule par elle-même cause plus de maladies vasculaires et de cancers que ne le fait le tabac seul.*

Au début des années 1970, nous avions essayé toutes les combinaisons possibles de pilules, et il m'était apparu clairement que quelles que soient l'altération ou la manipulation des deux hormones de la pilule, elles provoquaient encore trop de maladies. La pilule était plutôt une commodité qu'une nécessité médicale, et je pensai que les femmes se tourneraient éventuellement vers d'autres méthodes.

Vers la même époque, la littérature médicale du monde entier avait passé en revue à peu prés toutes les maladies reconnues comme effets secondaires possibles ou réels de la pilule, et il n'était plus possible d'affirmer que la pilule était le moyen idéal de contraception. La profession médicale essaya une approche plus compréhensive, plutôt que la prescription pure et simple de la pilule. Le slogan était : « Quelle que soit la méthode, la meilleure est celle qui convient le mieux à chaque femme. » Pratiquement cela revenait à dire : essayez d'abord la pilule, ensuite le stérilet, suivi des condoms, des pessaires et de la stérilisation.

Je détournai mon attention des tests sur les différentes pilules pour le Planning Familial, et suivis une suggestion que m'avait faite le Dr Raymond Greene, éminent endocrinologue, de me pencher sur la migraine. Il m'indiqua le Migraine Trust, mis sur pied en 1965, à une époque où de plus en plus de jeunes femmes se plaignaient de migraines. Le Trust avait lancé, à Londres, la Princess Margaret Migraine Clinic, dans le but de traiter sur le champ les crises de maux de tête, chez les employés de bureau. Il y avait toujours un médecin de garde pour traiter les cas aigus et aussi pour s'informer auprès des généralistes. Une recherche était en cours, menée en collaboration avec les hôpitaux du voisinage.

Je fus invitée à assumer quelques sessions temporaires à la Clinique par son Directeur, le Dr Marcia Wilkinson. Je démarrai aussi des consultations régulières au Royal Surrey County Hospital de Guildford, comme assistante du neurologue le Dr Desmond Carrol. Plus tard, je me joignis à l'équipe de recherches du Dr Frank Clifford Rose, dans le service de neurologie de l'Hôpital de Charing Cross, lequel héberge aussi actuellement la Princess Margaret Clinic. À ces trois consultations, je constatai que je voyais un nombre largement plus grand de femmes, et que la plupart des plus jeunes étaient sous pilule.

Bientôt des racines sociales émergeaient derrière les habitudes de tabagisme des malades qui fréquentaient les consultations de Charing Cross et de Guildford. Des deux côtés, il y avait quelques très gros fumeurs hommes, mais moins de femmes qui fumaient à Guildford, district de campagne aisé qu'aux alentours de Charing Cross, une zone ouvrière de Londres. Ce que nous avions appris pendant les vingt dernières années sur la responsabilité du tabac dans le cancer et les maladies vasculaires avait entraîné une chute du nombre de fumeurs au sein des classes les plus élevées de la société : 25 % d'hommes et de femmes. Mais dans les classes les plus basses, 61 % des hommes et 42 % des femmes continuaient de fumer.

Mon intérêt s'était accru pour l'étude du tabagisme du fait que les complications vasculaires graves de la pilule étaient les mêmes que celles causées par le tabac, ce qui me fit penser qu'il se pouvait qu'il s'agisse d'un mécanisme sous-jacent similaire. Un des effets secondaires commun à l'un et l'autre est le mal à la tête. *Mais je constatai que, tandis que la fumeuse ou le fumeur moyens venaient consulter à l'hôpital pour migraine après avoir fumé 20 cigarettes par jour pendant 25 ans, l'utilisatrice moyenne de la pilule contraceptive venait après 3 ou 4 ans de contraceptifs oraux.*

En 1974, un médecin allemand calcula que les crises cardiaques n'étaient pas courantes chez les fumeurs jusqu'à ce qu'ils aient fumé plus de 200 000 cigarettes, et les plus gros fumeurs qui venaient à nos consultations avaient atteint ce chiffre. Les jeunes fumeuses sous pilule et qui atteignaient la moyenne de 59 130 cigarettes environ — 18 par jour pendant 9 ans — avaient pris la pilule pendant 3 ans. La plupart des morts vasculaires prématurés surviennent chez des femmes qui ont pris la pilule entre 1 et 6 ans, un délai évidemment bien plus court que pour le tabac.

Le Dr Glynn Volans, jeune chef de clinique à la Princess Margaret Clinic, avait remarqué que beaucoup de patientes souffrant de migraines étaient incommodées par la fumée de tabac, surtout pendant leurs crises. Comme il savait déjà que les fumeurs ont des taux élevés de carboxy-hémoglobine (COHb) dus au fait que le monoxyde de carbone de la fumée de cigarette se substitue à l'oxygène dans les cellules rouges du sang, et comme il savait aussi que le COHb pouvait causer vasodilatation et maux de tête, Volans s'arrangea pour mesurer les taux de COHb chez les patients atteints de migraine. Chose étonnante, dans son article de 1976 avec Castledon, il arrivait à la conclusion que le tabac n'était probablement pas un des facteurs qui provo quent les migraines, car les taux de COHb chez les fumeurs affligés de maux de têtes n'étaient pas plus élevés que chez ceux qui n'en souffraient pas. De même s'étaient-ils attendus à trouver plus de fumeurs parmi leurs patients migraineux que dans la population générale, mais en fait ils en trouvèrent moins et, parmi les femmes convoquées à la clinique pour un deuxième examen, il y avait 4 fois moins de fumeurs qu'on ne le pensait. J'avais constaté la même chose, mais j'avais trouvé que les malades pris en urgence avaient plutôt tendance à être des fumeurs.

Lorsque je fis le bilan des maux de tête de consultants sur plus de trois mois, je pus en tirer des statistiques hautement significatives. Par exemple, trente utilisatrices de la pilule totalisaient 424 jours de migraine, tandis que l'on se limitait à 128 jours chez un même nombre de femmes qui ne prenaient pas la pilule. Les femmes qui fumaient avaient 169 jours de migraine, mais 380 jours de maux de tête dus à l'hypertension. Tandis que les utilisatrices de la pilule souffraient de migraine, les femmes qui fumaient avaient plus de maux de tête dus à l'hypertension. Beaucoup des utilisatrices régulières d'ergotamine étaient accoutumées à cette drogue, et étaient condamnées à des crises immédiates de migraine si elles oubliaient de prendre de l'ergotamine chaque matin.

Quand nous groupâmes ensemble les malades convoqués et les cas d'urgence compte tenu de ces données, nous découvrîmes que les hommes et les femmes qui fumaient étaient plus portés que les non-fumeurs aux visites d'urgence, mais que les femmes qui prenaient la pilule faisaient encore plus de visites d'urgence que les fumeurs.

Pourcentage des différents malades atteints de migraine ayant reçu un traitement intense

	Hommes	Femmes
Non fumeurs	15%	10%
Fumeurs	35%	33%
Pilule	—	49%
Pilule + tabac	—	57%
Pilule + tabac + ergotamine	—	78%

Il est évident que la pilule peut être en ce qui concerne la migraine un agent plus dangereux que le tabac, et l'usage des deux ensembles est plus à même de provoquer des attaques fréquentes et graves. L'usage de l'ergotamine complique la situation[2;3]. Voilà un point qui échappe souvent à l'attention dans le débat médical sur la pilule. Bien qu'il soit notoire que le tabagisme augmente le risque de maladies vasculaires de toutes sortes induites par la pilule[4], on n'insiste pas sur le fait que la pilule est, à elle seule, plus dangereuse que le tabac seul. Pourtant c'est bien ce profil qui se dégage des comptes rendus de décès, tout au long des deux grandes études britanniques sur la pilule[5;6]. Sur les 81 décès d'origine vasculaire enregistrés, 6% des femmes n'avaient jamais fumé ni utilisé la pilule, 10% avaient fumé, 19% avaient pris la pilule et 65% avaient pris la pilule et fumé. Naturellement, ceci fut présenté au public comme la preuve de ce que, si vous ne fumez pas, la pilule est sans danger.

Deux études, celle d'Oxford F.P.A. et celle de Walnut Creek, constataient elles aussi l'existence de risques significativement accrus de cançer du col chez des jeunes femmes qui fumaient, mais leurs données démontraient que les utilisatrices de la pilule avaient un risque beaucoup plus élevé de cancer du col que celles qui fumaient[7].

Incidences du cancer du col

		Pilule	Non pilule	Fumeur	Non fumeur
1978	Oxford FPA : toutes	30	9 *	21	18
1981	Walnut Creek : au-dessous de 40 ans	37	1	14	18

Il est intéressant de noter que les fumeuses sont spécialement portées aux maux de tête dus à l'hypertension, et la plupart d'entre elles disent qu'elles fument pour apaiser cette hypertension. Ce n'est pas si paradoxal, car le soulagement procuré par le tabac a souvent un effet de contrecoup. Les fumeurs prennent plus de tranquillisants que les non-fumeurs — chose que j'ai découverte au cours des consultations. J'ai constaté que près d'un fumeur sur cinq prenait régulièrement du Valium à leur première visite, mais chez les anciens fumeurs, cette proportion était réduite de plus de la moitié.

Quand les femmes furent enrôlées dans l'étude de Walnut Creek, on constata que celles qui prenaient ou qui avaient pris la pilule avaient plus tendance à prendre des tranquillisants. *Il s'est produit une énorme élévation des prescriptions d'antidépresseurs et de tranquillisants chez les jeunes femmes depuis que le tabac et la pilule ont été banalisés.* Beaucoup de ces prescriptions ont pour but de masquer les symptômes, et elles aident simplement les gens à continuer à fumer et à prendre la pilule. À l'heure actuelle, une femme sur cinq prend des tranquillisants, contre un homme sur dix seulement. Je me demande combien, parmi les femmes qui ont commencé à en prendre pendant qu'elles étaient sous pilule, ont pris conscience qu'elles ne pouvaient plus

* Sept portaient des stérilets et deux utilisaient des diaphragmes.

s'en passer même après avoir renoncé à la pilule pour une autre méthode de contraception.

Le Dr Edda Hanington, qui tenait une consultation sur la migraine à l'Hôpital Middlesex à Londres, avait demandé à ses patients à quels aliments ils attribuaient leurs migraines. Quelques-uns n'avaient pas fait de rapprochement entre leur alimentation et leurs maux de tête ; mais beaucoup d'autres avaient remarqué que s'ils mangeaient du fromage, du chocolat, des oranges, ou buvaient de l'alcool — surtout du vin rouge — ils avaient souvent une forte crise de migraine dans les heures qui suivaient[8]. Les patientes du Dr Hanington déclarèrent aussi que ces aliments avaient davantage tendance à les perturber à l'époque de leurs règles ou si elles prenaient la pilule. Tout en suivant ce travail, je demandai à mes patientes d'éviter de manger ces aliments qui précipitaient la migraine, d'arrêter de prendre la pilule, de cesser de fumer et d'éviter de prendre aucun médicament chronique. Chaque groupe de patientes vit se réduire de dix fois le nombre de leurs crises de migraines. Plusieurs n'eurent plus jamais de maux de tête, bien que quelques-unes aient souffert régulièrement de migraines, la plus grande partie de leur vie. Presque toutes les malades s'améliorèrent énormément. La moitié de celles qui fumaient et un tiers de celles qui prenaient la pilule n'eurent plus jamais de maux de tête ni de crises de migraines. Un succès spectaculaire fut celui d'une femme de quarante-six ans, adressée par son généraliste parce qu'elle souffrait de migraines depuis 22 ans et qui fumait depuis l'âge de 16 ans. Pendant 30 ans elle avait fumé entre 15 et 20 cigarettes par jour, et pendant les trois dernières années avant de venir en consultation, elle avait eu des maux de tête quotidiens. Pour remédier à son état, cette malade avait pris de nombreux médicaments prescrits par des médecins des hôpitaux. Je lui conseillai de cesser de fumer et d'éviter certains aliments. Elle supprima le café, le chocolat et la crème de son alimentation et, quatre ans plus tard, elle était complètement débarrassée de ses migraines. Elle reprit goût à la vie.

La plupart des femmes voient disparaître les effets secondaires aussitôt qu'elles arrêtent la pilule, mais quelques patientes continuaient à souffrir de migraines même après l'avoir abandonnée, et avoir renoncé aux aliments nocifs. Toutefois, elles guérirent après avoir suivi un régime strict d'élimination allergique, dont les résultats soulevèrent un énorme intérêt lorsque je les ai publiés dans le *Lancet* en 1978[9]. La découverte importante consiste en ceci : c'est ce que font les gens dans leur vie de tous les jours, ce qu'ils mangent, ce qu'ils respirent et ce qu'ils boivent, qui décide le plus souvent de leur état de santé. Hans Selye, dans ses nombreux articles et livres sur le syndrome général d'adaptation, a décrit comment les individus peuvent résister pendant de longues périodes au stress mental et physique avant que leurs mécanismes de résistance ne s'effondrent et qu'ils tombent malades. La période d'adaptation au tabac semble être de vingt à vingt-cinq ans, mais de quelques années seulement pour les contraceptifs stéroïdiens oraux. Ceci suggère fortement que la pilule est plus nuisible à la santé que le tabac.

Le Dr Kitty Little a noté que les stéroïdes progestatifs donnés expérimentalement avec de la cortisone pour reproduire l'effet du stress quotidien transformaient radicalement les cellules en développement de la moelle osseuse, laquelle produisait alors des cellules sanguines anormales et des amas de plaquettes sanguines visqueuses. Les plaquettes visqueuses sont anormalement sensibles à l'élévation des amines du sang issus des aliments et des boissons, et elles ont davantage tendance à s'agglutiner, causant migraines et épisodes de thrombose. En 1982, le Dr Hanington[10] et ses collègues publièrent des résultats montrant que les patientes, dont les migraines s'étaient déclarées pour la première fois lorsqu'elles avaient commencé à prendre des pilules mini-dosées, avaient de manière significative plus de plaquettes visqueuses que les autres femmes. De quatre à six mois après l'arrêt de la pilule, il se produisait une amélioration marquée des symptômes, et, au laboratoire, les plaquettes avaient moins tendance à s'agglutiner quand on les exposait aux amines tels ceux contenus dans le fromage. Maintenant, je sais que les plaquettes, les globules rouges et les globules blancs peuvent aussi être modifiés quand nous mangeons des aliments auxquels nous sommes allergiques.

Chapitre V

ALLERGIE
COMMENT SE REMETTRE DE LA PILULE

On croit en général que l'effet de la pilule sur les systèmes immunitaires de la femme n'a probablement pas d'importance clinique. (R.C.G.P., Étude de 1974). En fait, *les maladies allergiques et immunitaires ont atteint des proportions épidémiques parmi les femmes qui prennent la pilule.*

Bien que les médecins s'accordent aujourd'hui pour penser que les femmes sujettes aux migraines ne devraient pas prendre la pilule, plusieurs d'entre eux n'ont pas l'air de réaliser que la pilule est un agent majeur de notre épidémie actuelle d'allergies alimentaires.

Derrière les dramatiques scoops journalistiques sur les femmes « allergiques au XXe siècle », se cache une nouveauté gênante. Il semble, d'une façon générale, que les femmes soient devenues plus sensibles aux produits chimiques, aux aliments et à la pollution.

Il m'a fallu près de dix ans pour comprendre que les modifications immunitaires jouaient un rôle capital dans l'apparition des effets secondaires de la pilule. Bien que les maux de tête, les modifications des veines et les changements d'humeur, les saignements irréguliers et les modifications de poids, dépendent des doses d'hormones et de leur équilibre, ils dépendent aussi d'une susceptibilité de l'individu. Les femmes qui ont des antécédents familiaux allergiques ont en général de graves effets secondaires immédiats, quelle que soit la pilule qu'on leur donne. D'autres femmes peuvent avoir des maux de tête vingt-quatre heures après la première pilule et n'en avoir plus jamais pendant trois ou quatre ans, jusqu'à ce qu'elles se mettent à en souffrir chaque jour. À ce stade, leur mécanisme de protection est épuisé.

Les découvertes clés de nos premiers essais sur la pilule n'étaient pas seulement le degré de variation des effets secondaires selon le dosage et le type de pilule, mais les différences saisissantes de susceptibilité individuelle aux effets secondaires. Les médecins qui veulent donner aux femmes des injections de pilules stéroïdes de longue durée, quelle qu'en soit la variété (injections dont les effets durent trois mois), semblent soit ignorer ces faits, soit prendre un risque calculé.

Il est cependant indiscutable que les hormones ont un effet profond sur notre système immunitaire. Les femmes sont plus réactives que les hommes, et les femmes enceintes encore plus sensibles que les autres. Un dégoût insurmontable pour le café a toujours été le signe de mes grossesses. C'est là un mécanisme de protection, de même qu'un seul verre de vin par jour pendant la grossesse est déjà une forte dose en ce qui concerne le bébé. *Aussi est-il important que les femmes soient averties des dangers de certaines substances.*

Tout le monde pense savoir ce qu'est l'allergie ; et pourtant les médecins et les savants s'épuisent à argumenter sur des définitions exactes et à discuter autour des maux de tête : sont-ils dus à des modifications biochimiques ou à des modifications immunologiques ? Une expérience scientifique consiste à isoler et à examiner un aspect particulier des mécanismes du corps ; mais sur un corps en vie, les modifications des cellules, des produits chimiques et des protéines immunitaires se produisent toutes ensemble, ou l'une après l'autre, de telle sorte qu'une modification peut déclencher toute une suite de transformations.

Nos corps sont faits de millions de cellules uniques. Une amibe est une minuscule créature qui n'a qu'une seule cellule. Quand elle rencontre même des virus plus petits ou des bactéries, l'amibe les engloutit et sécrète des produits chimiques pour les digérer. Nous développons dans notre corps des cellules spéciales qui jouent le même rôle dans le cadre de notre système de défense immunitaire. Les globules blancs, dans notre sang, attaquent les bactéries qui l'envahissent, et sécrètent des protéines immunisantes (anticorps) pour tuer les envahisseurs (antigènes). Si nous produisons trop d'anticorps et s'il y a trop d'antigènes, ils s'agglutinent tous ensemble dans un treillis appelé complexe immunitaire. Cela donne naissance à un complément, qui forme des caillots de plaquettes. Ces plaquettes sécrètent des produits chimiques qui dilatent ou contractent les vaisseaux sanguins, endommagent leurs parois et forment encore plus de caillots, causant des maux de tête ou des thromboses. Mais si nous n'avons pas assez d'anticorps, nous sommes plus vulnérables à des lésions tissulaires.

Quand une femme a des rapports sexuels, le sperme est étranger à son corps, comme des bactéries envahissantes, mais en général elle ne les détruit pas. Son corps ne rejette pas la protéine étrangère du père qui est dans l'ovule fécondé. À mesure que le bébé grossit dans son sein, les taux d'œstrogènes s'élèvent et arrêtent les attaques des globules blancs. Certaines femmes rejettent le fœtus et cela peut être une cause d'avortements répétés. Une réaction aux tissus du père peut aussi provoquer les premiers malaises de la grossesse.

Les œstrogènes peuvent augmenter les taux d'anticorps[1]*, et cela signifie que les femmes enceintes ont davantage tendance à avoir des réactions allergiques à la nourriture pendant les premiers trois mois.* La progestérone a l'effet inverse et diminue la formation de l'anticorps[2]. Les taux élevés des deux hormones stéroïdes durant les six derniers mois de la grossesse tendent à supprimer les réactions allergiques et donnent une sensation de bien-être, mais une femme enceinte est plus sensible aux infections ; et si elle a une tumeur, celle-ci peut se développer plus rapidement.

Quand les taux d'hormones tombent soudainement après la naissance de l'enfant, la mère peut à nouveau devenir plus allergique. Elle peut faire une thrombose ou une dépression du post partum. Dans ce qu'on appelle les conditions auto-immunisantes, quand le corps réagit à ses propres tissus, des maladies telles que la sclérose en plaques (S.P.) ont tendance à faire une poussée brutale. C'est précisément à ce moment critique que l'on donne les injections contraceptives de progestérone seule, à longue durée. Expérimentalement, les œstrogènes suppriment la sclérose en plaque chez les animaux. Mais les progestatifs intensifient et prolongent la maladie[3]. Les progestatifs ont aussi tendance à intensifier la dépression, outre leur intervention dans la fonction immunitaire.

La médecine traditionnelle admet que le rhume des foins, l'asthme et les éruptions cutanées sont causées par des réactions allergiques. Beaucoup de gens qui se plaignent de ces maux, ont jusqu'à six fois plus que les taux normaux d'un anticorps appelé immunoglobuline E (IgE) dans leur sang. Ces malades sont dits atopiques. Seul un petit nombre de femmes réagissent aux pilules contraceptives. Une de nos volontaires fit de l'asthme avec une pilule faiblement dosée et non avec une pilule fortement dosée. Peu d'entre elles eurent des éruptions de la peau et de l'oreille. Des spécialistes du nez et de la gorge ont déclaré que les femmes qui prenaient la pilule avaient souvent des rhinites et du rhume des foins. Je commençai à me douter, à cause d'une patiente qui présentait une migraine anormale, que l'allergie pouvait être impliquée dans le développement de tous les habituels effets secondaires de la pilule.

Mrs Y.G. était une charmante et intelligente femme de trente ans, qui venait en consultation à Guildford depuis plusieurs années pour migraine. Quand je la rencontrai en 1972, elle me dit qu'elle avait toujours eu des réactions sévères aux changements hormonaux. Elle avait toujours eu, au moment de ses règles, des maux de tête et une migraine banale. Enfant, elle avait eu des infections à récidive, mais personne d'autre dans sa famille n'avait de migraines et ses parents ne fumaient pas. À l'âge de 25 ans, on lui prescrivit une pilule contraceptive pour voir si cela diminuerait sa migraine menstruelle. Le résultat fut un désastre. Après avoir pris la seconde pilule, elle eut un malaise chez le coiffeur, se traîna jusque chez elle et perdit connaissance pendant près de quatre heures. Quand elle revint à elle, son corps tout entier était douloureux et envahi de picotements. L'arrière de sa tête était sensible et elle se sentait profondément déprimée, ce qui ne lui était pas habituel. Bien qu'elle n'ait jamais repris la pilule, elle souffrit continuellement pendant les deux années qui suivirent et il lui arriva de penser au suicide quelquefois.

Plus tard, elle eut deux grossesses et souffrit de migraines tout le temps qu'elles durèrent. Quand son fils aîné naquit, elle eut une éruption soudaine et généralisée, et après la naissance du second, elle eut des écoulements de sang par les seins. Lorsque je vis Mme Y.G., on lui avait prescrit une série de drogues soit inutiles, soit qui la rendaient plus malade.

Un de ses fils avait constamment besoin d'antibiotiques pour des infections très inquiétantes des voies respiratoires supérieures. John fut examiné dans le service d'immunologie de l'Hôpital de Westminster, où l'on était à l'avant-garde de beaucoup des premiers travaux sur la moelle osseuse. Le sang de John était totalement déficitaire en immunoglobuline A (IgA). Un tel déficit héréditaire affecte une personne sur cent environ. Il y a quatre protéines immunitaires principales circulant dans le sang : (IgM, IgA, IgG et IgE). Ces anticorps sont fabriqués par des globules blancs (spéciaux) qui émanent de cellules plus primitives de la moelle osseuse. Les enfants nouveau-nés ont à peine quelques immunoglobulines dans leur sang et ils dépendent fortement des anticorps de leur mère qu'elle leur apporte par son lait. Vers l'âge de sept ans, les enfants ont presque le même taux d'immunoglobulines dans le sang que les adultes. C'est l'une des raisons qui font que les jeunes enfants sont particulièrement sensibles aux infections. Un petit nombre d'individus, un ou deux sur cent, ont une carence héréditaire en IgA et sont particulièrement sujets aux infections respiratoires ou gastro-intestinales à récidive. Les I.g.A. sont normalement présents en grand nombre dans l'intestin où les aliments sont décomposés et absorbés. La mère de John n'avait, elle aussi, presque pas d'IgA Tous les deux avaient des taux normaux d'IgE.

Nous savons maintenant que l'exposition quotidienne à la fumée de cigarettes peut déclencher des crises de rhume des foins ou d'asthme aussi bien que des crises de migraine, et donc peut causer une élévation d'IgE, mais ni Mrs Y.G. ni John n'étaient exposés à la fumée de cigarettes.

On ne pensait pas que la migraine était due à l'allergie et parmi les migraineux, il y a exactement le même nombre d'individus atopiques à taux élevé d'I.g.E. que dans la population en général. Néanmoins, devant les expériences de Mrs Y.G., je me suis demandé si les anomalies immunitaires étaient la cause principale de réactions hostiles aux périodes de changements hormonaux et aux traitements médicaux. Aussi ai-je fait mesurer les immunoglobulines du sérum chez tous les malades de migraines que je vis. Comme l'IgE est présent dans le sang en très petites doses, l'on ne recherche généralement à la section de chimie pathologique de l'Hôpital que l'IgM, l'IgA et l'IgG, car ces immunoglobulines peuvent être altérées dans les maladies du foie, le cancer, en particulier le myelome et dans l'arthrite.

La plupart de nos malades les avaient en quantité normale, mais quelques-uns avaient des taux trop élevés ou trop bas. Le Dr Bruce Müller continua ce travail pour moi à l'Hôpital de Charing Cross et nous découvrîmes en fin de compte que lorsque les patientes arrêtaient la pilule, évitaient de fumer, arrêtaient l'ergotamine ou changeaient leur alimentation, elles voyaient leur taux anormal de protéines ramené de façon significative au taux normal, et cessaient d'avoir des crises de migraine. Les taux les plus élevés d'IgG (jusqu'à 2 g 03 pour 100 ml) étaient atteints par quelques hommes, gros fumeurs qui prenaient de l'ergotamine[4]. Un petit nombre de patients, telle Mrs Y.G., avaient un déficit héréditaire en IgA, et de tels déficits s'avéraient permanents, mais le plus souvent les anticorps varient au gré des habitudes quotidiennes.

J'avais utilisé les quotas moyens de Guildford de 1972, mais je notai que sept ans plus tard à Charing Cross, ces gammes normales s'étaient élargies. Je fis un contrôle dans différents hôpitaux de Londres ; chacun d'eux apportait des éléments légèrement différents, mais toutes les gammes « normales » s'étaient étendues depuis 1972.

Les hôpitaux avaient utilisé des échantillons de sang donnés aux services de transfusion. Ce sang est le plus souvent donné par de jeunes adultes qui ont davantage tendance à fumer ou à prendre la pilule que la moyenne des gens. Nous rassemblâmes aussi une centaine de « contrôles » de sangs provenant d'infirmières ou de techniciens de laboratoires, mais encore une fois, la plupart avaient fumé ou pris la pilule, et beaucoup souffraient de maux de tête ou d'allergies.

Cependant, des études, sur une plus large échelle, menées ailleurs, montrèrent clairement que, soit la pilule seule, soit le tabac seul, pouvaient altérer les protéines immunitaires de manière significative.

Ma contribution en 1974 au Symposium du Migraine

Trust[5] souleva l'intérêt d'un jeune neurologue australien, le Dr Georges Lord. Il réussit à découvrir que quelques patients, atteints de migraines, avaient des variations immunitaires temporaires dans leur sang au début de leurs maux de tête. Une patiente était si sensible à l'odorant daphné, qu'après avoir senti son fort parfum, elle fabriqua des complexes immunitaires et eut une crise de migraine dans les heures qui suivirent. Mais la plupart des malades ont des crises de migraine après avoir consommé certains aliments. Le Dr Hanington remarqua que les femmes avaient tendance à réagir à ces aliments avant leurs règles ou quand elles prenaient la pilule.

La migraine a été liée aux réactions alimentaires depuis des centaines ou peut-être des milliers d'années. Les hommes primitifs, pendant des millions d'années, suivirent un régime de l'âge de pierre, composé de nourriture fraîches, essentiellement de viandes, de poissons, de fruits et de noix. Il y a à peu près dix mille ans, apparurent les premières communautés sédentaires et l'on commença à cultiver les herbes sauvages pour en faire des récoltes régulières. Les grains pouvaient être mis en réserve et moulus en farine pour en faire du pain. Cependant, les grains pouvaient moisir, et le pain est levé avec de la levure — qui est aussi un champignon. Dans l'histoire de la neuro-chirurgie primitive, on faisait un trou dans le crâne pour en faire sortir les mauvais esprits (ou pour soulager la migraine ?). Le Dr Gina Schoental, du Collège Vétérinaire Royal, pense que les mycotoxines, fréquentes dans les grains, ont toujours été une cause puissante de maladie, en particulier celles qui agissent comme des œstrogènes.

Un médecin écossais, Francis Hare, ranima l'intérêt pour les allergies alimentaires au début de ce siècle lorsqu'il écrivit « *Le facteur aliment dans la maladie* », ouvrage fondé sur le travail méticuleux qu'il a mené en Australie. Le Dr Théron Randolf, le fondateur de l'Écologie clinique moderne, s'inspira des écrits de Francis Hare et travailla avec le Dr Albert Rowe qui introduisit les régimes d'élimination et de rotation. Le Dr Randolf était médecin dans un hôpital de Chicago, lorsqu'il découvrit l'importance des produits chimiques dans notre environnement quotidien, au début d'une recherche sur un malade allergique. Le Dr Randolf me dit récemment que très tôt dans sa carrière, il fut consterné devant le mal, souvent permanent, causé par l'usage, très répandu, des nouveaux remèdes-miracles stéroïdiens. La cortisone, plus tard la prednisone, étaient données aux arthritiques pour effacer leurs douleurs et maîtriser l'inflammation, mais elles avaient de graves effets à long terme, qui allaient jusqu'à la détérioration permanente du système immunitaire. Lors d'une conférence d'Écologie clinique à Londres, en 1982, il déclara qu'il était d'accord avec moi pour penser qu'on ne devrait faire prendre à personne de stéroïdes. On emploie les stéroïdes dans les traitements d'urgence, par exemple en neurochirurgie, mais le Dr Randolf est totalement opposé à leur usage lorsqu'il n'est pas indispensable.

La nouvelle branche de médecine qu'est celle du Dr Randolf a déferlé sur toute l'Amérique, surtout depuis l'usage grandissant de la pilule dans les années soixante. Le premier symposium de la Société Américaine des cliniciens écologiques se tint dans les Indes britanniques en 1966. Pendant ce temps, une étoile solitaire était apparue en Grande-Bretagne, le Dr Richard Mackarness, généraliste, journaliste médical et assistant clinique en psychiatrie à l'hôpital Park Prewett de Basingstoke. En 1958, il écrivit son premier best-seller : « *Manger gras et devenir mince* ». Il expliquait comment les malades pouvaient s'alimenter en évitant les céréales et les sucres qui sont les principaux coupables et il plaidait pour une alimentation de l'âge de pierre. Il rencontra cette année-là le Dr Randolf et il écrivit en 1976 : « *Not all in the mind* » (Tout n'est pas dans l'esprit)[6], bientôt suivi de « *Victimes des produits chimiques* ». Malheureusement, le Dr Mackarness a maintenant pris sa retraite, mais non sans avoir aidé douze d'entre nous à fonder la *Société Britannique pour l'Écologie clinique.* Cette société qui s'est rapidement développée, s'accroît de plusieurs nouveaux membres à chacune de ses réunions ; ce sont des médecins consacrés à l'idée que la plupart des maladies ordinaires sont provoquées par le contact avec des substances de notre environnement quotidien. Devant la maladie la seule réponse n'est pas de prescrire un traitement symptomatique, mais il faut en trouver les causes et essayer de les éviter.

Quand je lus pour la première fois un compte rendu de « *Not all in the mind* » je fus très excitée et je téléphonai aussitôt à l'auteur en lui disant « Mais c'est ce que fait la pilule. Elle provoque des allergies aux aliments. » Je me demandai si les femmes rendues malades par la pilule iraient mieux si elles suivaient un régime d'exclusion. Le Dr Mackarness préconisait, à cette époque, de tester les aliments après une diète complète de cinq jours, en ne mangeant rien et en ne buvant que de l'eau de source. Je ne voyais pas comment je pourrais supporter cela, et encore moins espérer que mes malades puissent aller jusqu'au bout d'un tel supplice.

Quelques mois passèrent et l'une de mes patientes qui s'était détournée avec succès de l'ergotamine, mais qui continuait à souffrir de maux de tête, entendit parler du Dr Mansfield, un généraliste de Banstead. Il avait adopté le régime Mackarness et ses malades ajoutaient à l'eau de source, en bouteilles de verre, de l'agneau et des poires fraîches, les cinq premiers jours.

J'essayai moi-même ce régime et découvris que je réagissais au thé, aux oranges, aux comprimés de levure, aux champignons, et au pain. Après cela, je fus totalement acquise à l'Écologie clinique. J'ai conseillé à presque tous les malades que j'ai vus depuis, d'essayer ce régime comme premier pas vers le diagnostic et le traitement. Les résultats sont tout à fait renversants. Chaque malade trouva quels étaient les aliments qui lui faisaient mal, et les crises violentes de migraine ainsi que l'hypertension artérielle devinrent choses du passé. Même de graves éruptions cutanées disparurent.

Cependant, il ne s'agit pas simplement d'éliminer une alimentation toxique, ainsi que le Dr Randolf le découvrit lorsqu'il écrivit « *La sensibilité humaine à l'environnement chimique* », en 1958[7].

Non seulement, les gens ont une plus grande tendance à endommager leurs mécanismes d'immunité naturelle s'ils prennent tous les jours des médicaments ou des stéroïdes comme la pilule, mais encore l'exposition quotidienne à des produits chimiques comme le gaz domestique naturel ou la fumée de cigarette représente de grands risques. Le Dr Randolf recommande les alcalins, une faible solution de bicarbonate de sodium ou de potassium, pour arrêter rapidement une réaction à un aliment. Certaines personnes, spécialement celles portées à la tension artérielle élevée, sont très sensibles au bicarbonate de sodium et au sel habituel ; aussi vaut-il mieux pour elles employer le bicarbonate de potassium seul. Certains malades présentent des symptômes graves d'état de manque lorsqu'ils arrêtent les aliments qu'ils mangent ou boivent le plus souvent, et il est important que les régimes d'exclusion soient menés sous contrôle médical. Les enfants, qui réagissent à un plus petit nombre d'aliments que les adultes, peuvent commencer d'emblée un régime de rotation de quatre jours. Une nourriture différente serait désignée pour chaque repas ; exemple · premier jour : bananes, dinde, carottes ; deuxième jour : raisin, porc, petits pois ; troisième jour : poires, morue, pommes de terre ; quatrième jour : riz, agneau, choux-fleurs. Ce régime de base est poursuivi, tandis qu'un nouvel aliment est ajouté à chaque repas, laissant à plus tard les allergènes habituels, le lait et le pain.

J'ai publié les résultats des soixante premiers patients qui avaient suivi avec succès le régime, dans le *Lancet* de mai 1979[8]. En septembre 1978, j'avais présenté mes résultats lors d'un symposium international sur la migraine à Londres. Ce fut un tollé général. Quelques-uns des experts mondiaux de la migraine trouvèrent difficile à croire que soixante malades sur soixante aient cessé d'avoir des crises de migraines, — certains pour la première fois depuis quarante ans, — et la plupart avaient même cessé d'avoir des maux de tête, tous sans avoir pris aucun médicament.

Un cas typique fut celui de Mrs C.E. qui avait 47 ans et avait pris la pilule pendant 8 ans et de la prednisone pendant 4 ans lorsque je la vis pour la première fois, à la consultation pour la migraine. Elle avait un dossier hospitalier très épais, véritable reliquaire de nombreuses visites et de recherches coûteuses. Outre la charge de son mari et de ses enfants (dont l'un était dyslexique), elle était employée comme assistante sociale. Son travail impliquait des appels la nuit et elle trouvait que cela devenait un fardeau de plus en plus lourd. Elle souffrait presque constamment de maux de tête, d'accès de cystite et de douleurs arthritiques de la hanche gauche.

Elle avait des migraines depuis l'enfance et elle avait toujours vécu dans une maison chauffée au gaz. Elle avait fumé pendant 27 ans et faisait des infections urinaires à récidives depuis 25 ans. Pendant les quatre dernières années, elle avait pris de la prednisone et des antibiotiques presque continuellement, mais elle avait vu s'ajouter à ses symptômes, des crampes au niveau des jambes, de la fatigue, des troubles de la vision, et de l'arthrite. Je lui demandai en premier lieu de cesser progressivement de prendre de la prednisone, d'arrêter la pilule et de cesser de fumer. Elle fut beaucoup mieux, mais avait encore quelques maux de tête.

Mrs C.E. commença le régime d'élimination à l'occasion de vacances en caravane et tomba dans un sommeil profond, probablement parce qu'elle était allergique à la fois à l'agneau et au chauffage au gaz dans la caravane. Par ailleurs, son mari fumait aussi. De retour à la maison, elle recommença l'essai avec de la morue à la place de l'agneau les premiers cinq jours. Cette fois, elle fit le régime complet et je publiai ses résultats dans le *Lancet.* Son pouls s'élevait dès qu'elle mangeait du bœuf, des haricots verts, ou buvait du lait, et chacun de ces aliments lui donnait maux de tête, douleurs urinaires et mictions fréquentes. Le lait lui donnait des étourdissements, le porc accélérait son pouls de 30 battements/minute et la rendait anxieuse. Le pain lui donnait envie de dormir. Elle réagissait également au chocolat, au café, aux oranges et aux champignons. Ses taux d'immunoglobines G et A étaient bas (probablement parce qu'elle avait pris des stéroïdes depuis si longtemps). Son absorption et ses fonctions hépatiques étaient anormalement rapides. Elle alla beaucoup mieux lorsqu'elle pratiqua un régime alterné. Ses maux de tête et sa cystite avaient disparu et alors qu'auparavant elle avait été près de perdre sa place, elle obtint dès lors une promotion dans son travail.

Rares sont les patients qui réagissent à tous les tests qui leur sont faits, surtout s'ils ont pris des stéroïdes, et je pense qu'il est important pour eux de faire une rotation très stricte avec un aliment différent à chaque repas pourvu que le régime soit nutritionnellement sain et que le patient ne perde pas de poids. Il est aussi d'une importance extrême, si possible, d'éviter gaz, fumée de tabac et fumées industrielles. Mrs C.E. continua à travailler dans les rues très affairées de Londres, mais l'autre patiente que je décrivis dans le *Lancet* déménagea pour occuper une maison en bord de mer dépourvue du gaz, où elle demeura, débarrassée de ses maux de tête.

Mais ce n'est pas seulement de la migraine qu'elles furent débarrassées. Je fis la liste des autres doléances des premières vingt-six patientes et les changements d'humeur avaient même été plus fréquents chez elles que les maux de tête.

Signes cliniques chez les 26 premières patientes

Fatigue	23	Hypertension	10
Dépression	5	Obésité	10
Tension prémenstruelle	15	Œdème	5
Violences	1	Cystite	1
Dépendance à l'ergotamine	9	Colites	1
Dépendance au tabac	5	Constipation	4
Acné	1	Mastites (tumeurs du sein)	5
Règles douloureuses	2	Fibrome	1

Tous ces états s'améliorèrent ou disparurent complètement. Mr Ian Burn, le chirurgien consultant qui assurait la consultation sur le sein à Charing Cross, dit qu'il n'avait jamais vu des tumeurs disparaître aussi rapidement. Même le fibrome disparut avant l'opération. Depuis lors, M. Burn conseilla à ses malades d'arrêter de fumer aussi bien que d'arrêter de prendre la pilule et il réduisit le nombre de biopsies opératoires. Ceci ressemble à la Méthode Douce de traitement du cancer qui préconise un excellent régime avec des suppléments de minéraux et de vitamines pour fortifier le système immunitaire du corps afin qu'il puisse résister à la maladie.

Il est facile de voir si des patientes s'en tiennent à un bon régime de rotation et évitent leurs allergènes. Elles retrouvent leur poids et ont une allure rayonnante et pleine d'éclat. Les cernes noirs autour des yeux sont un excellent indicateur que l'on n'a pas évité les aliments perturbateurs et les produits chimiques.

J'ai fait également la liste des aliments les plus communs ayant causé des réactions parmi soixante malades.

	%		%
Blé	78	Bœuf	35
Orange	65	Céréales	33
Œufs	45	Sucre de canne	33
Thé	40	Levure	33
Café	40	Champignons	30
Chocolat	37	Pois	28
Lait	37		

Ces soixante malades avaient pris en moyenne 115 comprimés par mois avant le régime, et un demi-comprimé seulement ensuite.

Un autre graphique indiqua comment les malades plus âgés avaient davantage de réactions, dans la mesure où le nombre des aliments causant des réactions s'accroît avec l'âge. Sur les 60 premiers malades consécutifs, 8 seulement étaient des hommes, et toutes les femmes plus jeunes, qui étaient au nombre de 29, avaient suivi une contraception orale moyenne de trois ans. Les fumeurs avaient fumé pendant 20 ans environ. Quand je terminai ma conférence, quelques-uns des experts du symposium s'élancèrent sur le plateau, m'arrachèrent des mains le microphone et demandèrent plus de détails sur les mécanismes immunitaires mis en cause. Le Dr Lord, le neurologue australien, me montra plus tard ses lames microscopiques qui démontraient le complexe immunitaire et les modifications du complément au début de certaines crises de migraine. Mais à l'époque, je n'avais pas lu ses articles[9] et je ne savais que ce que j'ai déjà dit : que les immunoglobulines G, A et M totales du sérum, anormalement basses ou hautes, revenaient à la normale, et j'étais donc dans l'incapacité de répondre à toutes les questions.

Nous n'avions pas mesuré les immunoglobulines E totales. Toutefois nous avions l'aide de l'immunologiste clinique le plus distingué, le Professeur Jack Pepys de l'Institut cardiothoracique de l'Hôpital de Brompton et de son chef de clinique. Ils avaient mesuré les anticorps de six aliments usuels, œufs (blancs et jaunes,) céréales, blé, lait, orange, et café, utilisant une technique appelée Elisa (enzyme linked isoabsorbent assay). Les anticorps à ces aliments étaient apportés par les protéines IgG et IgE. Malheureusement, nos résultats ne purent être publiés, car le Professeur Pepys voulait que je trouve des contrôles. Comment faire ? Je ne pouvais pas m'attendre à ce que des gens qui ne se plaignaient de rien acceptent de manger de l'agneau et des poires pendant cinq jours, et renoncent au café et au thé pendant une ou deux semaines. Je lui dis : « Et pourquoi pas vos employés du laboratoire ? » Il me répondit qu'ils ne le feraient pas, étant presque tous atopiques (allergiques). Je m'acharnai à trouver des contrôles pour pouvoir utiliser le test cyclotoxique Bryan ; lorsqu'on ajoute de faibles solutions d'aliments aux cellules vivantes du sang, les modifications des globules blancs et des plaquettes montrent si le patient est allergique. C'est un test rapide et pratique pour rechercher si une personne réagit à peu ou à de nombreux aliments. Mais il n'est fiable qu'à 80 %[10]. Toutefois, je fus impuissante à persuader le Professeur d'Hématologie de Charing Cross d'organiser ce test.

À cette époque, Amelia Nathan Hill, l'une des premières malades « miraculées de la migraine » du Dr Mansfield, avait lancé l'action anti allergie (A.A.A.). Amelia avait souffert toute sa vie de sévères migraines et les spécialistes du monde entier (de la migraine) avaient été incapables de la soulager. Elle m'amena à Charing Cross, plusieurs membres de l'A.A.A., y compris son amie et secrétaire, Ellis Aeronwy (fille de Dylan Thomas), pour qu'on leur fasse les tests les plus récents. Ceux-ci comprenaient des tests sur le foie, l'absorption, la tolérance au glucose, et les groupages de tissus, comme on le fait dans les transplantations du rein ou de la moelle pour voir si les malades migraineux ou allergiques ont un groupage héréditaire particulier de leurs globules blancs (tels les groupes sanguins A, B, et O pour les globules rouges). Nous ne trouvâmes aucun marquage particulier tels qu'il en a été découvert pour certaines maladies habituellement rares, mais nous découvrîmes que deux de nos malades les plus atteints, qui pour tous les tests faisaient des réactions d'une rare intensité, présentaient l'un et l'autre des marqueurs « super lents » ; deux malades sur cinquante, c'était plus que nous n'espérions. Encore une fois, cette étude ne fut pas publiée, car l'immunologiste, le Dr Bill Ollier, voulait tester un plus large échantillonnage.

Quand le résultat aliments-sang d'Aeronwy Ellis revint, elle avait, sur cinquante tests, les taux les plus élevés d'anticorps pour le lait, et les deuxièmes en importance en ce qui concerne les œufs. À cette époque, elle était enceinte et venait d'être admise dans un hôpital local pour saignement de l'estomac. On ne lui donnait que 40% de chances de vie. Lorsque Aeronwy apprit ces taux élevés d'anticorps pour le lait, elle nous dit qu'elle buvait un demi-litre de lait par jour pendant sa grossesse. Elle évita ces aliments pendant le reste de sa grossesse, faisant un rétablissement spectaculaire, et, quelques mois plus tard, donna le jour à une petite fille saine et normale. Aeronwy avait essayé à cinq reprises de prendre une pilule contraceptive. Deux fois, elle l'avait essayée pendant une semaine, mais s'était sentie dangereusement portée au suicide. Les autres fois, elle s'arrêta dès le deuxième jour quand elle sentit la nervosité et l'anxiété réapparaître.

Nous avions trouvé que les taux d'anticorps du sang anormalement élevés ou bas avaient tendance à revenir à la normale lorsque l'on arrêtait la pilule. Mais il n'en était pas forcément de même pour les modifications produites par la pilule dans la fonction hépatique. Le foie est un sac d'enzymes. La nourriture est décomposée et digérée dans l'intestin et transportée de là par le flux sanguin jusqu'au foie. Les enzymes du foie transforment les hydrates de carbone en sucre, les protéines en acides aminés et les graisses en acides gras. Ils forment aussi les protéines immunitaires (anticorps) qui circulent dans le sang. Les tests hospitaliers de routine sont assez peu sensibles, et indiquent le plus souvent une atteinte du foie comme il s'en présente dans l'hépatite virale ou dans l'alcoolisme. Dès qu'on eut mis au point un test plus sensible, on découvrit bientôt que les contraceptifs oraux ont tendance à ralentir d'un tiers au moins l'action des principales enzymes de détoxication, les hydroxylases arylhydrocarbonées (AHH) qui agissent sur les carcinogènes tels que les produits pétrochimiques.

Ce test connu comme le test de clairance (épreuve d'élimination) à l'antipyrine consiste à mesurer des échantillons de sang ou de salive à trois reprises par heure pendant douze heures. Le temps que met le foie à métaboliser une dose fixe d'antipyrine est calculé. Normalement, le foie métabolise ce médicament en vingt ou vingt-huit heures. Avec l'aide du Dr Ifor Capel et de son équipe des laboratoires du Mémorial Marie Curie à Oxted, Surrey, nous avons pu tester les patients migraineux de l'Hôpital de Charing Cross. La plupart des jeunes femmes testées avaient pris la pilule et avaient des fonctions hépatiques anormales. Celles qui avaient de l'anorexie (périodes de refus de l'alimentation, suivies de périodes de suralimentation et de « bringue ») avaient tendance à avoir des fonctions hépatiques très rapides, et en général elles avaient fumé, et pris la pilule. Les dames qui avaient le plus de surpoids, tendaient à avoir un fonctionnement très lent (du foie). Nos résultats [11] variaient, en ce qui concerne les « demi-vies » de l'antipyrine, de cinq à trente-deux heures, la normale allant de 10 à 14 heures. Les femmes qui avaient les fonctions les plus anormales, soit trop lentes, soit trop rapides, faisaient les réactions les plus sévères aux aliments et aux produits chimiques. Certaines réagissaient à tous les tests et souffraient de ce qu'on appelait le syndrome d'allergie totale. On les disait « allergiques au XXe siècle ». Il est tragique de penser que ces femmes, généralement de jeunes femmes ayant pris la pilule, sont souvent considérées comme des malades imaginaires et des hystériques. Lorsque je parvins à convaincre le service spécial du métabolisme de l'Hôpital de Charing Cross, d'admettre et d'établir un régime pour l'une de ces patientes pendant qu'on lui faisait des examens y compris sur le fonctionnement hépatique, une des infirmières fit la remarque qu'il eût mieux valu donner ce lit à quelqu'un de réellement malade. Le résultat du test revenu, il s'avéra qu'il était l'un des plus anormaux que nous ayons enregistré.

Il y a une grande confusion dans l'esprit des gens, médecins ou non, au sujet de chevauchement entre les symptômes physiques et mentaux. Quand des hommes jeunes, apparemment en bonne santé, font soudainement une crise cardiaque, on dit que c'est parce qu'ils ont souffert de « stress ». Les mécanismes du stress sont en règle générale parfaitement capables de résister à beaucoup plus de stress qu'on ne le pense, pourvu qu'ils ne soient pas compromis par l'abus d'alcool, du tabac, par la pollution chimique et par-dessus tout, par l'usage de stéroïdes tels que la pilule qui altèrent les mécanismes régulateurs du corps.

Nous avons constaté que la plupart de nos malades qui avaient de nombreuses allergies, avaient aussi des taux anormaux d'absorption et de tolérance au glucose. Il est connu que l'allergie au gluten contenu dans le froment, l'avoine et le seigle, peut provoquer une atrophie des villosités intestinales, qui, à son tour, accroît l'absorption de particules alimentaires de taille anormale dans le flux sanguin. Le thé et le café accélèrent la fonction hépatique et interviennent dans l'absorption normale comme le fait de boire et de fumer. Non seulement, l'alcool est un poison pour le cerveau et le foie, mais la plupart des boissons alcooliques sont fabriquées avec des allergènes communs tels que la levure de bière et des grains. Leur absorption peut tellement s'accélérer que l'on a dit des breuvages alcooliques qu'ils « déversaient les allergènes à la vitesse d'un avion à réaction ». Beaucoup de femmes qui prennent la pilule remarquent que lorsqu'elles ont bu, elles ont plus facilement la « gueule de bois », mais, peut-être parce que l'allergie et le penchant pour l'alcool sont étroitement imbriqués, il y a une forte augmentation du nombre de jeunes femmes alcooliques ces dernières années.

Actuellement, les femmes dépassent en nombre les hommes dans certains centres de traitement antialcooliques de Londres et si elles prennent aussi la pilule, elles auront plus de risques qu'eux de subir de graves atteintes du foie. En 1966, le taux de femmes alcooliques par rapport aux hommes était estimé à une pour huit ; en 1976, ce taux est monté à une pour trois et en 1979, il est presque à égalité. L'âge moyen des femmes qui viennent chercher secours à l'Hôpital Fulham de Londres, est tombé de cinquante ans à une fourchette qui s'étend de vingt-cinq à quarante ans.

Une enquête récente sur les femmes anglaises a elle aussi constaté que seulement 16,04 % d'entre elles ne buvaient jamais d'alcool, comparativement à 50 % pour les études américaines. Une enquête de l'Hôpital de Charing Cross a établi que 58,1 % de femmes buvaient pendant leur grossesse ; et qu'un quart de toutes les femmes recensées buvaient moyennement ou beaucoup[12].

La recherche sur l'alcoolisme a proposé une théorie passionnante qui est aussi applicable aux femmes rendues malades par la prise de pilule. (Les taux d'alcool sont de 30 à 50 % plus élevés pour les femmes qui prennent la pilule.)

Les prostaglandines

La pilule crée des bouleversements dans le métabolisme des protéines et des graisses, ce qui peut amener des distorsions dans le métabolisme des prostaglandines (voir chapitre III).

Tandis que les amines étaient au centre de la recherche sur le cerveau dans les années 1960, les prostaglandines (PGE1) ont polarisé l'intérêt des années

1970 (prostaglandines = sécrétion glandulaire de la prostate.) Le sperme contient une grande quantité de PGE1, qui comme les amines sont un important régulateur de l'humeur. Les plaquettes des patients qui font de la dépression produisent moins de PEG1 que la normale, tandis celles de ceux, issus de parents euphoriques, et qui sont maniaques, en produisent plus que la normale.

Le Dr David Horrobin a suggéré que les variations des taux de PGE1 peuvent détenir la clé de l'alcoolisme[13]. Bien que l'alcool stimule chez les plaquettes la formation de prostaglandines, il peut aussi en provoquer l'insuffisance en bloquant leur production à un stade plus précoce de l'acide gras essentiel — l'acide linoléique (A.L.). Même si un alcoolique consomme des quantités suffisantes d'huile végétale contenant du A.L., cette personne manquera de PGE1 et continuera à boire davantage d'alcool, dans le but de se sentir bien. L'alcool empêche le A.L. de se transformer en A.G.L. (acide gamma linoléique) mais ce blocage peut être surmonté en donnant du A.G.L. sous forme d'une huile fabriquée avec les graines d'œnothère. Le nom latin de cette plante, « *Oenothera biennis* », signifie « guérisseuse des effets du vin ». Non seulement quelques gouttes de cette huile préviennent la « gueule de bois », mais encore les Dr Iain et Evelyn Glen, à Inverness, ont la preuve que l'huile d'œnothère soulage de façon significative les symptômes qui accompagnent le sevrage d'alcool. Aussi, dans leurs tests, les taux d'enzymes anormaux du foie reviennent-ils à la normale d'une manière nettement plus rapide que dans leur groupe de contrôle.

Tout ceci est en rapport avec la découverte du Professeur Pfeiffer, selon laquelle les gens qui souffrent de maladies mentales ont tendance à avoir des taux plus élevés en cuivre et plus bas en zinc. La transformation normale de A.L. en A.G.L. nécessite une quantité adéquate de zinc et de vitamines.

Le professeur Guy Abraham a résumé la littérature

sur la tension prémenstruelle[14] et il a noté que des minéraux tels que le calcium et le magnésium étaient utilisés en 1931 comme adjuvants dans le traitement de ces états. La recherche la plus récente indique que les femmes ayant de sérieux symptômes prémenstruels, ont un déséquilibre des prostaglandines, des réactions exagérées aux hormones et ont tendance à avoir également des bouleversements sérieux des vitamines et des minéraux. Les suppléments nécessaires peuvent être d'un grand bienfait pour aider des femmes à se remettre de la pilule, et le même conseil est essentiel, avant qu'elles ne mettent en route une grossesse, ainsi que je l'expliquerai au chapitre VIII.

Plus les gens deviennent allergiques, plus ils s'adonnent aux stimulants et aux comportements sociaux habituels, comme le tabac et la boisson.

Madame A.M. vint me voir alors qu'elle avait 37 ans. Elle avait eu des infections très fréquentes au cours de son enfance. Son père fumait la pipe. Elle réussit bien à l'école et fut reçue avec niveau « A » en mathématiques et physique. On lui trouva un emploi dans une nouvelle société d'ordinateurs et elle obtint une promotion rapide. Elle commença à fumer à 19 ans, et fuma jusqu'à 30 cigarettes par jour pendant quatre ans. Elle commença à 24 ans à prendre des contraceptifs oraux et continua pendant huit ans, bien qu'elle ait été hospitalisée quatre fois pour maux de tête et dépression. Elle tenta de se suicider à de nombreuses reprises par overdoses de son traitement antidépressif.

Quand Mrs A.M. prit la pilule pour la première fois, elle remarqua qu'elle faisait de la dépression. Son médecin lui dit que c'était nerveux parce qu'elle était sur le point de se marier. Elle arrêta la pilule un mois ou deux mois, puis recommença à la prendre parce qu'elle se sentait toujours déprimée.

De 19 à 30 ans, elle avait bu deux ou trois whiskies par jour. Elle devint sérieusement allergique à certains aliments, aux moisissures et aux fumées. L'exposition au gaz domestiques la faisait défaillir. Elle se sentait épuisée. Elle était déprimée, avec tendance au suicide ; elle avait des crises de perte de mémoire, des maux de tête, des nausées, des étourdissements, des éruptions cutanées, des douleurs de la poitrine et la sensation d'avoir très froid ou très chaud. Les résultats des tests de sa fonction hépatique étaient anormalement rapides.

Elle avait tenté un régime d'exclusion et de rotation ; elle avait été désensibilisée à certains aliments et produits chimiques, mais son état se détériorait. Elle avait déménagé, pour habiter une maison de campagne exempte de fumées. Son mariage était brisé et elle était incapable de travailler depuis des années. Depuis, elle a été améliorée par des suppléments en vitamines et minéraux et des traitements de désensibilisation tous les trois mois. Bien qu'elle ait eu une sérieuse réaction au second traitement, elle a été capable de recommencer à travailler à plein temps après des années de maladie. L'action antiallergique, A.A.A., a reçu des milliers d'appels au secours similaires. Beaucoup de femmes racontent leurs tentatives de suicide pendant qu'elles étaient sous pilule.

Cependant, en 1978, le corps médical n'était pas prêt à accepter toutes les implications de mes résultats. Les gens demeurent sceptiques jusqu'ici. Et beaucoup d'experts de la migraine continuent à rechercher des solutions dans les médicaments. On croit de façon généralisée qu'il est possible de continuer à fumer, à boire, et à prendre la pilule, et qu'il suffit de prendre ensuite un médicament magique qui, miraculeusement, remettra tout en ordre.

En attendant, l'Écologie clinique en Grande-Bretagne ne cesse de se renforcer. Des médecins de plus en plus nombreux demandent à leurs malades de s'arrêter de fumer et leur donnent des feuillets de régime au lieu d'ordonnances de médicaments, leur faisant décroître en flèche leurs factures de médicaments. En voyant cela, je me demande jusqu'à quel point la facture de médicaments du Service National de la Santé, qui représente plus d'un billion et demi de livres chaque année, est vraiment nécessaire ou bénéfique.

Quelques cliniciens écologistes pensent devoir renoncer à la pratique du N.H.S. (Service National de la Santé). Ils voient simplement des malades privés afin de pouvoir consacrer à chacun suffisamment de temps, mais souvent deux ou trois visites suffisent, au lieu d'années de consultations hospitalières répétées. Un seul généraliste est demeuré toutefois attaché au Service National de la Santé, mais sa facture de médicaments est si basse, qu'il peut prescrire des minéraux et que le D.H.S.S. (Service des Médicaments de la Santé) est très intéressé par ce qu'il a été capable de réaliser.

En 1969, un éditorial du *Journal of the American Medical Association* engageait les médecins à être très attentifs aux signes d'une interférence des hormones stéroïdes des contraceptifs oraux avec les réponses immunitaires [15]. Les progestatifs, en particulier, ont tendance à causer des maladies auto-immunes. Depuis, la sclérose en plaques s'est répandue deux fois plus vite chez les femmes que chez les hommes.

En 1971, Joshi et d'autres constatent que certaines femmes prenant la pilule sont moins aptes à former des anticorps [16]. En 1972, Hagen et Froland ont décrit combien les globules blancs des femmes sous pilule réagissent anormalement aux tests de P.H.A. (phyto-haemagglutinine) [17]. Le médecin consultant, le Dr Ronald Finn, qui prouva par la suite, à la satisfaction du « *Lancet* » et par un essai en double aveugle, que les maux de tête pouvaient résulter d'une surconsommation de café, — et qui est maintenant le Secrétaire de notre Société Britannique d'Écologie Clinique, — observa ces lymphocytes au microscope et se demanda quel chaos cela préparait. C'était là une réaction tout à fait différente de celle des médecins du Royal College of General Practitionners. Dans leur rapport d'étude de 1974 sur les contraceptifs oraux, ils trouvaient des augmentations significatives dans les facteurs d'allergie traditionnels, et dans les infections bactériennes et virales. Ils citaient des articles démontrant que les pilules stéroïdiennes font baisser la formation d'anticorps chez les rats, les lapins, les souris et les femmes. Ils en concluaient que la pilule pouvait supprimer l'immunité, mais estimaient que « l'effet d'une telle suppression, si elle existe, est probablement dénué de toute importance clinique ».

La même année, un allergologue français, le Dr Falliers, écrivit au « *Lancet* » pour rapporter plusieurs cas d'allergies graves provoquées par la pilule et qui disparaissaient lorsque la pilule était arrêtée. Mais il écrivait : *« Il faut se souvenir en médecine clinique que, une fois le feu allumé, la flamme ne s'éteint pas nécessairement quand on enlève l'allumette. »*

En 1979, un autre médecin français, le Dr J.L. Beaumont, et son équipe, découvrirent à ce point de vue une base immunologique possible. Ils trouvèrent qu'une femme sous pilule sur trois avait des complexes immunitaires contenant des anticorps à l'éthinyl œstradiol (l'œstrogène de toutes les pilules combinées). Les femmes qui avaient fait des thromboses ou des phlébites avaient les taux les plus élevés d'anticorps à l'œstrogène. Les anticorps pouvaient être retrouvés deux mois après le début de la pilule, et ils persistaient pendant des années après l'arrêt de la pilule, « comme une cicatrice immunologique »[18].

Le Dr Bill Rae, chirurgien cardio-vasculaire qui dirige une unité d'écologie clinique à Dallas, rapporte des cas de thrombo-phlébites persistantes et à récidives, et 85 % de ses malades sont des femmes.

Les malades les plus difficiles à guérir sont les femmes qui ont utilisé la pilule pendant des années, surtout si elles ont continué à le faire en dépit de symptômes alarmants.

Mrs S.L. est venue me consulter récemment, parce que depuis dix années, elle ne se sentait pas bien. Elle s'était, disait-elle, toujours bien portée dans son enfance. Elle avait une sœur jumelle identique, mais c'est elle qui avait la meilleure santé des deux, et elle n'avait jamais été malade. En 1967, elle commença à prendre un contraceptif oral qu'elle poursuivit huit années durant, de 23 à 31 ans. Pendant cette période, graduellement et insidieusement, elle devint malade. Elle avait des maux de tête, craignait l'odeur du gaz et du pétrole, se sentait fatiguée, déprimée et anxieuse, en particulier au moment de ses règles. Elle s'était arrêtée depuis sept ans de prendre la pilule, mais ne se sentait toujours pas mieux. Elle avait des éruptions et ses mains devenaient enflées. Elle réagissait à la lumière du soleil. Elle avait des tumeurs bénignes du sein. Elle réagissait maintenant à beaucoup d'aliments différents et elle avait du mal à poursuivre un régime d'exclusion et de rotation. Sa sœur jumelle, qui n'avait jamais pris la pilule, se sent parfaitement bien, et elle est maintenant la plus en forme des deux.

On peut tenter diverses approches pour les malades qui n'ont pas la volonté ou la capacité de suivre un régime de rotation, qui associe une grande variété d'aliments. L'une des approches est immunologique. On essaie de désensibiliser les malades aux aliments ordinaires[19]. Un aliment est dilué jusqu'à ce qu'il n'en reste qu'une trace dans diverses solutions. Celles-ci sont déposées sous la langue en tests de stimulation sublinguale, ou injectées sous la peau ; on note la dose exacte qui cause des symptômes, et l'on trouve la dose la plus rapprochée qui fait disparaître les symptômes et les signes. On donne au malade cette dose neutralisante à prendre ou à injecter chaque jour. Des tentatives utilisant la même technique ont été faites pour neutraliser les hormones, œstrogène et progestérone. Le Dr Doris Rapp, pédiatre américain, montra le film d'une de ses patientes qui était devenue sauvage et violente, alors qu'elle prenait des œstrogènes. Le Dr Rapp fit à la jeune fille une injection neutralisante, et la malade sous pilule se rétablit immédiatement. Les tests du Dr Rapp en double aveugle sont difficiles à réfuter, mais il est peut-être douteux que la méthode de neutralisation soit réellement la meilleure approche pour une gestion à long terme.

Une autre approche est nutritionnelle. Nous trouvâmes que les malades qui avaient le plus de réactions alimentaires tendaient le plus souvent à avoir des taux élevés en cuivre et bas en zinc dans le sang. Des taux élevés de métaux toxiques et des déficits en métaux essentiels sont devenus très communs, de même que les carences ou les excès de vitamines. On peut mesurer ces éléments et donner des suppléments comme je l'explique au chapitre VIII. Un régime et une alimentation adéquats peuvent radicalement améliorer les malades qui présentent des réactions multiples aux aliments et aux produits chimiques.

La troisième approche consiste à prescrire un antifungique, antibiotique comme la nystatine, tandis que le malade aura une alimentation basse en hydrates de carbone et évitera les mets comportant sucre et levure de bière. On pense que l'infestation de l'intestin par la levure est une cause majeure de multiples sensibilités[20].

Les progestatifs qui tarissent les sécrétions et les infections vaginales, qu'il s'agisse d'herpès, de blennorragie, de muguet, ou de trichomonas, tendent à poser plus de problèmes chez les utilisatrices de la pilule. L'herpès et le muguet peuvent affecter les nouveau-nés si leur mère n'a pas été traitée avant sa grossesse.

Les utilisatrices de stéroïdes ont aussi plus de chances d'être soumises à des traitements répétés aux antibiotiques, qui tuent la flore bactérienne normale de l'intestin, laissant la place à une invasion de muguet dans l'intestin. Bien que la vitamine B6 puisse être bénéfique à quelques femmes souffrant de dépression et de tension prémenstruelle dues à la pilule, les patientes fortement allergiques à la levure de bière sont incapables de supporter les préparations multivitaminées B si elles sont extraites de la levure. Il faut alors avoir recours à des préparations spéciales de comprimés vitaminés hypo-allergiques.

Un régime, des suppléments et de la nystatine peuvent être très utiles pour les malades à forte sensibilité, allergiques à la levure, et peuvent donner des résultats spectaculaires. *Il faut être très prudent cependant avec les femmes qui cherchent à devenir enceintes, car il est préférable qu'elles évitent toute médication pendant la grossesse. Les futures mères devraient essayer de retrouver leur santé avant de chercher à concevoir.* En temps normal, environ 14% des couples ont des difficultés à concevoir et un nombre considérable de femmes est dans l'incapacité de mettre en route une grossesse après avoir arrêté la pilule. Chez environ *une femme sur deux cents,* les hormones cérébrales ou les ovaires, bloqués artificiellement par les hormones de la pilule, refusent de démarrer à nouveau spontanément.

Il a été calculé que pour la plupart des femmes, *la fertilité revient à la normale en l'espace de deux ans,* mais dans beaucoup de cas, seulement après qu'elles aient subi des examens approfondis et suivi des séries de traitements avec stimulation hormonale.

Quand la gonadotrophine chorionique humaine (H.C.G.) est utilisée pour stimuler les ovaires, une femme sur cinq se retrouve avec des naissances multiples. Quand on utilise une hormone stimulante de l'hormone lutéinisante L.H., ce risque est évité[21].

La Société, pour les soins préconceptionnels, a constaté que beaucoup de couples stériles ont avec profit suivi le régime, pris des suppléments de minéraux et de vitamines, et évité les poisons sociaux habituels. Je pense que ces méthodes simples devraient toujours être tentées au préalable, avant que ne soient données des hormones. Ceci est important spécialement pour les jeunes filles qui ont des problèmes de règles. Quelques-unes de mes malades ont vu leurs règles devenir régulières, simplement en évitant certains aliments habituels.

Chapitre VI

LES ESSAIS ET LES ERREURS

On croit en général que pour les essais sur la pilule, les femmes qui la prennent sont comparées à des femmes qui ne la prennent pas. En fait : à beaucoup de femmes du groupe-contrôle, on a prescrit des hormones pour des problèmes gynécologiques.

Rien n'est de nature à rendre plus perplexes les femmes qui prennent la pilule, que d'essayer de se guider sur les essais scientifiques et les études ayant tenté d'évaluer la sécurité de leur contraception. Un grand nombre d'entre eux ont en effet été poursuivis principalement durant la dernière décade, et quelques-uns d'entre eux ont réuni des preuves laissant supposer que la pilule peut apporter certains bienfaits pour la santé de celles qui la prennent.

Je suis convaincue que de telles affirmations sont fâcheuses ; elles ont le tort de détourner l'attention de l'énorme accroissement du cancer, en particulier chez les jeunes femmes.

L'évidence statistique est le résultat intangible d'études correctement menées, mais les statistiques peuvent être trompeuses. Des conclusions déroutantes, cependant, chose si fréquente dans la controverse sur la pilule, sont inévitables tant il est difficile de comparer toutes les composantes du problème jusqu'à ce que la vérité soit claire. Par exemple, lorsqu'il s'agit de comparer des femmes sous pilule avec des femmes d'un groupe-contrôle qui ne la prennent pas ; il serait nécessaire de recruter des sujets contrôle dont les corps n'ont jamais été exposés aux hormones stéroïdes. Ce qui n'est pas toujours le cas. Dans la grande étude américaine de Walnut Creek, on a rapporté que les femmes de plus de quarante ans, qui n'avaient jamais pris la pilule, couraient nettement plus de risques de faire un cancer de l'endométre que celles qui l'avaient utilisée. Or, parmi les 3 947 femmes du groupe qui n'avaient « jamais » pris la pilule, 1 263 avaient pris des œstrogènes ! L'utilisation des œstrogènes à toute époque passée ou présente augmentait de manière significative le nombre de ce type de cancer chez les femmes de plus de cinquante ans[1].

La confusion, dans ce cas précis, est à mettre au passif d'une mode qui consiste à prescrire des hormones chaque fois qu'une femme, quelque soit son âge, se présente chez son médecin pour des problèmes de règles ou de ménopause. Il semble qu'il s'agisse de la réponse paresseuse aux « troubles féminins » et, de ce fait, beaucoup de femmes ont été « sous pilule » sans en avoir conscience.

Dans la plupart des études américaines, 80 % des femmes de plus de quarante ans ont pris la pilule et, selon l'institution, de 10 à 50 % des femmes de quarante à soixante ans avaient pris des hormones. Il serait plus commode, dans les grandes études sur la pilule, qu'il y ait une catégorie à part où l'on ferait entrer les femmes ayant reçu des hormones stéroïdes comme traitement de problèmes gynécologiques, bien que, de nos jours, l'on donne à ces femmes des pilules combinées ou séquentielles comme aux utilisatrices de la pilule, les œstrogéniques seules étant considérées comme trop dangereuses. Et ceci, en dépit du fait que la pilule était estimée trop dangereuse pour les femmes au-delà de trente-cinq ans.

Cependant, parce qu'un très grand nombre de

femmes prennent part à ces études, il est presque impossible d'enregistrer toutes les données qui les concernent. Si leur généraliste les a sélectionnées d'une manière ou d'une autre, s'étant peut-être lui-même abstenu de leur prescrire la pilule pour des raisons médicales, de suspicion ou d'hérédité, la raison n'en est pas toujours connue de ceux qui conduisent les essais, et inévitablement les résultats en sont affectés. Si une femme, prédisposée à une maladie comme l'arthrite rhumatoïde, est dissuadée par son médecin de prendre la pilule, et, entre dans le cadre d'un essai en tant que non-utilisatrice-contrôle ; et si par ailleurs une autre femme possédant de bonnes défenses immunologiques continue à prendre la pilule sans effets secondaires majeurs, alors on peut imaginer quelles possibilités sont offertes pour qu'on déclare les mérites de la pilule ! Mon propos n'est pas d'insinuer qu'il y ait rien de calculé en cela, mais seulement d'indiquer quelles déviations peuvent s'inscrire tout naturellement dans les essais. Et pourtant, lorsqu'ils sont présentés au public, ils paraissent d'une évidence à toute épreuve.

À l'expérience, j'ai constaté que ce sont les plus robustes qui restent sous pilule de ces femmes supersolides et qui peuvent résister aux agressions des stéroïdes beaucoup plus longtemps que les femmes dont les corps ont très vite réagi, et les ont fait cesser de mettre en danger leur santé par les contraceptifs oraux. Je suis convaincue que c'est ce fait même qui donnera toujours un aspect déséquilibré aux résultats des essais, car ils étudieront le cas de nombreuses femmes dont la santé est fondamentalement solide et possèdent d'excellents systèmes de défense.

Il faut aussi tenir compte des grands vides laissés par les médecins et les malades, lorsqu'ils négligent de signaler des effets secondaires spécifiques. J'ai vu de nombreuses malades persuadées qu'elles n'avaient pas d'effets secondaires à la pilule, parce que leurs médecins leur avait dit que leurs plaintes et leurs symptômes n'avaient rien à voir avec elle, ou bien parce qu'elles-mêmes ne pensaient pas qu'il y ait aucun lien de cause à effet. Moi-même, je n'avais fait aucun rapprochement entre les symptômes dont je souffrais à la jambe, et la pilule, jusqu'à ce que mon mari me l'ait suggéré.

Les taux de maladie, qui sont plus élevés chez les femmes ayant arrêté la pilule, sont parfois utilisés pour démontrer que les habituées de la pilule sont protégées par elle de certains états de mauvaise santé, mais à mon sens cela montre seulement que la tolérance de ces utilisatrices n'a pas encore atteint ses limites. En 1968, deux essais à grande échelle furent entrepris : l'Étude sur la Contraception Orale du Collège Royal des Praticiens généralistes (R.C.G.P.)[2] qui avait engagé 47 174 femmes entre 1968 et 1969, et l'Étude d'Oxford/F.P.A. (Association du Planning Familial) qui avait engagé 17 032 femmes pendant les années 1968 et 1974[3]. Dans les deux cas, la moitié des femmes enrôlées comme contrôles utilisaient d'autres méthodes de contrôle des naissances, bien que quelques-unes d'entre elles les aient abandonnées pour prendre la pilule et aient été classées comme utilisatrices. Les femmes qui avaient déjà eu des maladies reconnues comme aggravées par la pilule, avaient de fortes chances d'être placées dans le groupe de contrôle ou de non-utilisatrices, de sorte que les femmes sous pilule étaient au départ en meilleure santé que celles du groupe contrôle.

Dans les premiers résultats de l'étude R.C.G.P. l'on montrait que, parmi les nouvelles utilisatrices de la pilule, très peu continuaient à la prendre au-delà de deux années consécutives. La plupart avaient arrêté à cause des effets secondaires, ou bien s'étaient dérobées aux investigations des chercheurs. En 1979, sur les 23 378 femmes primitivement engagées, seul un faible pourcentage utilisait encore la pilule, même compte tenu du fait qu'elles pouvaient s'arrêter pour une grossesse et recommencer ensuite. Six femmes sur dix avaient été perdues de vue, et la plupart de celles qui restaient avaient adopté une autre méthode avant la fin des trois ans. Plus de 6 000 femmes du contrôle avaient été passées dans le groupe des femmes sous pilule, ce qui aidait à faire remonter le nombre, en baisse rapide, des utilisatrices du contraceptif oral.

Quand on publia en 1974 un rapport sur les toutes premières années de l'étude R.C.G.P.[2], la plus fréquente cause unique de mort chez les utilisatrices de pilule fut le suicide, qui expliquait la mort de neuf femmes. Bien que les femmes du groupe contrôle soient celles qui avaient le plus souffert de maladies avant d'être enrôlées dans l'étude, on n'en connaissait que quatre qui se soient suicidées. Au total, il y avait eu 19 morts violentes parmi les utilisatrices de la pilule, mais seulement 6 parmi celles qui utilisaient d'autres méthodes. Et ces résultats ne tiennent pas compte du fait que l'on avait perdu de vue 13 490 femmes, parmi lesquelles 1 636 utilisatrices de pilule de plus que de femmes contrôlées.

Le grand exode était à peine surprenant car le rapport de 1974 indiquait que beaucoup d'états (relevant de la médecine) étaient en augmentation chez les utilisatrices de la pilule. Les thromboses étaient multipliées par six, (bien que réduites d'un quart par ailleurs, grâce à de plus faibles doses d'œstrogènes). Les attaques étaient multipliées par quatre, les maux de tête par trois, la migraine et l'hypertension artérielle par deux. De nombreuses infections se développaient largement : pertes vaginales, érosion cervicale. L'on montrait par ailleurs que le fait nouveau qu'étaient certains états allergiques prenait des proportions significatives, et le rapport montrait aussi le risque d'augmentation des maladies coronaires, des calculs biliaires, de catarrhe nasal, de rhinites allergiques, de rhumes des foins, colites ulcéreuses, maladies de Crohn, maladies virales, pleurésies, épilepsies et schizophrénies. À l'arrêt de la pilule, il peut se produire des épisodes subits de schizophrénie, dus à ce que l'arrêt des stéroïdes altère la production de stéroïdes propres aux corps, ce qui peut provoquer de l'œdème cérébral entraînant anxiété ou autres symptômes. On appelle cela symptôme de retrait des stéroïdes. De tels cas, décrits dès 1967, (voir « *La pilule en jugement* » par Paul Vaughan)[4] sont inhabituels, car la tendance normale à la schizophrénie se limite à un cas sur cent.

Alors que j'évoquais avec une collègue quels ennuis de santé provoquait l'arrêt de la pilule, celle-ci s'avisa soudain que c'était précisément ce qui s'était passé pour sa fille.

Sarah prenait la pilule depuis plusieurs années. Un jour une amie infirmière lui raconta qu'il y avait dans son service plusieurs jeunes femmes très malades souffrant de thrombose. Elle disait qu'elle ne comprenait pas pourquoi le Gouvernement permettait de prescrire la pilule, puisqu'il semblait qu'elle soit la cause de tant de maladies. Cette conversation convainquit Sarah d'arrêter de prendre la pilule. Elle se mit à travailler de plus en plus et, progressivement devint de plus en plus anxieuse. Elle pensait qu'il fallait qu'elle fasse à elle seule tout le travail de la société et souvent travaillait très tard le soir. Sa mère lui trouvait un comportement étrange depuis quelques jours, lorsque Sarah perdit tout contact avec la réalité. Elle fut hospitalisée et resta incapable de travailler pendant six mois. Depuis, elle s'est complètement rétablie.

En 1979, les femmes étaient sous observation depuis dix ans[9]. Quinze utilisatrices de la pilule s'étaient suicidées, contre sept du groupe de contrôle. Il y avait eu aussi deux fois plus de décès accidentels parmi les utilisatrices de la pilule. Le total des morts violentes s'élèvent alors à 34 et 17 respectivement. Ces chiffres peuvent sous-estimer le risque réel car, parmi les femmes sous surveillance, près de la moitié avaient cessé de prendre la pilule au cours des deux ou trois premières années de l'étude, alors que des milliers de femmes souhaitaient encore utiliser la contraception ; la maladie la plus commune, parmi les deux cents cas de figure rapportés au cours du mois où elles avaient stoppé la pilule, était la dépression nerveuse. En tout, l'on faisait état de maladies mentales deux fois plus souvent que de maux de tête et de migraines au cours du dernier mois.

Le rapport de 1974 résumait les « Bienfaits et méfaits » de la pilule en un simple diagramme. L'énorme accroissement des méfaits subis, migraines, pertes vaginales, dépressions, infections virales et perte de la libido, figuraient sur de longues colonnes en pointillé sous le titre « suspects d'erreurs importantes ». Les bienfaits les plus communément reconnus : amélioration des troubles menstruels et amélioration de l'anémie par carence du fer, formaient de courtes colonnes en traits pleins sous le qualificatif de « probables », donnant l'impression qu'il s'agissait de bénéfices réels et non tout simplement des conséquences inévitables de la prise de progestatifs, qui atrophie le revêtement interne de la matrice et provoque de la dépression.

En classant la plupart des maladies causées par la pilule comme « suspectes d'erreur », comme si les femmes exagéraient leurs effets secondaires, le Collège Royal a pu aider à donner l'impression que la pilule apporte plus de bienfaits que d'inconvénients. En fait, *l'étude constatait un accroissement significatif dans plus de soixante états pathologiques.* À l'encontre d'un tel catalogue de maladies sérieuses chez des jeunes femmes, auparavant saines, on présentait les bénéfices de la pilule comme suit : moins de saignements du revêtement interne de la matrice asséchée, moins de tension prémenstruelle — alors même que les effets sur l'humeur étaient maintenant continuels chez beaucoup de femmes, au lieu de ne durer que peu de jours avant les règles — et moins de maladies du sein, alors que les femmes qui arrêtaient la pilule développaient davantage de maladies du sein que celles qui ne l'avaient jamais prise. L'on vantait partout l'effet particulièrement protecteur des progestatifs à haute dose et d'une consommation plus prolongée de la pilule, mais l'on ne comparait que 3731 années-femmes prenant des doses élevées à 22513 années-femmes prenant des doses plus faibles.

Les conclusions du rapport de 1974 étaient ainsi résumées :

Chez les utilisatrices de contraceptifs oraux, on enregistre une moyenne de six épisodes de maladie en trois ans, alors que la moyenne est de cinq épisodes en trois ans pour les non-utilisatrices de la pilule. L'épisode additionnel chez les utilisatrices de la pilule n'est, de façon presque certaine, pas causé par la pilule, mais est dû à des a priori dans les rapports concernant l'usage de la pilule.

Le Collège attendait de ces résultats que les effets bénéfiques sur la santé soient habituels, tandis que les effets défavorables seraient rares. Bien que de nouveaux risques puissent apparaître après une observation plus longue, l'évidence de ces résultats impliquait que les femmes pouvaient prendre la pilule plus longtemps et réduire le nombre des grossesses imprévues.

Ces conclusions optimistes parurent dans la presse sous le titre « La pilule clarifie tout ».

J'écrivis au *British Medical Journal*[5] pour protester sur le fait que les taux importants de défections et d'effets secondaires ne justifiaient pas qu'on utilisât plus longtemps la pilule, mais mon rapport détaillé fut réduit à une courte lettre. *Le Dr Valérie Béral, une épidémiologiste australienne qui avait remarqué qu'un plus grand nombre de jeunes femmes mouraient de crise cardiaque en Australie depuis que la pilule avait été introduite, écrivit au « Lancet »*[6]*: elle dit quelle source d'inquiétude était le fait que selon ces données, les femmes qui avaient pris la pilule avaient 39 % plus de chances de mourir de maladies vasculaires ou de suicide.* En 1977, le Dr Béral avait augmenté son estimation à partir des données ultérieures du R.C.G.P. Les femmes qui avaient pris la pilule avaient maintenant *quatre fois plus de chances* de mourir de maladies cardio-vasculaires et ce risque augmentait avec l'âge, en particulier pour celles qui avaient dépassé trente-cinq ans (4 sur 5 des femmes mortes de maladies cardio-vasculaires avaient plus de 35 ans), qui fumaient, et, qui avaient été plus de cinq ans sous pilule[7].

Dans une étude contrôlée, multicentrique internationale sur la pilule pour le *British Journal of Family Planning* en 1980[8], le Professeur Martin Vessey, examinait les risques accrus de sérieuses maladies vasculaires de la manière suivante :

	Nombre	Moyenne
Thrombo-embolies veineuses	1,5 à 11	× 9
Attaques de thrombose	2 à 26	× 6
Attaques hémorragiques	—	× 2
Hémorragies subarachnoïdiennes	2 à 22	× 6
Infarctus du myocarde	1 à 14	× 4

Il y avait de très larges écarts dans l'incidence donnée par les différents rapports. Ces contradictions dépendent manifestement de la précision du suivi, de l'âge des femmes à qui on a donné la pilule, du tabagisme, et des individus choisis comme « contrôles ». Les seuls véritables contrôles devraient être des femmes saines, ne fumant pas, et n'ayant jamais pris aucune sorte de pilule stéroïde ; *mais de telles femmes deviennent de plus en plus difficiles à trouver.*

Peut-être les différences les plus curieuses résident-elles dans les causes de mort parmi les trois grandes études sur la pilule : l'étude du Planning Familial (F.P.A.) d'Oxford, l'étude du R.C.G.P. et l'étude de Walnut Creek. Le Professeur Vessey a estimé le taux de mortalité des femmes en âge de prendre la pilule, en Angleterre et au Pays de Galles, à 108,3 par 100 000 années / femmes en 1975. La cause de mort la plus fréquente était le cancer à 44,3, suivie par les morts circulatoires, à peu près la moitié à 21,9, et les morts violentes et accidentelles venant en troisième à 17,1.

Au bout de dix ans, les utilisatrices de la pilule enrôlées dans l'étude d'Oxford F.P.A.[9] enregistraient à peine deux fois moins de morts que l'ensemble des femmes du pays (52,9). Elles étaient à peu près deux fois plus à mourir de cancer (25,3) que de maladies vasculaires (12,3) ; mais leur taux de mort accidentelle ou violente était étonnamment bas (4,6) si l'on tient compte de ce que l'étude avait constaté que les femmes sous pilule était quatre fois plus sujettes aux tentatives de suicide que les utilisatrices de diaphragmes.

Les utilisatrices de la pilule, dans l'étude R.C.G.P.[10], avaient également un taux de mortalité plus faible (87,7), mais là, la principale différence consistait en un risque égal de cancer (30) ou de maladies circulatoires (29,9). Peut-être cette apparente sous-estimation des néoplasies vient-elle de ce que la moitié des femmes de l'étude avaient été perdues de vue.

Dans l'étude américaine de Walnut Creek, 16638 femmes âgées de 18 à 54 ans furent enrôlées entre 1968 et 1972, mais la plupart des 10135 utilisatrices de la pilule avaient commencé à la prendre depuis six ans, ou plus, et seules 4588 d'entre elles la prenaient encore lorsque l'étude démarra. Quand elles furent enrôlées, ces « utilisatrices de toujours » étaient de façon significative plus portées à consommer des tranquillisants ou autres médications, et développaient de façon plus fréquente plus de 34 maladies médicales. Une femme sous pilule sur dix avait aussi pris des œstrogènes, et une sur cinq des 6503 femmes du contrôle, réputées *n'avoir jamais pris la pilule*, avait également pris des œstrogènes.

Après les dix années que dura l'étude, 13,8 % des femmes avaient été perdues de vue. Les autres comptabilisaient une augmentation significative des cancers du col utérin, du sein et du corps utérin pour peu qu'elles aient déjà pris des hormones (voir chapitre VII). Elles avaient aussi une augmentation de fréquence des mélanomes malins, et des cancers du poumon si elles avaient fumé dans le même temps. Les six cas de cancers de l'appareil urinaire, et six sur les sept cancers de la thyroïde, touchaient le groupe des utilisatrices de la pilule. Il est bien connu que la pilule peut induire un cancer du foie, mais ces tumeurs sont trop rares pour ressortir dans ces études d'une relativement faible importance.

Au cours des dix années d'observation, il y eut 200 morts, mais 30 d'entre elles furent exclues de l'analyse finale : l'on pensait que ces décès étaient le fait de conditions préexistantes, écartant de cette façon l'effet promoteur des hormones sur les tumeurs. Sur les 170 morts restantes, 45 % étaient dues à des cancers qui, dans cette étude, était trois fois plus fréquents que les morts circulatoires (15 %). Les accidents et morts violentes étaient la deuxième cause en fréquence, avec 19 %.

Les trois études tendent également à exclure, à l'engagement, les femmes les plus sensibles — celles-là même qui étaient susceptibles d'avoir des effets secondaires et auraient abandonné la pilule au bout d'un mois ou deux. Dans l'étude d'Oxford F.P.A. n'étaient choisies que les femmes qui avaient déjà pris la pilule de façon constante pendant au moins cinq mois. On engagea nettement moins de femmes présentant des tumeurs bénignes du sein, et les utilisatrices de la pilule avaient huit fois moins de chances d'avoir développé dans le passé une maladie thrombo-embolique que les femmes ayant utilisé d'autres méthodes. Dans l'étude R.C.G.P., seule une femme sur cinq était une nouvelle utilisatrice de la pilule ; les autres avaient déjà totalisé 25 590 années-femmes d'usage de la pilule et, de manière évidente, elles étaient les survivantes très résistantes d'un nombre bien plus élevé de femmes ayant essayé la pilule au cours des quatre ou cinq années précédentes.

Une vue optimiste des risques de la pilule peut résulter de ce que l'on ait pris au départ des femmes saines, issues de classes sociales plus élevées, donc maintenues sous bonne surveillance ; mais cela ne suffit pas toujours.

En 1978, Mrs Judith Challenger se découvrit, un

matin au réveil, dans l'incapacité de remuer son bras et sa jambe gauches. Elle avait été une mère normale et saine de deux enfants, enseignante par ailleurs. Elle avait pris une de ces pilules qu'on appelle « mini-dosées », pendant 5 ou 6 ans, sans autres symptômes que quelques vagues douleurs de la face et un enchifrènement nasal diagnostiqué comme sinusite. Elle avait récemment consulté son généraliste pour son contrôle médical tous les six mois. Elle avait demandé à son médecin si elle pouvait arrêter la pilule ; elle avait maintenant trente-huit ans et elle avait lu qu'il y avait des risques plus élevés après 35 ans. Il répondit qu'elle avait une tension artérielle et un examen normaux et qu'il n'y avait pas de raison pour qu'elle ne continue à prendre la pilule jusqu'à quarante ans. En fait, lui dit-il, elle était plus en sécurité avec la pilule, qu'en allant en voiture chez son médecin, qui habitait deux miles plus loin au bas d'un tranquille chemin rural. Son médecin pensait la fatalité des accidents de la route plus courante que les morts à cause de la pilule. *Cependant, les femmes qui prennent la pilule ont plus de chances d'avoir des accidents que les autres.* Normalement, les femmes sont au maximum des risques d'accidents pendant les quelques jours qui précèdent leurs règles. Avec la pilule, cette phase se prolonge, de quelques jours jusqu'à vingt jours.

Six semaines plus tard, Mrs Challenger était admise d'urgence à l'hôpital où un scanner cérébral révéla un caillot au milieu du côté droit de son cerveau. Elle ne put bouger sa jambe que deux semaines plus tard, son bras après plusieurs mois, et sa main après neuf mois. Elle avait encore une certaine faiblesse de son côté droit et marchait en boîtant.

Mrs Challenger était résolue à éviter de tels avatars à d'autres femmes non averties, aussi constitua-t-elle le *Groupement des Victimes de la Pilule.* Ses membres réunirent des informations et demandèrent réparation en justice pour les victimes de la pilule, ainsi qu'il avait été fait avec succès en Amérique, à plusieurs occasions. En

1979, l'avocat du groupe, l'Américain Gerald Sterns, parla à la télévision britannique et compara les mises en garde détaillées des livrets vendus avec les pilules en Amérique, aux rares informations accompagnant la pilule en Grande-Bretagne. Dans les un ou deux mois qui suivirent, de nouveaux imprimés détaillés étaient déjà insérés dans les paquets de pilules anglaises. À la suite d'articles de journaux sur le *Pill Victims Group,* plus de 700 femmes, ou leur mari si les femmes étaient incapables d'écrire, écrivirent à Mrs Challenger. La plupart avaient eu des catastrophes vasculaires. Certaines femmes avaient dû être amputées, et d'autres s'étaient suicidées du fait de leurs infirmités. Mrs Challenger reçut aussi des rapports sur plusieurs cas de stérilité avec aménorrhée et, dans peu de cas, avec tumeurs de l'hypophyse. Ces tumeurs étaient très rares avant la pilule, mais elles sont devenues maintenant plus fréquentes. Peut-être la lettre la plus désolante qu'elle reçut, fut-elle celle d'une jeune fille qui avait quinze ans lorsqu'elle eut son attaque. Mrs Challenger découvrit que, pour beaucoup de victimes de la pilule, celle-ci leur avait été prescrite par leur médecin pour des raisons médicales ou gynécologiques.

Il est classique que des jeunes filles qui travaillent dur pour leurs examens, ou qui sont éloignées de leur foyer pour la première fois, aient des cycles menstruels irréguliers, et trop souvent le premier traitement est hormonal. D'après mon expérience, le meilleur traitement consiste à suivre un régime de rotation hypo-allergique et d'éviter de fumer.

Chapitre VII

CANCER ET PILULE

On croit en général que la plupart des décès par la pilule sont dus à des maladies circulatoires. En fait, les femmes de 25 à 50 ans ont deux fois plus de risques de mourir de cancer.

La pilule donne-t-elle le cancer ? Ce problème a divisé le monde médical, créant une controverse réellement alarmante pour les femmes. C'est une histoire troublante qui n'a pas encore atteint son point culminant, et les femmes sont prisonnières d'études continuelles qui tour à tour confirment ou réfutent le lien redouté.

L'utilisation des hormones nous a effectivement tous mis en danger. Il y a eu en Amérique « les fils et les filles D.E.S. » dont les mères ont pris du Diethyl Stilbœstrol pendant leur grossesse et qui ont développé des cancers des organes génitaux ; il y a l'augmentation des cancers du col et du sein en particulier dans les pays où l'on prend la pilule, et il y a l'utilisation persistante des hormones dans la production animale, ce qui pose une interrogation quant à notre alimentation.

Quand je commençai à prescrire la pilule en 1961, nous savions que les œstrogènes donnaient des cancers chez l'animal, mais nous donnions aussi des progestatifs « de protection ». L'impression que les progestatifs protégeaient contre le cancer provenait de leur action sur le revêtement interne de la matrice. Les œstrogènes stimulent la croissance et la division rapides des cellules glandulaires. Un traitement prolongé d'œstrogènes provoque une surcroissance débordante des glandes « hyperplasiques et kystiques ». Les mécanismes normaux de division cellulaire se déchaînent et les cellules deviennent malignes. Mais si l'on donne suffisamment de progestérone, la muqueuse utérine s'amincit jusqu'à disparaître. Alors, pendant les années soixante, l'on retira de la vente la progestérone pure telle que le chlormadinone et l'acétate de mégestrol, parce qu'ils provoquaient des tumeurs malignes du sein chez les chiens. Le M.P.A., autre dérivé de progestérone, contenu dans le Dépo-Provera, a provoqué des tumeurs malignes de l'utérus chez les singes ; il est aussi soupçonné d'être en cause dans les cancers du col chez la femme[1]. Pour ceux d'entre nous qui ont l'habitude d'entendre, d'après l'étude du R.C.G.P., que les femmes ayant pris la pilule ont un taux de mortalité plus élevé, dû pour la plus grande part à un accroissement quatre fois supérieur des maladies vasculaires, ce fut une surprise que d'apprendre que les femmes dans le groupe d'âge de vingt-cinq ans à cinquante ans sont en fait deux fois plus susceptibles de mourir de cancer que de maladie vasculaire.

Parmi nos deux cents premières patientes engagées au début des essais de Londres, nous avons eu un cas de cancer du sein. Mrs J.L. avait trente-cinq ans quand on lui donna un contraceptif oral séquentiel : œstrogène seul pendant quinze jours, et les deux hormones les cinq jours suivants. Avant de commencer la pilule, elle avait remarqué que ses seins étaient douloureux et nodulaires avant ses règles, et elle souffrait parfois de migraine. Après vingt mois de cette pilule, elle se plaignait de sévère tension prémenstruelle avec migraine et vomissements. Elle avait des crampes dans les jambes la nuit, des bouffées de chaleur et des périodes de profond repli sur soi. Je lui suggérai de ne prendre la progestérone que dix jours, au lieu de cinq, et Mrs J.L. se sentit beaucoup mieux. Mais six mois plus tard, elle développa au sein gauche une tumeur dure : on diagnostiqua un cancer à croissance rapide. Ses chances de survie à long terme étaient faibles. En 1964, une femme de trente-sept ans avait une chance sur 10 000 de développer un cancer du sein. Pour Mrs J.L., était-ce seulement de la malchance ?

Mrs P.D. était une des premières patientes enrôlées à la consultation Barnet. Elle avait une vingtaine d'années, et se trouvait bien avec une pilule combinée. Mais après quatorze mois, elle développa une tumeur extrêmement rare et hautement maligne localisée au muscle de la jambe, un sarcome. De nouveau, cela pourrait n'être que malchance, mais le développement de cancers aussi rares et inhabituels devient maintenant un fait nouveau.

Dans les années quatre-vingt, nous observons un type unique de sarcome. En Amérique, des hommes jeunes, auparavant en bonne santé, ont développé un SIDA (Syndrome d'Immuno Dépression Acquise). La maladie s'est propagée à une vitesse alarmante, plus de la moitié mourant dans l'année du diagnostic, soit d'un large éventail d'infections virales, bactériennes ou fungiques, soit d'un sarcome de Kaposi. En général, il y a des antécédents de plus de 1 000 partenaires sexuels différents avant que ne se développe cette grave maladie[2]. La majorité meurt en l'espace d'un an, d'infection ou du fait de la tumeur. Avant cette épidémie courante, le sarcome de Kaposi affectait en général la peau des vieillards en Afrique, et était rarement fatal. Les taux de testostérone baissent chez les hommes plus âgés et ils peuvent devenir sensibles à leur production naturelle d'œstrogènes. Le SIDA est plus fréquent chez les partenaires homosexuels passifs[3], et beaucoup de ces hommes prennent des œstrogènes. À ce sujet on peut aussi suivre une autre piste. Une étude sur de jeunes hommes, dont les mères ont pris des œstrogènes ou de la progestérone pendant leur grossesse, a révélé que moins de la moitié d'entre eux était susceptible de se marier, et que le groupe étudié avait un taux plus élevé que la normale d'anomalies des organes sexuels. Les hommes qui ont des testicules anormaux ont aussi plus de risques de développer un cancer de testicules, autre cancer de plus en plus répandu.

Le sarcome qui affecte les victimes du SIDA est une tumeur des vaisseaux sanguins qui s'étend rapidement à la peau et aux organes lymphatiques. Les autopsies des victimes de la pilule ont montré des anomalies similaires des vaisseaux sanguins et le Dr Kitty Little a vu enlever chez une jeune fille de vingt et un ans, une tumeur vasculaire qui s'étendait tout le long de son artère la plus large. Il est évident que le sang des individus atteints de SIDA peut transmettre la maladie aux hémophiles et autres malades transfusés, y compris, dans un cas, un enfant nouveau-né. C'est une forme sévère des modifications immunologiques que j'ai constatées dans le sang donné pour transfusion. La gamme soi-disant normale des protéines immunes s'est étendue depuis l'usage répandu de la pilule.

Le type de cancer de loin le plus répandu chez les jeunes femmes qui puisse être induit par la pilule est le cancer du col utérin. En 1968, selon un rapport publié dans « Médecine du Monde »[4], deux études américaines avaient enregistré une plus grande incidence des cancers précoces du col utérin, connu sous le nom de cancer « in situ ». Une étude du Professeur Weid estimait que le risque s'était multiplié par six, passant de trois pour mille à dix-huit pour mille chez celles qui avaient pris la pilule pendant cinq ans ou plus, bien que, sur les quarante mille femmes examinées, cinq cents seulement utilisent encore la pilule après cinq ans. L'étude de Weid n'a jamais été publiée pour autant que je le sache, mais l'autre étude, réalisée par Melamed, fut publiée l'année suivante.

À la même époque je découvrais que beaucoup de nos utilisatrices de la pilule avaient des érosions du col : grandes surfaces rouges, charnues et rugueuses sur le col de l'utérus, saignant facilement lorsqu'on effectue un frottis du col. Ces érosions étaient particulièrement fréquentes sous pilules hautement dosées avec taux d'hormones élevés imitant spécialement les modifications cellulaires de la grossesse. Plus tard, l'étude R.C.G.P. devait démontrer que les érosions du col utérin augmentaient de manière significative avec la dose de progestatifs. J'avais l'habitude d'envoyer mes patientes se faire cicatriser au moyen d'un traitement par la chaleur, et il arriva que des femmes soient obligées d'interrompre la pilule pour que le col utérin puisse guérir spontanément. Une patiente diminua sa dose de moitié après un intervalle de six mois, mais l'érosion réapparut à nouveau. Nous n'avons pas eu beaucoup de cas de cancer « in situ », mais cela peut fort bien tenir à notre rigoureuse surveillance des femmes qui étaient examinées tous les six mois et traitées promptement si des lésions se développaient, et nous n'eûmes qu'un infime pourcentage d'entre elles à prendre la pilule jusqu'à cinq ans ou plus.

L'enregistrement officiel du cancer « in situ » commença en 1965. À cette époque, une jeune fille de quinze à vingt-quatre ans avait moins d'une chance sur cent mille de présenter un frottis positif. En 1978, les chiffres pour l'Angleterre et le Pays de Galles avaient décuplé, passant de 0,8 pour 100 000 à 8,5 pour 100 000[5].

En 1972, dans le pays, très peu de célibataires avaient utilisé la pilule (9 %), mais en 1982, les jeunes filles non mariées formaient la majorité des utilisatrices de la pilule à la plupart des consultations, et le plus grand centre de consultation de planning familial d'Europe, le Centre Margaret Pyke de Londres, rapportait dans le « *Lancet* » qu'une sur vingt-cinq parmi leurs consultantes avait un frottis positif, et qu'il y avait une montée en flèche des formes graves[6]. L'étude d'Oxford F.P.A., publiée en octobre 1983, disait que, sur seize cas de cancers invasifs du col recensés, tous étaient apparus chez des femmes qui avaient pris la pilule[7]. Le nombre de cas précoces s'était accru beaucoup plus rapidement parmi les utilisatrices de la pilule que parmi les porteuses de stérilet, quand bien même les vingt-huit pour cent des utilisatrices de la pilule qui n'avaient pas eu encore d'enfant aient été écartées de ce rapport. Dans le rapport de 1978, il y avait trente cas chez les utilisatrices de la pilule, deux chez celles de diaphragmes, et encore vingt et un chez les fumeuses et dix-huit chez les non-fumeuses. L'étude Walnut Creek avait trente-sept cas de cancer du col chez des femmes sous pilule au-dessous de quarante ans et un cas dans le groupe de contrôle. De nouveau, bien que les fumeuses soient statistiquement plus exposées, les chiffres exacts étaient presque les mêmes, quatorze fumeuses et dix-huit non-fumeuses[8]. En 1983, l'étude R.C.G.P. rapportait trente-quatre cas de cancers invasifs du col parmi les utilisatrices de pilules et dix parmi les contrôles[9].

Bien que l'augmentation des cancers du col utérin ait été alarmante, elle n'inquiéta pas outre mesure, car les stades précoces sont faciles à traiter. Néanmoins, le taux de mortalité chez les quinze — vingt-quatre ans s'est multiplié par quatre, tandis que, chez les femmes plus âgées, il chutait de près d'un quart.

Jean Robinson, autrefois présidente de l'Association des Malades, a montré un lien entre le travail des maris et le risque de cancer du col, tout aussi bien qu'un possible risque accru chez les femmes qui travaillent dans le textile[10]. L'on sait depuis le siècle dernier que les religieuses n'ont jamais de cancer du col utérin, et les associations sont bien connues entre l'âge du premier rapport sexuel, les partenaires multiples (y compris les partenaires multiples de l'homme), les maladies vénériennes (en particulier l'herpès), les classes défavorisées et les déficiences en acide folique.

Le sperme des hommes de ce milieu, très gros fumeurs par surcroît, peut également provoquer des cancers du col. De tels spermes ont une composition chimique anormale, peut être due au manque de minéraux essentiels tels que le zinc, et à la présence de métaux toxiques tels que le cadmium venant du tabagisme. Du fait que la pilule produit des anomalies en minéraux et en vitamines chez les femmes, celles-ci peuvent contribuer à l'augmentation du risque de cancer du col. Il est cependant probable que les femmes contractent un cancer du col à partir de la combinaison de plusieurs facteurs de risque.

Jusqu'à l'âge de dix-neuf ans, l'endocol de la femme est immature, et particulièrement sensible aux modifications qui conduisent à la malignité. Chaque fois qu'une jeune fille commence à avoir des rapports sexuels avant cet âge, elle augmente son risque de cancer du col d'autant que d'années de précocité sexuelle. La généralisation de l'eau chaude à volonté, des bains et des douches aurait dû aider à diminuer l'incidence de cette maladie, mais au contraire nous voyons chez une femme enceinte sur cent un frottis positif, et nous en voyons beaucoup d'autres ayant déjà subi des opérations sur le col utérin avant de devenir enceintes pour la première fois. Il semble essentiel, à l'heure actuelle, d'augmenter la fréquence des frottis du col pour les femmes qui ont pris la pilule ; mais ce qui semble encore plus important, c'est de décourager les jeunes femmes d'aller d'emblée vers la pilule.

Délibérément, on a tellement mis l'accent sur une activité sexuelle plus intense, et en particulier sur le nombre des partenaires et sur les maladies sexuellement transmissibles, en tant que causes du cancer du col, que les femmes sont peu disposées à avouer leur diagnostic à leur famille et à leurs amis. *Mais les derniers chiffres montrent clairement que la cause la plus importante de cette épidémie chez les jeunes est la prise de la pilule. Les membres du Planning familial admettent déjà tacitement ce fait en menant une campagne pour que les hommes utilisent davantage les préservatifs afin de protéger leurs partenaires.* Voici l'année (1985) « de la contraception pour hommes ». Les féministes, toujours très conscientes de la seule responsabilité des femmes dans ce domaine, ont toujours été très critiques vis-à-vis des membres du Planning familial et leurs voix ont fini par se faire entendre.

À travers ces quelques dernières années j'ai commencé à sentir les autorités médicales prêtes à admettre que l'usage d'œstrogènes induit le cancer ; il est difficile de le nier avec, en Amérique, une augmentation moyenne de six fois plus de cancers de l'endomètre depuis leur utilisation accrue d'œstrogènes dans les symptômes de la ménopause[11] ; mais une action d'arrière-garde a été montée. Ceci en tirant argument de ce que les progestatifs seraient sans danger. Cette tactique de diversion a subi un sérieux revers lorsque le Professeur Malcolm Pike et son équipe en Californie ont présenté leurs données dans le « *Lancet* » d'octobre 1983[12], *montrant que les cancers du sein avaient augmenté de quatre à cinq fois chez les femmes qui avaient pris la pilule six ans ou plus avant l'âge de vingt-cinq ans, et que le risque était plus grand avec des pilules progestatives plus fortement dosées.* C'était la troisième étude à établir que les jeunes femmes qui avaient commencé à prendre la pilule avant l'âge de vingt-cinq ans ou avant leur première grossesse menée à terme avaient un risque plus élevé de cancer du sein, et que le risque était d'autant plus grand que la pilule avait été prise pendant plus longtemps.

Le chaos régnait, tant dans le monde médical que dans la presse non spécialisée, bien que depuis maintenant seize ans, une information similaire sur le cancer du col ait été disponible. On avait imputé avec raison l'effroyable augmentation des cancers du col à l'activité sexuelle. Mais à présent, dans le même numéro du « *Lancet* », les résultats de l'étude Oxford/F.P.A., montraient que la pilule était une cause première du cancer du col, à ajouter aux résultats sur le cancer du sein.

Les malades du Professeur Pike étaient des femmes blanches de l'État de Los Angeles qui avaient développé un cancer du sein entre 1972 et 1982, et qui avaient moins de trente-sept ans au moment du diagnostic. Le Professeur Pike me dit que virtuellement toutes les jeunes femmes de Californie avaient essayé la pilule, et 80 % l'avaient utilisée avant l'âge de 25 ans. Il avait recensé 510 cas de cancer du sein, mais 52 étaient déjà mortes et les médecins traitants refusèrent l'autorisation d'en contacter certaines parmi les autres. En fin de compte, 330 femmes atteintes d'un cancer du sein remplirent le questionnaire sur lesquelles 314 correspondaient en âge et en classe sociale.

Les femmes atteintes d'un cancer du sein avaient utilisé la pilule plus longtemps, en moyenne 49,6 mois comparés à 39,2 mois. Mais ce n'était pas une découverte. Le Professeur Sir Richard Doll et le Professeur Martin Vessey avaient publié en 1971 des résultats[13] qui constataient que davantage de jeunes femmes, au-dessous de la quarantaine et atteintes de cancer du sein, avaient pris la pilule depuis plus de deux ans comparativement à leurs contrôles — 50% contre 35,9% — avant que la tumeur ne soit décelée.

Le contraire toutefois était vrai pour les tumeurs bénignes du sein : chez 62% des utilisatrices, elles se développaient au cours de leur première année de pilule — 14% seulement des femmes atteintes de tumeur bénignes du sein avaient pris la pilule plus de deux ans, comparées à 33% des contrôles. Cela veut dire que dans les études en cours, il semble qu'un moins grand nombre de femmes continuant à prendre la pilule aient eu une maladie du sein par rapport à celles qui utilisaient d'autres méthodes de contraception. *Ce qui lança une mode très populaire qui consistait à dire que la pilule prévenait les tumeurs bénignes du sein.* En fait, toutes ces données constataient qu'une minorité de ces femmes avaient pris la pilule plus d'un an : 38% comparées à 59%. Mais je pense que ceci confirme ce que j'ai toujours dit, à savoir que la pilule provoque beaucoup de symptômes, y compris les tumeurs bénignes du sein, chez des femmes prédisposées, de telle sorte qu'elles arrêtent de la prendre. *Les femmes les plus sensibles ont tendance à éviter le cancer du sein en arrêtant la pilule après quelques mois seulement, tandis que les plus résistantes continuent, n'ayant pas de symptômes pendant des années, inconscientes d'être en train d'augmenter leur risque de cancer.* Le Professeur Pike constata que trente-quatre femmes ayant un cancer du sein avaient pris la pilule plus de soixante-treize mois consécutifs avant l'âge de vingt-cinq ans, comparées à sept femmes contrôle seulement. Neuf cas de cancer avaient utilisé ce que l'on appellait des pilules dosées en progestatifs, mais aucune femme du contrôle n'avait pris aussi longtemps de ces classiques pilules à dosage élevé. On en tirait la conclusion que les pilules « faiblement » dosées en progestatifs « semblent peu ou ne pas du tout augmenter le risque de cancer du sein », mais quinze femmes atteintes de cancer du sein avaient été des utilisatrices à long terme de ces pilules, comparées à sept contrôles, ce qui me paraît bien plus, quel que soit le mode de calcul des statistiques. Malheureusement, le Professeur Pike et ses collègues avaient publié un tableau donnant des valeurs quant à la puissance en œstrogènes et en progestatifs des contraceptifs oraux utilisés aux U.S.A. Les chiffres sur la force des œstrogènes étaient simplement basés sur la dose d'œstrogènes en microgrammes dans chaque pilule. Le mestranol était inscrit comme ayant la moitié de la force de l'éthinyl œstradiol, par exemple 100 microgrammes de mestranol étaient considérés égaux à 50, alors que 50 microgrammes d'éthinyl œstradiol étaient aussi égaux à 50 (ce qui enlève toute signification à la première interdiction de toute dose d'œstrogènes de 50 microgrammes à cause de la thrombose).

Les taux d'activité des progestatifs, allant de 0,35 à 15, étaient tirés des articles de Mishell et Greenblatt, lesquels, à leur tour, se basaient sur le test de l'arrêt de la menstruation du Dr Swyer. Le Dr Swyer avait publié ce test en 1960, juste avant que je n'arrive chez lui comme assistante.

Le Dr Swyer écrivit immédiatement au « *Lancet* » pour contester ces « chiffres d'activité des progestatifs » qui, disait-il, ne tenaient pas compte de l'important effet combiné des œstrogènes dans les nombreuses pilules combinées[14]. Son test originel, disait-il, n'avait en fait trouvé que de légères différences entre différents progestatifs, par exemple, l'acétate de noréthistérone avait le même pouvoir pour retarder le saignement que le diacétate d'éthynodiol. Leur puissance était égale, et non de 2 à 15 comme le disait le Professeur Pike. *Pendant ce temps, le Comité pour la Sécurité des Médicaments avait aggravé la confusion en envoyant avec précipitation aux médecins britanniques, une circulaire avec une liste chiffrant l'activité des progestatifs dans les contraceptifs oraux britanniques, qui contenaient encore plus d'erreurs et de fautes d'impression.* De telles erreurs ont été à l'origine d'une regrettable tendance à discréditer l'article de Pike, ce qui était totalement injustifié quant à ses résultats sur le fait qu'un usage prolongé de la pilule chez la femme jeune peut induire des cancers du sein. *Il avait déjà affirmé dans l'article qu'il n'existait pas de tests valables pour mesurer la puissance des hormones sur les tissus mammaires.* Il avait établi de manière précise l'existence d'un risque accru avec les pilules qu'il avait regroupées comme « fortement dosées », mais ses données de quinze cas pour sept contrôles sur les pilules à « plus faible » dosage me paraissaient montrer un accroissement quelque soit le type de pilule. Il est difficile d'admettre la conclusion selon laquelle « les pilules faiblement dosées semblent peu ou pas du tout augmenter le risque de cancer du sein ».

Dans une lettre ultérieure au « *Lancet* », en réponse aux questions sur l'innocuité des pilules contenant une faible dose d'œstrogène, le Professeur Pike et ses collègues spécifiaient que très peu de femmes de leur étude avaient utilisé des pilules combinées contenant 35 microgrammes ou moins d'éthinyl œstradiol. La plupart de celles qui les avaient pris, utilisaient du Lo/Ovral (30 microgrammes d'éthinyl œstradiol plus 0,3 mg de norgestrel) — et parmi celles-ci quatre femmes atteintes de cancer du sein — avaient utilisé le

Lo/Ovral pendant une durée de 145 mois. Aucune des « femmes contrôles » n'avait utilisé cette combinaison.

En décembre, le Dr Swyer écrivit à nouveau au « *Lancet* » pour expliquer que son test de retard de la menstruation n'avait d'autre objet que le pouvoir des progestatifs d'empêcher le saignement et n'apportait aucune preuve de la puissance de ses autres actions. Mais s'il l'avait fait, l'écart n'aurait pas été de plus de 0,5 à 2.

Une autre lettre au « *Lancet* »[15] disait que les estimations de la force des progestatifs, basées sur ma méthode d'utilisation des vacuoles subnucléaires, montraient peu de différence entre la plupart des progestatifs dans la mesure où ils sont métabolisés en noréthistérone dans le corps. La seule exception est le Norgestrel, qui est environ de quatre à cinq fois plus puissant que la noréthistérone. Mais tous sont au moins *mille fois plus puissants, dose pour dose, que la progestérone naturelle,* selon les résultats métaboliques du Professeur Spellacy (voir Appendice II).

Dans les essais de Londres des années soixante, nous avons constaté qu'une dose aussi faible que 0,1 mg de Norgestrel plus 0,05 mg d'éthinyl œstradiol était progestative et assez forte pour empêcher des grossesses, bien qu'elle ait des effets importants de saignements irréguliers, alors que nous avions plusieurs grossesses avec 1 mg d'acétate de noréthistérone plus 0,05 mg d'éthinyl œstradiol.

Quelques années plus tard, au début des années soixante-dix, des pilules ainsi libellées (acétate de noréthistérone 1 mg plus éthinyl œstradiol 0,05 mg) apparurent sur le marché. Le Dr Mears me demanda comment cette nouvelle pilule, contrairement aux précédentes, pouvait dorénavant permettre un bon contrôle des cycles, et ne laisser place qu'à un très faible taux de grossesses accidentelles. J'avais posé la même question à un fabricant, et j'avais appris que l'on « micronisait » les hormones de la pilule, de telle sorte que de plus faibles doses étaient plus efficacement absorbées par l'intestin. Apparemment, maintenant de faibles doses ont les mêmes effets biologiques que ceux qu'entraînaient auparavant des doses élevées. Mais le fait inéluctable de la vie est que toute dose, quelle qu'elle soit, qui empêche la grossesse va provoquer ensuite une multitude de modifications biochimiques et cellulaires.

L'étude R.C.G.P.[16] *a été faussement citée d'une manière très large comme ne montrant pas d'accroissement du cancer du sein.* Bien qu'ayant perdu 58 % de ses utilisatrices de la pilule, et bien que presque toutes les femmes aient cessé de la prendre dans les trois ans, les chiffres montraient en 1981 une croissance statistiquement évidente des cancers du sein diagnostiqués chez des femmes de trente à trente-cinq ans. Il y en avait vingt-deux cas parmi les utilisatrices de la pilule, et six parmi les contrôles âgées de quinze à trente-quatre ans, mais cette différence n'était pas significative pour la tranche d'âge la plus élevée.

Les données de l'étude Oxford F.P.A.[17], plus réduite, vont aussi dans le sens d'un risque accru. Les chiffres doublaient pour les femmes qui avaient pris la pilule pendant plus de quatre ans et quand l'intervalle depuis la première prise était supérieur à douze ans, mais le nombre des femmes suivies était trop faible pour parvenir à une portée statistique. Le Dr Klim Mac Pherson, le Professeur Vessey et d'autres écrivirent le 17 décembre au « *Lancet* » pour exposer qu'ils avaient constaté chez leurs patientes atteintes d'un cancer du sein, un usage intensif de contraceptifs oraux avant la première grossesse menée à terme, ceci dans le cadre de leur étude croisée contrôlée.

Ceci porta à quatre le nombre de cette catégorie d'études (voir chapitre I). Leurs données précédentes, publiées deux ans plus tôt en 1982, avaient suggéré que la pilule « n'avait pas d'effet protecteur significatif » probablement parce que 9 % seulement des femmes avaient utilisé la pilule avant leur première grossesse. *Lorsqu'un plus grand nombre de cas s'ajoutèrent, le risque augmenta de trois fois pour les femmes qui avaient pris la pilule pendant plus de quatre ans avant d'avoir leur premier bébé.*

J'ai toujours maintenu que c'est uniquement grâce à la proportion élevée des abandons, que les morts par pilule ne sont pas devenues épidémie. Si les femmes étaient contraintes à prendre la pilule, le poids des facteurs de menace sur la vie s'alourdirait.

L'enquête Dépo-Provera

Cette enquête eut lieu à Londres en 1983. Le Ministre de la Santé, M. Kenneth Clarke, avait refusé son accord pour que ce progestatif d'action prolongée, connu sous le nom de D.M.P.A., soit injecté à usage contraceptif, contre l'avis du C.S.M. Un groupe de femmes opposées à ce médicament, conduites par l'écrivain Jill Rakusen, Marge Berer et Jean Robinson, avaient rassemblé avec soin des preuves écrites qu'elles soumirent, comme moi, à l'enquête. *On ne les autorisa pas à faire de déposition orale — seuls des témoins appelés par les fabriquants furent interrogés — et les femmes protestèrent contre ce fait en faisant paraître dans la presse leurs photographies avec leur bouche fermée par du sparadrap.*

Parmi les preuves produites à l'enquête, il y avait le fait que sur 583 femmes retardées mentales qui avaient reçu du D.M.P.A. à long terme, trois étaient mortes de cancer du sein, ce qui représente à peu près vingt-cinq fois l'incidence attendue dans la population normale. Elles avaient trente-deux, trente-trois et quarante ans. Même aujourd'hui, avec un accroissement des cancers du sein de 40 % depuis ces vingt dernières années, le risque pour une femme de vingt-cinq à trente-quatre ans d'être atteinte de cette maladie chaque année, est de quinze pour cent mille. En dépit de cela et d'une masse de preuves alarmantes, on accorda néanmoins la permission d'administrer le Dépo-Provera pour une contraception à long terme à des « femmes chez lesquelles les autres contraceptifs sont contre-indiqués ou ont provoqué des effets secondaires inacceptables »[18].

Principalement, le Dépo-Provera a été utilisé en Thaïlande, et un film télévisé a montré le Dr Suporn de l'Hôpital Universitaire en train de traiter un cancer du col. Elle s'inquiétait de savoir si le nombre croissant de ces cancers était dû à la pilule ou au D.M.P.A. Et pourtant, dans le *British Medical Journal* une personnalité présenta ce film comme apportant la preuve que les médecins en Thaïlande appréciaient la valeur de ce médicament[19]. Cependant quatre études ont constaté que le risque de cancer du col utérin était multiplié par trois, et l'enquête concluait même : « Il semble vraisemblable que les utilisatrices du D.M.P.A. constituent un groupe à relativement haut risque. »

Des groupes de femmes, parmi lesquelles « Ban le Jab » s'inquiètent beaucoup des effets de ce progestogène sur les enfants pendant les débuts de la grossesse et la lactation. *Récemment une malade développa un cancer vasculaire de la langue — inhabituel — alors qu'elle avait neuf ans. Sa mère avait utilisé ce progestatif pendant sa grossesse.* À Jérusalem, une étude importante a montré une augmentation significative des malformations vasculaires de la peau chez les enfants dont les mères avaient pris la pilule, bien que le risque fut moindre quand la mère avait observé un arrêt d'un mois entre l'arrêt de la pilule et le début de la grossesse. Dans une étude, 8 % des bébés exposés à l'effet du D.M.P.A au début de la grossesse présentaient des anomalies à la naissance[19a].

Chorio-carcinomes

Les femmes qui prennent des contraceptifs à base de progestatifs seuls courent plus de risques de grossesse ectopique, surtout si leurs trompes ont déjà été atteintes d'infection. Des môles hydatiformes peuvent se former si quelques produits de la conception demeurent dans l'utérus ou dans une des trompes de Fallope après une fausse couche ou un avortement. Les pilules combinées triplent le risque qu'une môle se transforme en chorio-carcinome vasculaire hautement évolutif. *On ne voit jamais ces tumeurs malignes chez l'animal ; mais elles sont devenues beaucoup plus fréquentes depuis que l'usage généralisé de pilules faiblement dosées a accru le risque de grossesse.* La dernière étude du Dr Bagshawe et de son équipe du Charing Cross Hospital a pour objet de rechercher dans quelle mesure le risque n'est pas encore plus grand avec une pilule de progestatifs seuls mais l'évidence mène à penser qu'il est particulièrement dangereux d'utiliser les progestatifs dans des cas de saignements irréguliers après une grossesse. Je me souviens qu'un de nos premiers cas de chorio-carcinome chez une utilisatrice de la pilule fut traité par le Professeur Bagshawe dès 1963.

Cancer de l'endomètre

Avant 1960, les cancers des organes génitaux étaient rares chez les jeunes femmes, et autrefois, l'incidence de ces cancers n'augmentait qu'après la ménopause. Même aujourd'hui, la plupart des cancers des organes génitaux se produisent chez des femmes plus âgées[20]. Les cancers du sein sont plus fréquents au-delà de quatre-vingts ans, tandis que l'on voit plutôt les cancers de l'utérus et des ovaires à partir de soixante-dix ans. Bien que les jeunes femmes sous pilule aient besoin de fréquents frottis cervicaux, l'incidence la plus élevée des carcinomes du col utérin touche la tranche d'âge des soixante/soixante-dix ans. Bien que l'incidence maximale du cancer « in situ » précoce se soit déplacé vers la tranche d'âge des trente/quarante ans, ce sont encore les femmes plus âgées qui ont le plus grand besoin d'un dépistage systématique du col utérin. Et cependant, on a vu une profusion de publicités proclamant qu'utiliser la pilule évite les cancers ovariens et utérins.

C'est l'étude américaine de Walnut Creek qui donne la meilleure comparaison publiée jusqu'ici sur la fréquence des cancers ordinaires et les maladies pelviennes[21]. Les seules données utiles, cependant, sont celles relatives aux femmes sous pilule ayant moins de quarante ans, car dans la mesure où un si grand nombre des « contrôles » les plus âgées ont pris des œstrogènes, elles ont une très forte incidence de cancers du sein, de l'utérus, des ovaires et du col. Parmi ces femmes plus jeunes, les cancers courants étaient : trente-huit cols, seize seins, quatre utérus, un ovaire, cinq mélanomes et dix autres. Les mélanomes s'étaient accrus de manière significative parmi les utilisatrices de la pilule dans tous les groupes d'âge, découverte que l'on peut mettre en rapport avec le fait que la pilule interfère dans le métabolisme de la sérotonine et de la mélanine.

Ceci veut dire que les cancers génitaux dépassent en nombre, à quatre contre un, tous les autres cancers parmi ces jeunes femmes, dont 76% avaient pris des hormones. Dans les années 1930, une personne sur sept parmi la population mourait de cancer, mais dans les années 1980, une sur cinq en meurt. Chez les femmes de tous âges, un tiers des cancers était lié aux hormones avant la pilule.

Dans l'étude de Walnut Creek, il y avait chez les moins de quarante ans trois cancers de l'endomètre liés à la prise de contraceptifs oraux, pour un chez les contrôles. Parmi les plus de cinquante ans, il y avait onze cancers chez les utilisatrices de pilule contre trente-trois chez les contrôles, mais parmi les femmes de plus de cinquante ans, il y avait trois fois plus de contrôles, et trois fois plus d'entre elles avaient pris des œstrogènes.

Il est admis que la prise d'œstrogènes augmente de manière significative le risque de cancer de l'endomètre — fait qu'on ne peut plus mettre en doute. Si bien que l'on conseille aux femmes de se faire hystérectomiser avant un traitement hormonal de remplacement, afin de supprimer leur risque de cancer de l'endomètre ou du col.

Mais l'étude de Walnut Creek montre aussi un accroissement significatif des maladies pelviennes, et fait état d'un grand nombre d'hystérectomies pratiquées chez les femmes de moins de quarante ans et de quarante à cinquante ans qui ont pris la pilule. Elles étaient plus sujettes à contracter des maladies pelviennes inflammatoires, fibromes et tissu endométrial glandulaire dans le muscle utérin.

Si davantage de femmes sous pilule subissent des hystérectomies, une étude de cas contrôle sur des femmes atteintes d'un cancer de l'endomètre pourrait donner l'impression que la pilule évite le cancer de l'endomètre. Et c'est ce qui s'est passé. Le Dr Howard Ory, des centres américains pour le contrôle des maladies à Atlanta, Géorgie, fait partie de ceux qui ont publié l'évidence, que les femmes atteintes de cancers de l'endomètre et des ovaires n'ont probablement plus jamais pris la pilule ; et à cause de cela et de résultats similaires, il a suggéré que la pilule évite à un grand nombre de femmes d'être hospitalisées pour tumeurs bénignes du sein, cancer de l'endomètre et des ovaires, kystes ovariens de rétention, grossesses ectopiques, maladies inflammatoires pelviennes, anémie par déficience en fer et arthrites rhumatismales[22]. Mais l'étude de Walnut Creek trouve de significatives augmentations de la plupart de ces états, soit parmi les femmes qui avaient toujours pris la pilule au départ ou plus tard au cours de l'essai. Il y avait même plus de jeunes utilisatrices de la pilule hospitalisées pour anémie sévère par déficience en fer due à des pertes menstruelles abondantes. Bien que les pilules progestatives sèchent et atrophient le revêtement interne de la matrice de telle sorte que le saignement habituel après l'arrêt de la pilule est bien inférieur à des règles ordinaires, j'ai déjà expliqué que certaines femmes gardent encore des artérioles hyperdéveloppées dans leurs prélèvements atrophiques et j'ai souvent constaté que je ne pouvais stopper des hémorragies irrégulières et abondantes qu'en demandant aux femmes d'arrêter la pilule.

Dans l'étude des centres d'Atlanta pour le contrôle des maladies, 262 femmes atteintes d'un cancer[23] de l'endomètre furent interviewées par téléphone, mais en fin de compte, on n'en compara que 187 avec 1 320 contrôles choisis parmi les 2 208 femmes sélectionnées à l'origine : — 553 furent exclues, la plupart parce qu'elles avaient déjà subi une hystérectomie. *Les femmes atteintes de cancer de l'endomètre étaient deux fois plus susceptibles de surpoids, de stérilité, d'hypertension ou de diabète — états tous reconnus stimulés par la prise de la pilule ou autres hormones.* Ces cas de cancer avaient trois fois moins de chances d'avoir été enceintes plus de sept mois et deux fois plus de chances d'avoir pris des œstrogènes. L'étude comptait moitié moins de cas en dessous de trente-quatre ans que de contrôles, et la plupart des femmes atteintes de cancer de l'endomètre (69 %) avaient entre quarante-cinq et cinquante-cinq ans. Près de 60 % des cas de cancer n'avaient jamais pris la pilule, comparées à 44 % des contrôles. Les femmes qui avaient pris la pilule avaient deux fois plus tendance à l'arrêter au bout d'un an. Ces mêmes faits ont été interprétés comme des preuves supplémentaires que « l'usage de la pilule évite », avec le risque « réduit de 1 à 0,5 » — coupé en deux.

Le fait que moins de cas n'aient jamais pris la pilule ne signifie pas nécessairement qu'elle soit protectrice quand on la prend. Ce point fut relevé par le Professeur Philip Burch, expert en physique médicale, qui écrivit au « *Lancet* » pour dire que de telles associations négatives ne prouvaient aucune protection et que de le proclamer était un abus des statistiques et prouvait une logique insuffisante.

Le cancer de l'ovaire

Le même genre d'arguments s'applique à cette affaire. Encore une fois, l'incidence sur les jeunes femmes est très faible, mais la situation chez les personnes plus âgées est brouillée par l'utilisation des œstrogènes et par l'utilisation de la poudre de talc.

Au cours de ma formation de Planning Familial, l'on m'apprit que les diaphragmes de caoutchouc et les coiffes cervicales devaient être tenues au sec, quand on ne les utilise pas, par un large saupoudrage de poudre de talc. Vers le milieu des années soixante-dix, il devint notoire que du talc dans la cavité pelvienne pouvait induire des cancers de l'ovaire, exactement de la même façon que des particules d'amiante peuvent être cause de cancers du poumon. *Dès lors, l'usage du talc est déconseillé, puisque des études ont montré que les utilisatrices de coiffes cervicales avaient doublé leur risque de cancer de l'ovaire*[24]. De même que le cancer des testicules chez l'homme, le cancer de l'ovaire tend plutôt à se développer chez des femmes qui ont des anomalies congénitales de leurs organes génitaux, qui sont peut-être dues à l'action d'hormones avant ou au moment de la naissance. Plusieurs études épidémiologiques suggèrent aussi que la prise de la pilule réduit le risque de cancer de l'ovaire, là encore parce que dans l'ensemble un moins grand nombre des cas avaient pris la pilule. L'une de ces études[25] des centres d'Atlanta pour le contrôle des maladies enregistrait 237 cas de cancer de l'ovaire et avait engagé 179 de ces femmes âgées de vingt à cinquante-cinq ans. Cette fois, sur les 2 208 femmes normales sélectionnées pour le contrôle, l'on en garda 1 642 et l'on écarta, lors de l'interview téléphonique, 226 femmes qui n'avaient pas d'ovaires. Une fois de plus, les femmes atteintes de cancer avaient deux fois plus tendance à être stériles, et la moitié d'entre elles à n'avoir jamais été mariée ou n'avoir jamais eu d'enfants. Bien que le risque pour une femme moyenne de développer un cancer des ovaires entre vingt et vingt-neuf ans soit seulement de deux pour 100 000 par an, dans cette étude, 15,1 % des cancers faisaient partie de ce groupe. La plupart des femmes au-dessous de la quarantaine (80 à 90 %) avaient pris la pilule mais la plupart des cas (68 %) avaient plus de quarante ans. On ne donnait aucun détail sur l'usage d'œstrogènes. Les femmes atteintes de cancer qui avaient pris la pilule avaient davantage tendance à l'avoir abandonnée dans les deux premières années de leur usage, et davantage à l'avoir fait récemment dans l'intervalle des dix années précédentes.

On ne peut à mon sens en déduire de manière inévitable, et proclamer que les résultats de telles études puissent être utilisés pour « estimer que plus de 1 700 cas de cancers ovariens sont évités chaque année par l'utilisation passée ou actuelle de contraceptifs oraux chez les femmes aux États-Unis ».

On tire argument du fait que la pilule arrête l'ovulation et que les ovaires qui ne fonctionnent pas ont moins de chance de développer des kystes ou de devenir malins, mais les deux tiers des nouveaux cas de cancer de l'ovaire se produisent chez des femmes entre cinquante-cinq et quatre-vingts ans, dont les ovaires ont cessé de fonctionner depuis longtemps.

L'étude de Walnut Creek a également trouvé que si les femmes qu'ils avaient engagées avaient utilisé la pilule, elles avaient, de manière significative, davantage de kystes de l'ovaire, et que les cinquante plus jeunes utilisatrices de la pilule, à dix ans de suivi, avaient des kystes de rétention, contre quatre dans le groupe de contrôle. Un tel effet avait été prédit par l'inventeur du Stilbœstrol, le Professeur Sir Charles Dodds.

Le poids de l'évidence, en particulier lorsque des études biochimiques et animales sont prises en compte, tient à ce que l'utilisation d'hormones accroît probablement le risque de maladies ovariennes et d'évolutions malignes. Encore une fois, le fait qu'un grand nombre de femmes aient subi des ovariectomies ou des hystérectomies peut effectivement empêcher une élévation du taux de cancers de l'ovaire.

Heureusement, de nouvelles méthodes de dépistage peuvent mettre en évidence des maladies ovariennes à un stade précoce et devraient éviter une augmentation de la mortalité par cancers de l'ovaire, ce qui serait inévitable chez les femmes exposées aux hormones à des stades précoces du développement fœtal.

Le Dr Régina Schoental, du Collège Vétérinaire Royal, a souligné que l'exposition à l'action des substances œstrogéniques est la cause principale des cancers des organes génitaux[26]. Les œstrogènes apparaissent normalement dans les plantes sous forme de mycotoxines. Les fongicides préviennent l'infestation par les mycotoxines mais à trop petites doses, ils encouragent simplement leur production. Elles s'accumulent dans les grains moisis et dans les tissus graisseux de l'animal. Elles sont présentes en particulier dans les céréales, les œufs, le lait et la bière.

Des pays comme l'Irlande, l'Écosse et la Scandinavie, au climat froid et humide, avaient un taux élevé de cancer du sein avant que la pilule n'existe, car l'humidité augmente les niveaux des substances œstrogéniques d'origine naturelle. Comme le niveau de la prise d'œstrogènes du milieu naturel est déjà élevé, le Dr Schoental est absolument opposée à l'addition d'œstrogènes sous forme de pilule ou de traitements hormonaux, car cela peut être l'élément qui rompra l'équilibre[27].

« Il y a une très grande différence entre un bon docteur et un mauvais docteur, mais très peu de différence entre un bon docteur et pas de docteur du tout. »

Ce morceau de sagesse écrit par Benjamin Franklin en 1787 est la parfaite devise de notre société de Clinique Écologique, et en 1977, le Dr Ralph Paffenbarger y fait référence dans son article sur le cancer du sein[28] quand il dit : « *Ces médicaments contraceptifs puissants, disponibles sur ordonnance, entraînent une considérable activité métabolique, et l'on sait qu'ils sont carcinogènes dans les expérimentations chez l'animal. En rédigeant ces ordonnances, nous, médecins, nous devons nous demander si Franklin nous classerait dans les bons ou les mauvais docteurs.* »

Le Dr Theron Randolf a fondé *l'écologie clinique*

moderne, après avoir vu les effets désastreux des stéroïdes tels que la cortisone et la prednisone sur la santé future de ses patients. Il croit, comme moi, qu'on ne devrait prescrire à personne, à la légère, des stéroïdes pour une longue durée, et cela inclut la pilule, ainsi nommée par euphémisme. L'équipe du Professeur Beaumont, à Paris, nous a fourni une base immunologique pour l'observation du Dr Randolf. Beaumont dit que deux mois de pilule laissent des années de cicatrices immunologiques avec modification des taux d'anticorps à plusieurs stéroïdes [29]. Le Dr Ifor Capel et son équipe des laboratoires du Marie Curie Memorial ont constaté des modifications fondamentales dans les globules rouges chez des jeunes filles prenant des pilules faiblement dosées dans les sept mois suivant la première prise. Les modifications des taux de glutathion péroxydase sont même plus importantes que chez les femmes plus âgées atteintes de cancer du sein [30]. Il pense qu'il y a un renversement des mécanismes antioxydants normaux lesquels sont essentiels à une saine reproduction de nos cellules. Les modifications causées au foie par la pilule signifient également que les mutagènes et les carcinogènes seront moins facilement désintoxiqués pendant ou après l'usage de la pilule.

C'est sur cet arrière-plan de modifications biochimiques et immunitaires que nous devons considérer *la montée dramatique des cancers chez les jeunes femmes, ces vingt dernières années. Le taux du cancer du sein s'est accru de 40% en Angleterre et au Pays de Galles, et le taux de mortalité de 25%.* Des articles de Paffenbarger, Fasal, Pike, Jick et autres ont tous observé des augmentations significatives de l'incidence des cancers du sein chez les femmes, multipliés par la durée de prise de la pilule, par la précocité d'âge à la première prise de la pilule, et par des antécédents de maladies bénignes du sein — en particulier si la maladie du sein a commencé pendant qu'elles étaient sous traitement hormonal, ou si leur mère ou leur sœur avait eu un cancer du sein. Contrairement aux articles sur « la pilule protège » qui prétendent que la prise de pilule réduit de moitié le risque de cancer, la recherche critique trouve les augmentations beaucoup plus importantes. Le Dr Elfriede Fasal a constaté que chez le petit nombre de femmes qui avaient pris la pilule plus de six ans, et avaient une histoire de tumeur bénigne du sein, le risque de cancer était accru onze fois[31]. Le Dr Hershel Jick a trouvé, dans son étude de cas contrôles, que des femmes plus âgées, au stade pré-ménopausique, entre quarante-six et cinquante ans, atteintes de cancer du sein, étaient quatre fois plus susceptibles de prendre la pilule, et que les femmes entre cinquante et un et cinquante-cinq ans étaient quinze fois et demi de plus probables utilisatrices récentes ou habituelles de la pilule[32].

En 1970, Mac Mahon montra que les femmes, qui avaient eu un premier enfant avant l'âge de vingt ans, avaient moitié moins de risque d'avoir un cancer du sein, tandis que celles qui étaient mères pour la première fois après trente-cinq ans avaient deux fois plus de risque[33]. L'obstétricien James Owen Drife et ses collègues ont constaté plus récemment que *ce n'est qu'après une première grossesse menée à terme que les tissus du sein commencent à répondre à la progestérone du cycle. Un avortement précoce peut augmenter le risque. Jusqu'au premier enfant, le tissu mammaire d'une femme n'est pas préparé à la lactation et ne répond pas à la progestérone.* Les glandes ne réagissent qu'aux œstrogènes et semblent plus susceptibles d'être hyper-stimulées vers un hyperdéveloppement cancéreux. Aussi Drife émet-il la théorie que si une jeune femme qui prend la pilule a des tissus mammaires immatures, qui ne répondent pas aux composants des progestatifs, elle est plus exposée au risque que représentent des œstrogènes non freinés dans la pilule. Selon M. Drife, si la pilule doublait le risque de cancer du sein, ce serait très grave, si l'on considère à quel point la pilule est devenue chose commune[34].

Le désastre des femmes américaines

En juillet 1984, une importante étude de cas contrôle entre Boston, Philadelphie et New York fut publiée dans le JAMA (*le Journal de l'Association Médicale Américaine*)[35]. Elle fut saluée comme étant la plus récente preuve de ce que les œstrogènes n'entraînaient pas de cancers du sein. 1610 femmes atteintes de cancer du sein, en moyenne âgées de cinquante et un ans, étaient comparées à un groupe de contrôle de malades hospitalisées, de même moyenne d'âge. Toutes les femmes furent questionnées avec soin, faisant appel à leur mémoire afin qu'il soit certain qu'on n'avait pas laissé passer une prise d'œstrogènes, non pas à titre contraceptif, mais pour une multitude d'états « gynécologiques ». Le groupe de contrôle demeura avec 6017 femmes, l'âge moyen étant trente-neuf ans, mais 1606 femmes furent choisies au hasard pour correspondre en âge au nombre plus restreint des femmes atteintes d'un cancer du sein. Les contrôles n'avaient jamais eu de cancer, et elles étaient hospitalisées pour traumatismes, troubles digestifs, lésions discales, infections aiguës, ou autres multiples états.

« Contre toute vraisemblance biologique », les femmes qui avaient subi une ablation des ovaires avant la ménopause semblaient avoir moins de risques de cancer du sein si elles avaient utilisé des œstrogènes combinés dans un passé lointain. Quand nous examinâmes de plus près cet extraordinaire article, nous notâmes que 70 % des contrôles, et 57 % des cas de cancer du sein avaient atteint l'âge de la ménopause, mais une « femme contrôle » sur trois l'était avant l'âge de quarante ans, comparée à une sur huit parmi les cas. Presque la moitié des femmes atteintes de cancer du sein avaient atteint la ménopause à l'âge normal de cinquante ans et plus, mais un quart seulement chez les « femmes contrôles ». Sept sur dix des femmes contrôles, qui avaient pris des œstrogènes combinés pendant au moins cinq ans, avaient eu leur ménopause par ablation chirurgicale de leur utérus ou des deux ovaires

Alors que dans l'étude de Walnut Creek sur les contraceptifs oraux, quelques-unes parmi les femmes contrôle avaient pris des œstrogènes, cette étude fait un pas de plus. On ne fait ici mention d'aucun usage de contraceptifs oraux. Considérant que l'étude de Walnut Creek avait constaté, chez les femmes de moins de quarante ans, des augmentations hautement significatives des maladies ovariennes, maladies utérines, et des hystérectomies, avec usage de la pilule très peu ayant utilisé des œstrogènes, — *il semble très invraisemblable que 6 017 malades hospitalisées, âgées de trente-neuf ans, en Amérique, entre 1976 et 1981, n'aient jamais pris d'œstrogènes ou de progestatifs sous forme de contraceptifs oraux.* L'affirmation que les femmes atteintes de cancer du sein ont tendance à faire une ménopause tardive doit être basée sur le fait que les autres femmes ayant des troubles des ovaires ou de l'utérus ont eu une ménopause artificielle précoce due à une intervention chirurgicale.

D.E.S.

En 1938, le Professeur Sir Charles Dodds et ses collègues découvrirent qu'un composé non stéroïdien, le Diethyl stilbœstrol (D.E.S.) agissait comme un œstrogène. Il n'a pas les quatre rangées complètes de la structure stéroïde de l'œstrogène et des progestatifs mais ses molécules sont agencées de telle sorte qu'il a les mêmes groupements clés. Il s'intègre dans les récepteurs d'œstrogènes de nos cellules si parfaitement que la cellule s'imagine que ses propres œstrogènes lui disent d'agir d'une certaine manière, comme grossir rapidement ou se diviser.

Après la naissance d'un bébé, le sein répond à l'hormone cérébrale appelé prolactine, et sécrète du lait. Plus le bébé tète, plus le lait abonde jusqu'à ce que la quantité correspondante aux besoins du bébé soit apportée. C'est précisément à ce moment critique et important que les médecins commençaient à donner des œstrogènes aux mères qui ne voulaient plus allaiter leurs bébés. Les œstrogènes peuvent, par un mécanisme de rétroaction, interrompre la prolactine et arrêter la production de lait. *Si une mère avait trop de lait, des œstrogènes — et du Stilbœstrol le plus souvent — lui étaient prescrits comme traitement d'un « engorgement du sein ». Le Stilbœstrol était disponible à grande échelle depuis 1941 et fut largement utilisé jusqu'aux années 1970.* En 1967, mon maître assistant à Dundee, devenu le Professeur Alex Turnbull à Oxford, et ses collègues ont découvert que beaucoup parmi les femmes qui avaient souffert de thrombose après leurs couches prenaient des œstrogènes. En fait, les femmes mises sous œstrogènes avaient trois fois plus tendance à développer des caillots que les autres jeunes mères [36].

Les médecins hospitaliers cessèrent de donner des œstrogènes aux mères qui allaitaient. *Si le bébé ne tète plus, la production de lait se tarit automatiquement, et ainsi la nature parvient au même résultat spontanément, sans recours à des médicaments.* Seul un petit nombre de médecins continuent à prescrire des œstrogènes aux mères qui allaitent, et parfois des femmes doivent être hospitalisées, à la suite d'hémorragies de sevrage un jour ou deux après avoir pris ces hormones inutiles.

Nos taux de cancers du sein ont commencé véritablement à augmenter dans les années 1960, mais on avait déjà commencé à utiliser les œstrogènes sous plusieurs formes. *En 1947, le Gouvernement des U.S.A. autorisa l'utilisation du Stilbœstrol pour « chaponner » la volaille.* Depuis, toute une variété d'hormones sexuelles a été administrée aux volailles, aux bœufs, aux porcs et même aux moutons. Les œstrogènes, la progestérone, les progestatifs et la testostérone ont été injectés ou implantés chez les animaux pour provoquer la croissance et rendre l'alimentation efficace. Les animaux prennent du poids surtout à cause de la rétention de liquide, même s'ils mangent moins.

De même que la prescription de la pilule contraceptive a été une source facile de revenus pour un grand nombre de médecins à travers le monde, de même l'injection d'hormones au bétail est devenue une part importante des ressources courantes du vétérinaire. Les annonces publicitaires envoyées aux fermiers assurent de l'efficacité, de la sécurité et de l'absence d'effets nocifs en dépit de l'abondance des résultats des recherches qui disent le contraire. *Les œstrogènes, les progestatifs, et les androgènes ont provoqué des cancers chez les humains, chez les souris, les rats, les chiens et les singes. Les œstrogènes ont provoqué des cancers du sein, de l'endomètre, du col, du vagin, des ovaires, du testicule, de l'hypophyse, du rein, de la vessie, des glandes surrénales, du foie et des tissus lymphoïdes. La progestérone et les progestatifs ont provoqué des cancers du sein, de l'endomètre, du col, de l'ovaire, de l'hypophyse et du foie. Les androgènes ont donné des cancers du foie et de l'utérus*[37].

Avant que ces puissantes hormones aient été administrées ainsi à tort et à travers, le cancer était le plus souvent une maladie du troisième âge. En prenant de l'âge, nos enzymes et nos mécanismes d'homéostasie (équilibre), sont moins capables de faire face. Nos cellules ont besoin de se renouveler constamment, et en vieillisant nous sommes moins capables d'y remédier efficacement.

Les mauvaises habitudes alimentaires et de boisson ainsi que les produits chimiques toxiques présents dans notre environnement commencent à prélever leur tribut. Nos chances de développer la plupart des types de cancer augmentent en général après la cinquantaine, mais dans peu de temps il pourra ne plus en être ainsi. Pendant les quelques dernières dizaines d'années, l'augmentation des cancers a été plus importante chez les jeunes adultes.

En général, ce sont des membres des classes populaires qui sont le plus susceptibles de contracter des maladies. Elles peuvent manquer d'aliments nutritifs et, dans les sociétés industrialisées, elles sont plus exposées à vivre à proximité des fumées d'un trafic intense, ou à des toxiques chimiques dans leur travail. Cependant, ce sont les biens nantis, les médecins, industriels ou enseignants, qui sont les plus exposés au cancer du testicule, entre vingt-cinq et trente-cinq ans[38], et *ce sont les femmes des classes riches qui risquent le plus d'avoir un cancer du sein.*

Alors pourquoi les jeunes et les bien nantis sont-ils les premières cibles de notre épidémie actuelle de cancers ? Est-ce parce que les femmes de la classe sociale la plus élevée ont été les premières à essayer les nouvelles pilules contraceptives, ont eu davantage tendance à prendre des hormones durant la grossesse pour éviter les fausses couches, à prendre des œstrogènes de « remplacement » pour éviter les symptômes de la ménopause et à manger de la viande contenant des hormones ? Je le crois. Je pense que les femmes ont pris sans nécessité des hormones pendant ces dernières décades. La montée des cancers du col faisant suite à la montée des maladies sexuellement transmissibles pendant les deux guerres mondiales ont observé une période de latence de vingt années. *Mais il est très inquiétant de constater chez les jeunes femmes, une élévation immédiate de l'incidence du cancer, bien avant qu'elles totalisent vingt années d'utilisation de contraceptifs oraux.* Les jeunes femmes attrapent rapidement aujourd'hui des cancers évolutifs bien avant l'âge où le cancer est plus fréquent, et les chiffres sont en train d'augmenter.

Combien parmi nous peuvent assurer qu'ils ont été de bons médecins ?

Chapitre VIII

QU'ARRIVE-T-IL AUX JEUNES ?

On croit en général que les hormones ne portent atteinte au fœtus que si elles sont prises pendant la grossesse. En fait, l'usage de la pilule peut rendre une femme inapte à la grossesse.

En 1971, la bombe éclate. Le Dr Arthur Herbst et ses collègues, à l'Hôpital Général du Massachussets à Boston apportaient la preuve indubitable que la prise d'œstrogènes (Diethyl Stilbœstrol : D.E.S.) pendant la grossesse avait provoqué des cancers du vagin chez des adolescentes.

Le fait que l'exposition aux hormones au tout début de la vie fœtale ou à la naissance puisse conduire à des conséquences pesant sur la vie entière ne serait jamais venu au grand jour, si la tumeur avait été aussi commune que le carcinoma in situ du col. Au lieu de cela, l'adénocarcinome à cellule claire du vagin est si rare que, entre 1966 et la publication en 1971 [1], le Dr Herbst avait diagnostiqué un nombre de cas de loin supérieur à ceux jamais découverts auparavant. Une recherche à travers toute la littérature médicale ne donna que quatre cas chez les femmes au-dessous de trente ans.

Pourquoi cette tumeur rare devenait-elle fréquente dans la région de Boston ? Une mode avait vu le jour à la fin des années 1940[2], consistant à donner du Stilbœstrol pour « prévenir les fausses couches » chez les femmes sujettes aux avortements à répétition. Son principal adepte, le Dr Georges Smith, chef du département gynécologique de Harvard, et sa femme Olive conseillaient son usage pour « rendre plus normales des grossesses anormales ». De Boston, l'usage du D.E.S. se répandit, et dans les années 1950 il fut largement prescrit à travers tous les U.S.A. et, quoique moins fréquemment, dans beaucoup d'autres pays. *On estime que près de deux millions de femmes aux U.S.A. en ont reçu, et 7800 au Royaume-Uni*[3]. Ces chiffres sont probablement sous-estimés, car certains obstétriciens refusaient de coopérer en communiquant leurs observations aux enquêteurs. Les doses s'étageaient entre 1,5 et 225 mg par jour pendant des périodes variant d'une semaine à la durée totale de la grossesse.

En 1953, une étude de Chicago, rapportée dans le *Journal Américain d'Obstétrique et de Gynécologie*[4], échoua dans sa tentative d'apporter les preuves d'un quelconque effet thérapeutique sur la prévention des fausses couches, et de fait il y avait des indications dans lesquelles la thérapeutique hormonale augmentait les risques d'hémorragies. À partir de là, le traitement commença à passer de mode. Une fois établi le lien entre la tumeur et l'utilisation d'œstrogènes par la mère, des registres nationaux furent mis en place, et la population exposée est tenue depuis sous stricte surveillance.

En 1981, on enregistra 400 cas de cet adénocarcinome autrefois rare. Le suivi de ces cas montra que le cancer pouvait être extrêmement évolutif, avec envahissement rapide d'autres régions anatomiques. La mort était survenue plus d'une fois sur quatre et les récidives post-chirurgicales avaient été fréquentes chez les survivantes. Les 400 cas n'étaient qu'une faible proportion des malades atteintes.

Des modifications non malignes des tissus existaient chez plus de soixante pour cent de toutes les femmes connues pour avoir été exposées au D.E.S. au début de leur vie fœtale. Ce que l'on trouvait le plus souvent était des zones de tissu glandulaire de type adénose dans le vagin. Dès lors que, dans les cas de cancer déclaré, de tels tissus avaient été observés à proximité ou autour des tumeurs, il était à craindre qu'il ne s'agisse de lésions précancéreuses. Les filles du D.E.S. ont été régulièrement surveillées, et toute adénose est chirurgicalement excisée aussitôt qu'elle est constatée. Mais on trouva aussi plus fréquemment dans cette population des cancers du tractus génital plus répandus, comme le carcinoma in situ.

Jusqu'ici, un seul cas a été décrit dans la littérature britannique. En 1979, mon ami anatomo-pathologiste, le Dr John Pryse Davies et ses collègues ont décrit leurs observations. Une femme qui avait été exposée au stilbœstrol in utero avait une adénose étendue du col et du vagin à l'âge de vingt-trois ans. Quatre ans plus tard, elle développa un carcinoma in situ au stade III après avoir pris des contraceptifs oraux[5]. Dans notre épidémie actuelle de cancers cervicaux, combien sont-ils dus à l'exposition aux hormones pendant la grossesse ou à la naissance ? De même que le revêtement interne du col utérin chez les adolescentes passe d'un type de cellule immature à un type adulte et est particulièrement sensible aux hormones exogènes, de même le développement du col chez le fœtus est-il particulièrement vulnérable à l'influence des hormones. Des études sur l'animal ont montré clairement que l'exposition aux hormones, en particulier pendant la vie fœtale précoce ou à la naissance, peut affecter la mémoire cellulaire. Ces cellules deviennent particulièrement sensibles tant aux hormones exogènes telles que la pilule qu'à l'élévation des taux d'hormones endogènes naturelles de la puberté. Non seulement ont été prescrits des œstrogènes pour arrêter la lactation ou des progestatifs comme contraceptifs aux mères qui allaitent, mais encore certains obstétriciens ont-ils même administré des œstrogènes à forte dose pour déclencher le travail.

Le travail est déclenché par des hormones pituitaires,

pitussine ou ocytocine, et maintenant par des prostaglandines. Il est très inquiétant de constater que des recherches adéquates sur la vie ne soient pas systématiquement faites sur l'animal, et quand elles le sont, qu'elles soient ignorées ou bien considérées comme sans rapport, ainsi que cela s'est produit pour la pilule. *Il y a étonnamment peu d'études du suivi de l'enfant,* mais l'évidence de l'augmentation des handicaps mentaux, de la surexcitation, des dyslexies et des problèmes de comportement, montrent qu'*un tel travail relève de la plus extrême priorité.* En l'espace de deux ou trois ans seulement, les effets sur plusieurs générations d'animaux pourraient servir de témoins. Le Dr Schoental a mené un travail sans prix en montrant l'effet des substances œstrogéniques sur la progéniture des rats. Ces animaux attaquent rarement les souris, mais après l'action des œstrogènes, ils tueront une souris placée dans leur cage. À côté des modifications du comportement, les rats présentent un plus grand nombre d'anomalies des organes sexuels, et ont davantage tendance à développer des tumeurs[6].

On a relevé qu'il y avait actuellement sept fois plus de garçons aujourd'hui avec un testicule non descendu, qu'il n'y en avait en 1969[7]. Jusqu'à un garçon sur trente-trois peuvent être touchés, et nécessiter une intervention chirurgicale avant l'âge de trois ans, dans le but de réduire leur risque de stérilité et de cancer du testicule. L'incidence des cancers du testicule s'est également accrue chez l'homme jeune depuis vingt ans. Ces augmentations sont trop considérables pour être mises sur le compte du petit nombre d'Anglaises connues pour avoir été exposées aux œstrogènes pendant la grossesse.

Une lettre adressée en février 1984 au « *Lancet* »[8] explique comment, quand les hommes prenaient des comprimés de M.P.A. et appliquaient sur leur peau chaque jour de la testostérone à titre contraceptif, leurs partenaires féminins avaient des taux élevés de testostérone et commençaient à voir apparaître une pilosité importante sur leur lèvre supérieure et leurs cuisses. Ceci mène à une question : un homme ayant des rapports sexuels avec une femme sous pilule court-il un risque plus élevé de cancer des testicules soit par absorption des progestatifs, lesquels ont une action hormonale de type mâle, soit par formation d'anticorps contre ces produits ?

Le Dr Schoental est extrêmement préoccupée de ce que les bébés éprouvettes soient exposés aux hormones et elle est convaincue que de telles expérimentations devraient être stoppées, ou momentanément suspendues jusqu'à ce qu'on ait pu mener des expérimentations de vie sur l'animal. Il devrait être possible de prévoir les effets sur le fœtus lors de manipulations à un stade aussi sensible. Déjà des bébés soumis au M.P.A. sont nés avec des malformations manifestes.

La totalité des implications sur l'avenir des enfants ne peut être éclaircie chez l'homme avant au moins une soixantaine d'années, *mais la convenance et le profit semblent avoir plus d'importance que les conséquences humaines à long terme.*

Une grande partie de notre épidémie de stérilité peut être attribuée à la prise de la pilule ou à l'utilisation de stérilet. Les D.I.U.* augmentent les probabilités d'infections des trompes, leur obstruction permanente. La pilule augmente, elle aussi, les risques d'infection, mais beaucoup de femmes ne parviennent plus à avoir d'ovulations après l'arrêt de la pilule. Elles prennent des hormones pour bloquer leur horloge biologique, et parfois n'arrivent plus à la faire repartir. Ce sont les jeunes filles qui ont déjà manifesté une sensibilité aux hormones qui sont le plus souvent touchées. Si la pilule leur a été prescrite pour régulariser leurs cycles, elles courent 7,7 fois plus de risques de développer une tumeur hypophysaire « prolactinome » que les femmes qui prennent la pilule comme contraceptif[9].

* Dispositif intra-utérin = stérilet = corps étranger dans l'utérus qui empêche la nidation de l'œuf fécondé.

Les examens rigoureux et précis sur les filles du D.E.S. ont révélé qu'elles avaient une incidence accrue de fausses couches, de grossesses ectopiques extra-utérines, de mort à la naissance, de travail prématuré et de stérilité. Les fils du D.E.S. n'y échappent pas non plus. Ils ont un taux élevé de malformations du tractus génital, d'anomalies du sperme, de stérilité, d'infertilité et de cancers du testicule. Ils ont deux fois moins tendance à se marier que les hommes du même âge[9].

Une masculinisation des fœtus femelles et une féminisation des fœtus mâles ont été démontrés chez des animaux exposés expérimentalement aux hormones. Inévitablement le problème s'est posé de savoir si l'exposition aux hormones sexuelles in utero ou à la naissance peut provoquer une attirance sexuelle pour des personnes de même sexe ou si l'accroissement apparemment récent de l'homosexualité est pure coïncidence. Une étude en double aveugle sur l'exposition au M.P.A. a montré que les garçons étaient moins agressifs, et moins intéressés par les jouets de garçons. Les filles devenaient plus « garçons manqués » et s'intéressaient moins aux poupées.

Il y a une différence dans la balance des hydrates de carbone et dans le contrôle cérébral chez les mâles et les femelles. On sait que chez l'animal, un sexe contrôle davantage l'adrénaline et l'autre davantage la sérotonine et il peut y avoir échange par le seul fait d'une exposition précoce aux hormones. L'idée que certaines préférences alimentaires puissent être innées est une intéressante spéculation. Cela me rappelle qu'en règle générale, les hommes semblent préférer le fromage, et les femmes, le chocolat.

Il s'est manifesté une tendance à dire « oublions l'affaire du D.E.S. ». Dans la mesure où seul le stilbœstrol était en cause, on peut n'en pas faire une leçon, mais les œstrogènes agissent comme des œstrogènes, quelle que soit leur structure. En Grande-Bretagne, nous avons eu de la chance d'avoir si peu utilisé le stilbœstrol chez la femme enceinte, et nous pouvons remercier le *Professeur Sir Charles Dodds qui, bien qu'ayant mis au point cette hormone, était tellement opposé à son utilisation.*

Quand je commençai à prescrire la pilule, il était président du Collège Royal des Médecins et protesta vigoureusement contre l'utilisation de la pilule comme contraceptif. *Il était bien conscient de par les études qu'il avait menées sa vie durant, que toute prescription d'hormones pouvait avoir des effets désastreux.* Il écrivait : « Il est invraisemblable que l'on puisse soumettre le système hormonal délicatement équilibré d'une femme à une transformation aussi violente depuis quarante ans, sans qu'il ne se passe sérieusement quelque chose. »[10].

Bien sûr, nous savons que la moyenne des femmes abandonnent la pilule au bout de quelques années, mais l'exposition, ne serait-ce qu'un jour, à des hormones supplémentaires peut être critique dans la vie d'un enfant. *Les moments clés se situent très tôt dans la grossesse, souvent avant même que la femme sache qu'elle est enceinte, et au moment de la naissance.*

Un grand nombre d'œuvres de bienfaisance et de groupements féminins ont été lancés pour aider à faire face aux épidémies actuelles de mauvaise santé. Une des plus importantes à mon avis est « Foresight » (Prévision). Il s'agit de l'Association pour la Promotion des Soins Préconceptionnels, qui fut conçue par Mrs Belinda Barnes et devint en 1978 une œuvre caritative.

Mrs Barnes, en tant qu'infirmière dans une pouponnière et mère de trois enfants, avait acquis une conscience aiguë de l'importance d'une alimentation adéquate chez le nourrisson, pour le développement de l'enfant. Elle avait fait la connaissance du Dr Elizabeth Lodge Rees, pédiatre californienne spécialisée dans la nutrition, l'allergie et l'analyse minérale des cheveux[11]. Pendant dix ans, Mrs Barnes a envoyé des échantillons de cheveux à analyser au Dr Lodge Rees, qui a une expérience de plus de vingt ans quant au problème du traitement des enfants par l'analyse minérale. L'estimation des éléments essentiels tels que le zinc, le manganèse et le chrome, et les métaux toxiques tels que le plomb, le mercure et l'aluminium en parts par millions, est l'un des domaines qui progresse le plus rapidement de la médecine des années 80. Le Dr Lodge Rees fut l'une des premières en ce domaine et était directrice d'un laboratoire minéral en Californie. Elle découvrit rapidement que le problème des enfants malades était vraisemblablement lié à une déficience en éléments nutritionnels et à un excès d'éléments toxiques. Elle développa des traitements de supplémentation en vitamines et en minéraux, et des méthodes simples de remplacement pour éliminer les métaux toxiques tout en continuant à contrôler les résultats par des analyses répétées des cheveux.

Je rencontrai pour la première fois ces dames éminentes à une conférence de « Foresight » en 1978 à l'Hôpital de Charing Cross. Depuis, Mrs Barnes m'invita à prendre la parole à plusieurs de ses nombreuses conférences de « Foresight » et à des enseignements à travers tout le pays. Elle m'inspira également de recenser la littérature sur les causes d'anomalies congénitales [12], et de proposer le terme de « *poisons sociaux habituels* », ce qui signifie la pilule, le tabac, l'alcool, les médicaments et les médications inutiles tels les tranquillisants.

La plaquette de « Foresight » : *Conduite à tenir pour les futurs parents* [13] commence ainsi : « Beaucoup de gens pourraient s'étonner de ce qu'une préparation préconceptionnelle puisse sembler nécessaire. On peut penser que de temps immémoriaux, les bébés sont venus au monde avec très peu d'embarras, et pourquoi donc serait-il maintenant nécessaire de pousser aussi loin ? L'humanité n'est-elle pas de nos jours certainement mieux logée, nourrie et soignée qu'elle ne l'a jamais été dans l'histoire ? »

« Tristement, les statistiques les plus récentes montrent 3 631 mort-nés (1983), 13 281 anomalies congénitales (1982) et 6 294 morts à la naissance (1983). Ces chiffres n'incluent pas les fentes palatines, les pieds bots et autres anomalies mineures. » Le taux déclaré des anomalies congénitales de 1983 (220,8 pour 10 000 naissances) est le plus élevé depuis 1964, quand les statistiques commencèrent à être publiées.

L'association « Foresight » a la conviction que la plupart de ces problèmes pourraient être évités, avec suffisamment de soins et la préparation des deux parents avant la conception.

À cause de ma propre histoire familiale de dyslexie, j'avais déjà eu affaire à l'Institut de Dyslexie dirigé par Mrs Wendy Fisher, depuis encore plus longtemps. L'Institut de Dyslexie s'est concentré sur le diagnostic de la dyslexie au moyen de tests psychologiques, et sur la création à travers tout le pays de centres spéciaux d'enseignement. Avec l'aide de l'Institut et du Collège Greenville, ainsi que du Dr Ifor Capel, nous avons analysé des échantillons de cheveux de 77 enfants britanniques dyslexiques. Les enfants dyslexiques ont en moyenne vingt-cinq fois plus de cadmium dans leurs cheveux que les « enfants contrôles », ainsi que des taux plus élevés de cuivre et d'aluminium. Près de 81 % de dyslexiques ont du cadmium décelable comparés à 25 % des contrôlés. Les dyslexiques aussi bien que les contrôlés ont des taux abaissés de zinc, et élevés de plomb [14].

Tout au long des dix dernières années, 51 études ont été publiées indiquant que les enfants ayant des difficultés de comportement et d'études ont davantage de métaux toxiques dans leurs cheveux, en particulier du cadmium et du plomb, et des anomalies dans les éléments essentiels de la nutrition [15]. Malheureusement cependant les analyses de cheveux ont été l'objet de soupçons, car elles peuvent donner des résultats très variables pour des éléments nutritionnels essentiels tels que le zinc. Le zinc est un des éléments les plus importants pour le développement cérébral et le fonctionnement du cerveau. Mais le déficit en zinc dans notre société est presque universel. Quand le zinc du corps est réellement bas, la croissance des cheveux tend à se ralentir et le taux de zinc et de métaux toxiques tend à augmenter dans les cheveux. Une sévère déficience en zinc peut toutefois exister avec un test de cheveux indiquant des taux bas, normaux, ou élevés de zinc.

Le Dr Lodge Rees et Mrs Barnes, à partir de ces données, conseillent aux parents ou aux futurs parents de prendre des suppléments de zinc et de vitamine C, ce qu'ils recommandent pour réduire la surcharge du corps en métaux toxiques, en encourageant l'excrétion de ces métaux.

Ma propre expérience de cette anomalie déroutante fut un test du cheveu très anormal chez un garçon dyslexique de 11 ans appelé Malcolm. Il avait des difficultés pour lire, écrire, et épeler, et une concentration d'esprit limitée. Il était incapable de se tenir tranquille un moment. Les tests de cheveux montraient une élévation du zinc, du cuivre, et la présence de quelques métaux toxiques. Il réagissait cependant aux suppléments par de la diarrhée, peut-être parce qu'ils contenaient des levures, et il refusa de continuer à les prendre. Un an plus tard, il devint déprimé, nonchalant et anorexique. Il n'était plus du tout hyperactif. C'est à cette époque que j'appris que le Dr John Howard poursuivait des analyses minérales plus détaillées à la Clinique de Londres. Outre les cheveux, il faisait aussi des tests du sang et de la sueur, car il avait découvert que l'analyse de la sueur donnait une interprétation plus exacte de l'état du corps en zinc que ne le faisaient les cheveux ou le sang. Alors que le taux de zinc dans le cheveu est brouillé par la vitesse de la pousse, le zinc du sang est contrôlé par des mécanismes régulateurs.

Le Dr Stephen Davies, l'un des médecins de la Clinique Écologique, collaborait avec le Dr Howard et ils constatèrent que des suppléments de zinc ramenaient le zinc de la sueur à la normale. Ceci pouvait prendre plus de trois mois en cas de déficience grave[16].

Une fois de plus, mon patient dyslexique, avec un zinc capillaire élevé, mais sans zinc dans la sueur, était au-dessous du taux normal, et il en allait de même pour son manganèse et son chrome. Cette fois-ci, les suppléments et un régime faiblement antiallergique produisirent une amélioration si radicale qu'un de ses professeurs accompagna Malcolm et sa mère lors de leur visite de surveillance pour me dire combien elle était ravie de son travail scolaire et de son comportement. Malcolm avait gagné le prix des plus grands progrès de la classe et même le prix d'orthographe !

On dit que l'alimentation moyenne en Angleterre contient dix milligrammes de l'élément zinc, alors que la moyenne requise journellement est estimée officiellement à quinze milligrammes par jour.

À titre conservateur, les femmes enceintes ont besoin de 20 milligrammes, mais les mères qui allaitent, de vingt-cinq milligrammes. Un nourrisson allaité atteint son état adulte en zinc, à trois mois, mais un bébé au biberon l'atteint à six mois. Les petits garçons sont particulièrement sujets au déficit en zinc qui, avec les métaux toxiques, est une cause majeure d'allergies alimentaires menant aux coliques infantiles et à l'eczéma. Les meilleures sources de zinc sont les huîtres et la viande rouge. Cependant, quelques jeunes femmes qui prennent la pilule font une intolérance à la viande, et ainsi courent le risque de carence en zinc.

Le récent engouement pour une alimentation riche en fibres peut désorganiser l'absorption de zinc, aussi est-il préférable de prendre le zinc en comprimés ou en gouttes juste avant le coucher si l'on prend des céréales le matin. Il y a maintenant plusieurs années que l'on s'est habitué à prescrire du fer, en doses beaucoup trop fortes, chez la femme enceinte, *mais le fer s'oppose au zinc et en empêche l'absorption.* Si le fer est nécessaire, il faut en prendre de petites doses tôt le matin. Les sources les plus sûres sont les sources naturelles, car la prise directe de suppléments en fer peut faire apparaître des effets secondaires indésirables.

« Foresight » a mis au point un programme de suppléments en minéraux et en vitamines basé sur un contrôle par analyse des cheveux pour les futurs parents, les femmes enceintes, les mères qui allaitent et les enfants. Deux comprimés « Foresight » de minéraux et de vitamines par jour sont l'équivalent en éléments nutritifs de deux bons repas par jour.

Belinda Barnes a collaboré avec Irène Colquhoun de l'Association d'Aide aux Enfants Hyperactifs, pour publier : « *L'enfant hyperactif : Ce que peut faire la famille* ». Le livre décrit ce qui est raisonnable, au moyen d'un programme simple d'efforts personnels [17].

La dernière recherche en date de « Foresight » est actuellement menée par le Professeur Derek Bryce-Smith à Reading. Il compare les oligo-éléments dans des échantillons provenant de zones à haut degré de mortalité néonatale (Mersyside, Barnsley et Galles du Sud) avec des échantillons de zones à faible taux de risque (Oxford, et l'Est de la Crète en Grèce). Ce travail fait suite à ses résultats antérieurement publiés selon lesquels les enfants morts-nés sans raison apparente ont dix fois plus de plomb et de cadmium dans leurs os que les enfants qui meurent de causes connues. Ces mort-nés inattendus ont également des taux bas en zinc et en calcium [18]. L'équipe de Reading est actuellement en train d'analyser trente-six éléments dans neuf échantillons de différents tissus provenant de 500 naissances, normales et anormales. Les premiers résultats montrent que le placenta ne présente aucune barrière efficace au passage des métaux toxiques de la mère au fœtus.

Les bébés petits, prématurés, de faible poids à la naissance sont également plus susceptibles que les bébés nés à terme et de taille normale, de présenter des anomalies : non seulement ils ont un taux significativement plus élevé en métaux toxiques — plomb, cadmium, mercure ou aluminium — mais aussi une carence significative en zinc. Les bébés petits sont aussi susceptibles d'avoir du cuivre en quantités toxiques. De petites quantités de cuivre sont nécessaires à une croissance normale menée à terme, mais des taux élevés de cuivre agissent comme les métaux toxiques et supplantent le zinc.

Plusieurs chercheurs, et en particulier le Professeur Lucille Hurley de l'Université de Californie [19], ont montré que la carence en zinc chez les rats femelles gravides peut causer des mort-nés et des anomalies congénitales. Le Professeur Donald Oberleas [20] et ses collaborateurs ont découvert que si les petits rats manquent de zinc, ils sont incapables de trouver leur chemin hors d'un dédale mais qu'ils trouvent rapidement le bon chemin lorsqu'on leur donne du zinc dans l'alimentation. Si toutefois leur mère n'a pas eu assez de zinc pendant la gestation, il ne sert à rien de donner du zinc aux petits rats : ils ne seront jamais capable de trouver le chemin qui mène à leur nourriture.

Il s'agit d'un champ de recherche d'une valeur extrême, car il signifie que nous ne sommes pas toujours capables de remettre la pendule à l'heure. La santé de la mère avant et pendant le début de la grossesse est de la plus haute importance. Le régime alimentaire et la supplémentation peuvent aider les enfants dans leur vie ultérieure mais ne peuvent pas leur restaurer leurs pleines capacités intellectuelles, ce qui était leur droit héréditaire à la naissance. Ceci est valable non seulement pour des difficultés de scolarisation, mais aussi pour des problèmes de comportement et pour le développement d'un système immunitaire normal [21].

L'absence d'un régime adéquat en zinc pendant la grossesse et la lactation, qui sont les deux périodes critiques, peut conduire à une nette déficience immunitaire qui peut être remarquablement persistante même avec une réhabilitation nutritionnelle à long terme. Dans des études sur les animaux, si les parents sont mal nourris, la santé des petits peut être affectée défavorablement pour plusieurs générations.

Lors d'une récente conférence sur les analyses minérales, je rencontrai le Dr Bernard Rimland, psychologue travaillant pour la Marine américaine. Le Dr Rimland avait fait des recherches sur le déclin apparent de la qualité des nouvelles recrues. Un rapport avait estimé qu'en 1980, il manquait à la Navy 20 000 personnes pour ses emplois qualifiés de catégorie moyenne. À la suite de plainte des commandants en chef et du personnel de formation, le Dr Rimland confirma l'évidence[22].

Partout aux États-Unis, les élèves sortant des lycées qui se destinent aux études universitaires, sont soumis à l'examen d'entrée à l'Université (S.A.T.)*. De 1953 à 1963, leurs notes moyennes n'avaient pas changé, les garçons montrant une capacité supérieure en mathématiques, mais les deux sexes ayant des notes similaires en expression orale. Au cours des 17 années qui suivirent, toutes les notes plongèrent. En 1980, les notes de mathématiques baissèrent de 36 points, à 466, et les notes orales tombèrent de 54 points, à 424. Les scores sont plus bas maintenant qu'ils ne l'ont jamais été en 51 ans d'Histoire. Le nombre des étudiants de très haut niveau a baissé de manière encore plus dramatique, et le Dr Rimland dit que les universités en pointe font actuellement la course aux meilleurs résultats avec le même enthousiasme qu'elles réservaient autrefois aux joueurs de football.

Il y a aussi une corrélation frappante, c'en est presque l'image inversée, entre le déclin des notes du S.A.T. et l'accroissement de la violence criminelle. Le Dr Rimland pense que cette corrélation est si étroite qu'elle laisse supposer une ou plusieurs causes communes. Il montre aussi que, tandis que les dépenses en éducation augmentent, la réussite éducative continue à décliner sans répit.

Il y a, à ce déclin, beaucoup de raisons plausibles : la pollution, les retombées nucléaires, le tabac, l'alcool, les drogues et produits chimiques, mais l'utilisation des pilules contraceptives et autres hormones sont tout spécialement mentionnées, car il est notoire qu'une seule

* « Scholastic Aptitude Test ».

exposition à de telles substances peut déclencher une modification permanente dans le cerveau d'un enfant et dans son système endocrinien. Non seulement un enfant est exposé à un risque grave si la mère prend par inadvertance ou délibérément des hormones au début de sa grossesse, mais encore la pilule provoque un déséquilibre minéral, en particulier en abaissant le zinc et en augmentant le cuivre. Les femmes qui viennent juste de stopper la pilule, même si elles ont une bonne alimentation, sont susceptibles de carence en zinc.

Le besoin en zinc est élevé pendant la grossesse, mais hélas on n'a pas encore généralisé l'habitude de conseiller la prise de zinc complémentaire. Même si une femme attend six mois ou plus, avant de commencer une grossesse, il demeure improbable qu'elle puisse avoir accumulé suffisamment de zinc, à moins d'en avoir pris en supplément.

La supplémentation en zinc est remarquablement sans danger, mais l'usage prolongé de très hautes doses (60 mg d'éléments zinc par jour) comme celles utilisées dans le traitement de la dépression ou de la schizophrénie, peut provoquer une anémie par carence en fer ou en cuivre, qui répond très vite à une prise de fer ou de cuivre en suppléments. Toutefois, nous avons en général plutôt tendance à accumuler du cuivre en grande quantité dans la mesure où notre alimentation en eau se fait par conduits de cuivre, où elle se charge de ce métal. Les femmes qui ont utilisé la pilule ou un stérilet de cuivre, ou qui ont fumé, sont très sujettes à de forts taux de cuivre parmi la gamme des métaux toxiques. Les taux les plus élevés de cuivre trouvés par « Foresight » dans les cheveux concernaient des femmes qui utilisaient des stérilets.

Avec plus de 50 % de femmes enceintes qui fument, et l'alcoolisme croissant chez les jeunes femmes, il est difficile d'évaluer le risque statistique d'avoir un bébé anormal, si vous avez tant soit peu pris la pilule. Il est actuellement connu, par ailleurs, que si le père a une carence en zinc, s'il fume et boit, il a tendance à produire un sperme anormal. *Il est connu depuis 1967*[23] *que la pilule augmente le risque d'anomalies chromosomiques,* et un article de 1979 rapporte des taux notablement élevés d'échanges de chromatides-sœurs chez des femmes qui sont sous pilules « mini-dosées », comparées à des femmes normales et enceintes[24]. Les femmes en vieillissant ont un risque plus grand d'anomalies chromosomiques. Le Professeur Lejeune à Paris a questionné les mères de 730 enfants porteurs du syndrome de Down, et il a constaté qu'au-delà de 30 ans, elles avaient eu significativement plus tendance à utiliser la pilule plus d'une année, ou à être devenues enceintes dans les six mois qui avaient suivi son arrêt[25].

L'étude d'Oxford F.P.A. a rapporté les résultats de 5700 grossesses, et trouvé une incidence « étonnamment basse de malformations congénitales » chez les enfants vivants de femmes qui n'avaient jamais pris la pilule avant d'avoir eu leur premier enfant. Les chiffres étaient de 0,4 % comparés à 3,8 % en 1976 et 0,9 % comparés à 4,3 % en 1979[26].

Le rapport R.C.G.P. de 1974 a enregistré un risque plus élevé d'avortements chez les femmes qui arrêtent la pilule. Les 193 femmes qui avaient arrêté la pilule pour devenir enceintes ont eu un taux d'avortements de 13,37 %, ce qui était similaire aux cas contrôles, mais les 349 femmes arrêtant la pilule pour d'autres raisons, probablement le plus souvent à cause des effets secondaires, eurent un taux de fausses couches de 30,61 % comparé à 12,28 % chez les contrôles. Les auteurs ont présumé que ces femmes avaient dû avoir des avortements provoqués.

Mais le Dr Isobel Gal avait déjà constaté que l'incidence des malformations était habituellement trois fois plus élevée dans les avortements provoqués et dix fois plus dans les avortements spontanés que dans l'ensemble des naissances[27]. Elle affirme que les hormones femelles sont puissamment tératogènes (substances habituellement causes d'anomalies congénitales) chez l'animal à toutes les phases de la reproduction, et bien que l'on pense que les œstrogènes sont plus dangereux que les préparations de progestérone, les changements d'équilibre peuvent être importants. *Le Dr Gal avait découvert en 1967 que les femmes qui avaient utilisé les tests hormonaux de grossesse, avaient un risque nettement plus élevé d'avoir un bébé avec une spina-bifida, ou autre malformation du système nerveux central*[28] ; *par une campagne qu'elle mena pratiquement seule, elle réussit à faire interdire les tests hormonaux de grossesse au Royaume-Uni et dans la plupart des pays développés.*

L'enregistrement des cas de spina-bifida commença en 1968 et leur incidence est tombée depuis le sommet de 1972. L'on donnait parfois des doses équivalent à neuf mois de contraceptifs oraux au tout début de la grossesse, à un moment où le fœtus est à son point le plus haut de vulnérabilité. Le Dr Gal est très inquiète au sujet de la pilule du lendemain, qui contient une dose d'hormones plus fortes que la dose habituelle. On donne en général pour conseil si une grossesse se poursuit après que des hormones aient été utilisées sans succès pour provoquer un avortement, de plutôt mettre fin à la grossesse par intervention chirurgicale.

Il n'existe pas d'arguments à l'heure actuelle pour dire que l'exposition aux hormones exogènes pendant la grossesse d'une femme augmente ses chances d'avoir un bébé anormal. L'équipe américaine mari et femme, Nora et Nora, a réexaminé les histoires de bébés nés avec de multiples malformations, y compris les raccourcissements congénitaux des membres tels que ceux des enfants de la Thalidomide, et ils ont découvert que, sur trente cas, la moitié avaient été exposés aux préparations œstrogènes-progestérone. Quant aux autres, trois avaient été exposés à l'alcool, deux aux rayons X, un à l'anesthésie, et le reste à divers médicaments ou à de graves infections[29]. *L'exposition aux hormones au début de la grossesse augmente trente-trois fois le risque de malformations des membres*[30]. Le Professeur Janerich et al. ont rapporté également une augmentation des raccourcissements congénitaux des membres, mais W.F. Roberton décrivit en 1962[31] comment la carence en riboflavine, vitamine B_2, pouvait être l'une des causes des tragédies de la Thalidomide. Mon collègue, le Dr Capel, découvrit plus récemment que les jeunes femmes qui prennent les pilules mini-dosées ont des taux anormalement élevés de glutathion péroxydase après sept mois de prises de ces pilules, et tandis que les taux de l'enzyme s'élèvent, les taux de riboflavine des globules rouges baissent. Cet important défaut du métabolisme peut persister, après l'arrêt de la pilule et, c'est vérifié expérimentalement, n'est pas corrigé par la prise de vitamine B_2[32].

Beaucoup d'auteurs ont rapporté une montée des risques de malformations, y compris de malformations cardio-vasculaires, et Rothman trouve une augmentation des avortements spontanés, des enfants mort-nés, et des gémellités chez les femmes qui avaient pris la pilule auparavant.

Le tableau est compliqué par l'augmentation du tabagisme chez les jeunes femmes depuis la dernière guerre. En 1979, la moitié des femmes enceintes de Cardiff fumaient. Quand je fis, pour un meeting « Foresight » en 1980, un état des effets du tabac et de la pilule, je découvris qu'ils étaient les mêmes. Les deux bouleversaient les fonctions du foie, les minéraux et les vitamines. Les fumeurs ont des protéines du plasma plus élevées, avec élévation des concentrations de céruloplasmine et élévation du cuivre. Comme aussi bien le cuivre que le cadmium des cigarettes s'opposent au zinc, les femmes qui fument et qui prennent la pilule sont généralement déficientes en zinc et sont plus sensibles aux effets toxiques de la pollution par le plomb[12]. Les femmes qui fument ont un taux diminué en vitamine A et un taux plus bas de 30 à 40 % en vitamine C, que celles qui ne fument pas. Le taux de vitamine B_{12} peut être abaissé, dans la mesure où elle est nécessaire au métabolisme du cyanure. Le tabac endommage le placenta et il est le principal responsable de l'hypotrophie des bébés par manque de zinc et par excès de métaux toxiques.

Parce que les femmes qui fument ont davantage tendance à avorter d'un fœtus normal que ne le font les autres femmes ou les utilisatrices de pilules contraceptives, on pensait tout d'abord que le tabac n'était pas tératogène. *Cependant de récentes études constatèrent que les femmes qui fument avaient plus tendance que les autres à avoir des bébés atteints de toutes sortes de malformations congénitales, en particulier les fentes palatines, becs de lièvre, malformations faciales, strabisme et malformations cardiaques et cérébrales.*

Si une femme a été exposée à des substances toxiques, sa grossesse peut être affectée de diverses manières :

1. Elle peut être stérile. Les femmes alcooliques ont tendance à ne pas concevoir.
2. Elle peut avorter prématurément et le fœtus peut être normal ou anormal.
3. Elle peut donner naissance à un enfant manifestement anormal.
4. Elle peut avoir un enfant apparemment normal, qui plus tard développe des problèmes de comportement, des difficultés scolaires ou bien très allergique avec une capacité amoindrie de résistance au stress.
5. Elle peut avoir un enfant normal.

Certains fœtus semblent immunisés contre les effets toxiques. Même une mère, sévèrement alcoolique, peut mettre au monde un bébé paraissant normal. On a décrit le cas de jumeaux, dont l'un montrait à la naissance tous les signes d'un syndrome alcoolique fœtal caractérisé, tandis que l'autre paraissait normal. Encore une fois, dès lors que la pilule provoque un déséquilibre minéral et vitaminique et des modifications des fonctions hépatiques, les effets de tout alcool que peut prendre une femme ont tendance à s'accentuer.

C'est peut-être le Professeur Jean Jofen, psychologue à New York[33], qui a dressé le compte rendu le plus terrifiant des effets à long terme de l'« exposition hormonale» sur les ovaires des femmes et sur leurs enfants à venir. Ce Professeur a découvert que quelques enfants juifs, de parents très intelligents, avaient des difficultés scolaires d'une gravité inattendue, avec des Q.I. entre 80 et 100. Elle leur découvrit un facteur commun: toutes leurs mères avaient été emprisonnées pendant la guerre dans le même camp de concentration: Auschwitz. Elle ne trouva pas le même problème quand les mères avaient été dans d'autres camps de concentration, ce qui suggérait que le jeûne n'était pas seul en cause. Les femmes qui étaient allées à Auschwitz avaient cessé d'avoir leurs règles dans les dix jours après leur arrivée. La faim et le stress mettent plus longtemps que cela pour affecter le système humain, qui a des réserves de graisse faites exprès pour pourvoir à de telles éventualités. Aucune de ces mères ne se souvenait avoir suivi aucun traitement médical ni reçu de piqûres. Mais quelques-unes pensaient que la soupe avait été «traitée». Par hasard le Dr Jofen découvrit un document secret parmi les rapports du procès de Nuremberg: *on avait construit à Auschwitz des serres chaudes pour faire pousser une plante rare d'Amérique à partir de laquelle on pouvait fabriquer des hormones femelles. Elles avaient pour but de «procéder à la stérilisation des personnes à leur insu»*. La partie de cette histoire vraiment terrible tient à ce que ce sont les femmes qui ont été définitivement affectées. Les hommes d'Auschwitz, plus tard, eurent des enfants avec un Q.I. normal. Cependant, nous voyons dans les années 80 se dérouler dans la société une scène où le tabac, l'alcool, la pilule et même l'usage de la drogue deviennent une banalité chez des filles de plus en plus jeunes. Le Professeur Jofen avait constaté que plus le Q.I. de l'enfant était bas, plus jeune était la mère lorsqu'elle avait pris pour la première fois des hormones. Toutes les facettes de l'intelligence n'étaient pas également affectées, ce qui est une constatation typique chez les enfants dyslexiques.

Bien qu'une société chimique japonaise ait mis au

point une nouvelle méthode microbiologique très rentable pour fabriquer la pilule à partir du cholestérol, le Ministère japonais de la Santé ne semble pas disposé à lever l'interdiction de ce type de contraceptif à cause de son aptitude à provoquer cancer et malformations congénitales. Le Japon est connu parmi les pays « riches » pour avoir une alimentation basse en graisses animales et une incidence exceptionnellement basse en cancers du sein. Ils sont d'ailleurs en train de passer en tête de la recherche scientifique originale dans le monde. Le Professeur Jofen pensait que le pays le plus adéquat pour vérifier l'effet de la pilule sur les enfants était Porto Rico où elle fut utilisée pour la première fois à une large échelle ; mais l'essai-contrôle officiel, coûteux et parfaitement conçu, mené sur 9757 femmes entre 1961 et 1976, n'aboutit à rien. Même les femmes qui avaient pris la pilule originelle à haute dose d'œstrogènes ne montraient pas d'augmentation statistique des thromboses, bouleversements métaboliques ou cancers. Peut-être ces résultats sont-ils dus au fait que, jusqu'en 1976, seules 26 femmes utilisatrices actives de pilule avaient été suivies.

Tout le monde cependant ne se réjouit pas tant des enfants de Porto Rico. Pendant les années 1978 et 1981, il y eut un accroissement frappant de l'incidence du développement sexuel précoce chez des enfants encore très jeunes, entre six mois et huit ans[35]. Le Dr Carmen Rodriguez, pédiatre, vint à Londres en 1984 pour donner une conférence à la Société Royale de Médecine. Elle montra cliché sur cliché d'enfants présentant un développement de la poitrine et des organes sexuels ; des petites filles qui avaient commencé à avoir leurs règles en même temps qu'elles commençaient à aller à l'école, et des petits garçons qui se développaient également trop tôt. Elle suspecta les substances œstrogéniques, stilbœstrol et zéranol, que l'on peut se procurer librement à Porto Rico et que l'on utilise pour faire augmenter le poids des poulets. Le Dr Schoental écrivit au « *Lancet* » que les œstrogènes de la pilule pouvaient s'être additionnés aux œstrogènes naturels tels que le zéranol de l'alimentation pour influencer des enfants en période de périnatalité, de telle sorte qu'ils avaient plus tendance à être sensibles aux hormones des aliments. La même année, lors d'une conférence d'écologie clinique à Torquay, il fut rapporté que 6% des enfants américains testés réagissaient positivement à des dosages de progestérone de la peau. Comment ces enfants sont-ils devenus allergiques à leurs hormones naturelles ?

Une vaste étude sur 16000 femmes de Jérusalem en 1978 [36] a trouvé qu'il y avait significativement plus d'enfants avec des anomalies vasculaires de la peau (angiomes) si leurs mères étaient devenues enceintes tout de suite après l'arrêt de la pilule, comparées à celles qui l'étaient devenues après avoir attendu un ou deux mois. Les femmes de plus de 35 ans, ou de poids trop faible, ou qui étaient devenues tout de suite enceintes, avaient un risque plus élevé de fausse couche ou de bébé anormal. *Depuis cette étude, il a été généralement recommandé aux femmes d'attendre au moins trois mois avant de devenir enceintes.*

Le Dr Isobel Gal travaillait pour le Conseil Médical de la Recherche lorsqu'elle découvrit que les femmes qui prenaient la pilule avaient un taux élevé de vitamine A dans le plasma. Pendant les trois premiers mois suivant l'arrêt de la pilule, les taux de vitamine A diminuaient progressivement, mais ne revenaient pas tous aux taux normaux [37].

Le Dr Gal constata que les mères d'enfants atteints de spina-bifida avaient plus tendance à avoir des taux très élevés de vitamine A. Les bébés anormaux avaient également des concentrations élevées de vitamine A dans le foie.

L'élévation de la vitamine A dans le sang pourrait tenir à ce que la pilule élève les protéines du plasma et que la vitamine A est transportée, fixée aux gamma-globulines. Les études sur les animaux ont montré que la vitamine A s'accumule dans le foie quand le zinc est déficient. Grâce aux mécanismes régulateurs, les taux de vitamine A du sang ne changent que s'ils sont en fort excès ou en carence. Des taux trop élevés comme des taux trop bas peuvent provoquer des anomalies fœtales. La vitamine E est également nécessaire pour une action adéquate de la vitamine A, car elle prévient l'oxydation des graisses. *Mais la pilule peut interférer dans le métabolisme des graisses et conduire à une insuffisance d'acide gamma-linoléique (A.G.L.).*

Le cerveau et le système nerveux central sont formés d'acides gras essentiels. Particulièrement important est l'acide linoléique qui est présent dans les huiles végétales, comme les huiles de tournesol, de maïs et d'olives. Pour être actif, l'acide linoléique doit être transformé en acide gamma-linoléique. Les femmes qui souffrent de tension prémenstruelle ou de tumeurs bénignes du sein, et les enfants hyperactifs ou dyslexiques sont particulièrement sensibles à la carence en A.G.L., et tirent bénéfice de suppléments d'huiles d'oenothère. C'est la seule huile naturelle, à part le lait humain, qui contienne le A.G.L. vital. Les hommes qui ont des maladies du cœur sont aussi déficients en A.G.L., probablement surtout à cause du tabac et de l'alcool.

Normalement, l'acide linoléique dans l'alimentation se transforme en A.G.L. à l'aide du zinc, des vitamines B et de la vitamine C. J'ai déjà expliqué comment, au cours du bouleversement dans le métabolisme du glutathion antioxydant, la riboflavine baisse avec l'utilisation de la pilule, mais la prise d'hormones diminue aussi les taux de la vitamine C et des autres complexes vitaminiques B, y compris l'acide folique et la vitamine B_{12} ; alors que les modifications dans le métabolisme du cortisol et des amines peuvent provoquer une carence en vitamine B_6.

À travers des études sur l'animal il est devenu notoire, depuis des années, que les excès ou les carences en minéraux et en vitamines peuvent être à l'origine de la plupart des anomalies fœtales. En 1980, le Professeur R.W. Smithells et son équipe[38] ont décrit une diminution dans l'incidence des défauts du tube neural de 5 % à 0,6 % quand on donnait à des mères, qui avaient eu précédemment des bébés présentant cette anomalie, une préparation multivitaminée et du fer (mais pas de supplément de zinc) pendant au moins un mois avant la conception. Le fait même de ménager un intervalle entre l'arrêt de la pilule et la conception serait aussi positif.

Il existe en Amérique une tendance troublante. Alors qu'il est de plus en plus notoire que l'usage de la pilule est dangereux pendant les années reproductives de la femme, l'on prescrit encore largement des hormones à la ménopause. On part de l'idée que lorsque les taux d'hormones diminuent, ils déclenchent un excès d'hormones cataboliques surrénales qui bouleversent le métabolisme du calcium et provoquent de l'ostéoporose : ce qui à son tour, associé au tabagisme, à l'alcoolisme, à la pollution par le plomb, à un régime insuffisant et au manque d'exercice, est la cause de fractures multiples chez les femmes de 70 à 80 ans. *Malheureusement, donner la pilule ou des œstrogènes soi-disant naturels à la cinquantaine augmente le risque de cancer et de microthromboses, qui sont une cause encore plus importante d'ostéoporose.*

Les maladies auto-immunitaires ont augmenté beaucoup plus chez les femmes que chez les hommes ; et à de telles patientes, l'on donne plutôt des stéroïdes comme la prednisone. *Mais l'utilisation des stéroïdes accroît d'environ neuf fois le risque de fractures. Rien d'étonnant à ce que le nombre de personnes âgées atteintes d'ostéoporose soit monté en flèche.* Le raisonnement dangereux consiste à dire qu'il est bon de donner aux femmes (pas aux hommes, bien sûr) des hormones de remplacement à la ménopause, pourvu que l'on contrôle les taux de minéraux et de vitamines et que l'on donne les suppléments nécessaires. Non seulement, il n'est pas possible à la moyenne des femmes de prendre des hormones exogènes pendant très longtemps, mais encore la prise d'hormones bloque les œstrogènes naturels, hormones des surrénales, les empêchant de remplir leur rôle. Croire que des suppléments de minéraux et de vitamines peuvent rendre inoffensive la prise d'hormones, c'est comme si l'on disait : nous allons garder le feu bien alimenté en fuel. Le feu brûlera plus fort que jamais, et continuera à faire beaucoup de fumée.

Nous constatons actuellement une augmentation brutale des problèmes de l'enfance : des bébés et des enfants avec de graves allergies au lait de vache ou au froment, et, à côté de l'épidémie d'hyperactivité, de plus en plus nombreux sont ceux, parmi nos enfants, qui grandissent en étant incapables d'apprendre à lire, à écrire, ou à compter.

Les morts de nouveau-nés (mort subite et inexpliquée pendant le sommeil) ont plus que doublé pendant les années 1970 et tuent maintenant un nourrisson sur cinq cents avant l'âge de deux ans[39]. Alors que, de nos jours, les petits enfants ont moins de risques de mourir d'infections, les morts inexpliquées sont passées de une sur dix à une sur trois. La mort subite du nourrisson atteint toutes les classes sociales, évoquant une cause nouvelle plus importante que la nutrition, le logement, l'hygiène, voire même le tabagisme, et il ne semble pas déraisonnable de suggérer que l'exposition aux hormones chez les mères puisse jouer un rôle.

L'augmentation des risques que courent nos enfants ne se limite pas à la petite enfance. À l'estimation, le taux des suicides chez les garçons comme chez les filles s'est accru de 50 % depuis ces dix dernières années[40]. Non seulement les enfants sont plus souvent victimes de la mésentente des couples et des troubles psychiatriques maternels, mais encore l'exposition accidentelle ou délibérée aux hormones pendant la grossesse ou à la naissance peut entraîner des modifications persistantes dans le contrôle cérébral et l'immunité.

On a donné des hormones librement et de façon extravagante à des femmes de plus en plus jeunes, mais à quel prix ?

Chapitre IX

LE FUTUR NOUS INTERPELLE

Cette histoire est pleine d'optimisme et de pessimisme. L'optimisme vient du fait que nous pouvons identifier avec précision une source de maladie dans le monde ; le pessimisme, de notre réticence opiniâtre à l'affronter. Les femmes elles-mêmes ne peuvent pas esquiver une fois pour toutes le problème. Elles ne peuvent continuer à choisir la simplicité d'un contraceptif chimique, jusqu'à ce qu'il ait endommagé leur santé, et s'en prendre ensuite à tout le monde, sauf à elles-mêmes. S'embarquer volontairement dans une ligne thérapeutique continue, sans comprendre d'abord quels sont les mécanismes corporels qui risquent d'être impliqués, est une forme *d'irresponsabilité indigne de la femme moderne.* Le seul groupe de femmes que j'épargne dans cette critique est celui des très jeunes qui se lancent dans des aventures sexuelles plus tôt que la génération précédente, et qui sont initiées à la prise de contraceptifs avant d'avoir l'âge des décisions pleinement conscientes. Les médecins devraient résister à la pression en faveur de la pilule dans de tels cas. La profession médicale doit s'unir contre les stéroïdes de la même façon qu'elle s'est mise en campagne tardivement contre le tabac et l'alcool.

La pilule a été inextricablement mêlée au débat brûlant sur la moralité moderne, résultat des excès de ce qu'on appelle « la société permissive ». Mais j'ai le sentiment que ceci relègue constamment au second plan *le véritable enjeu : la santé des femmes.* Le débat public est vivant et intéressant, source inépuisable de gros titres dans les journaux et de bons documentaires télévisés. Les conservateurs reprochent aux libéraux d'avoir créé une société sexuellement irresponsable et de corrompre la jeunesse ; les libéraux contre-attaquent en proclamant qu'en ne regardant pas les faits en face, nous nous retrouvons devant les conséquences des grossesses indésirées. Dans cet échange d'insultes, les deux parties se laissent aller souvent à des déclarations ridicules.

Le problème moral me touche beaucoup moins que la santé des femmes, sacrifiée sur l'autel universel du contrôle de la population. En écrivant ce livre, j'ai conscience de ma responsabilité lorsque je montre d'autres directions, des alternatives à la pilule. Peut-être parce que les hormones stéroïdes ont accaparé depuis si longtemps le champ de la recherche, les progrès dans les autres méthodes ont été lents. Mais maintenant, je vois se dessiner un mouvement dans ces directions, et c'est peut-être parce que partout les femmes commencent à se sentir moins rassurées au sujet des contraceptifs oraux et de la thérapeutique hormonale. Elles sont également moins satisfaites par l'insertion d'un dispositif intra-utérin. Un stérilet (D.I.U.) a des inconvénients qui le rendent impropre pour des jeunes femmes qui ne sont pas encore prêtes à mettre en route leur famille.

Les D.I.U. : les stérilets

Le mécanisme exact de l'action de la plupart des D.I.U. n'est pas connu*. On a évoqué une irritation mécanique, ou bien une libération de prostaglandines

* Le stérilet est contre-indiqué tant qu'il n'y a pas eu de grossesse...

qui empêcherait la nidation. Les stérilets de cuivre modifient l'activité des enzymes et peuvent accroître le nombre de cellules qui peuvent détruire le sperme. Le cuivre, actuellement parfois recouvert d'argent pour en ralentir l'absorption, est toxique et l'on en trouve des taux élevés dans les échantillons de cheveux des utilisatrices. Les femmes qui deviennent enceintes avec un stérilet dans l'utérus ont trois fois plus de risques de faire une fausse couche, et dix fois plus de risques de faire une grossesse ectopique — c'est-à-dire une grossesse qui se développe hors de l'utérus. Les utilisatrices de stérilet courent un risque deux fois et demi plus grand d'inflammation pelvienne et d'infection des trompes et de l'endomètre, que les utilisatrices de diaphragme ou de pilule. Comme ces infections peuvent aboutir à une stérilité permanente, elles apparaissent comme des risques injustifiés pour des femmes qui n'ont pas encore eu d'enfants.

Le jour où le stérilet apparut pour la première fois sur la scène contraceptive, j'étais très sceptique : était-il sage d'insérer un corps étranger dans une zone soumise à d'aussi fortes réactions vasculaires que le lit de l'utérus ? *Le temps a montré que la méthode n'était pas satisfaisante pour la plupart des femmes, et la grande majorité d'entre elles cessent de l'utiliser après très peu d'années ; à peu près le même résultat que la pilule.*

L'étude Oxford/F.P.A. a comparé le risque de grossesse non désirée à une gamme étendue de techniques contraceptives[1]. Le risque d'échecs par 100 années-femmes pour la stérilisation de l'homme et de la femme était inférieur à 0,1, alors que le risque avec les pilules contraceptives combinées oscillait entre 0,14 et 0,44 selon les doses utilisées. Le diaphragme, avec 2,4, était meilleur que les pilules à progestatif seul, avec 3,0. Avec différents types de stérilets, le risque allait de 1,1 à 4,3, ce qui après tout était plus favorable que le préservatif, avec 4,3, bien que le risque avec le préservatif soit probablement moindre si des spermicides chimiques tels que le nonoxynol sont toujours conjointement utilisés. Les produits chimiques seuls, sans l'utilisation d'une technique « d'écran » (soit un diaphragme, soit un préservatif) comportaient un risque de 14,8.

Au moment de l'admission à l'étude (d'Oxford), les utilisatrices de diaphragme étaient plutôt des habituées de longue date ; 52 % avaient utilisé le diaphragme plus de cinq ans, tandis que 12 % seulement des utilisatrices de pilule et 9 % de celles de stérilet, avaient persisté dans leur méthode au-delà de cinq ans.

Les utilisatrices de D.I.U. (stérilet) étaient plus susceptibles, au cours de l'étude, d'être envoyées à l'hôpital pour anémie, varices, infection des trompes (salpingites) et étaient plus sujettes aux maladies du col de l'utérus, dysplasies et carcinoma in situ*, que les utilisatrices de diaphragme.

Les tentatives effectuées pour améliorer l'efficacité du stérilet de manière à diminuer les risques de grossesse, d'expulsion, de douleur, d'infection et de saignement, ont abouti à l'adjonction de produits chimiques. On utilise une libération lente de progestérone ou de progestatifs pour réduire le taux d'expulsion, mais ils peuvent accroître les saignements irréguliers chez des femmes sensibles . Pour faire face à ces pertes de sang excessives, des agents anti-fibrinolytiques et anti-prostaglandines sont à l'étude.

Pour obtenir une stérilisation sans intervention chirurgicale, on a suggéré d'introduire, par une forme spéciale de D.I.U., un produit chimique, tel que l'hydrochlorate de quinacrine, dans la matrice où sa libération au niveau des cornes de l'utérus pourrait théoriquement bloquer les trompes de Fallope et obtenir la stérilisation.

* Stade 0 du cancer du col de l'utérus.

Les méthodes mécaniques

On a donné une récente publicité aux méthodes mécaniques à cause de leur rôle protecteur contre certaines maladies sexuellement transmissibles*. Ces maladies se sont répandues de manière alarmante depuis les années cinquante; en Angleterre, environ 500 000 personnes fréquentent, chaque année, les consultations de M.S.T. (maladies sexuellement transmissibles). Blennorragie, herpès génital, urétrite non spécifique et une infection appelée maladie inflammatoire pelvienne (M.I.P.) se sont tous multipliés depuis vingt ans.

On a rapporté récemment que des athlètes féminines, si préoccupées de leur santé physique, se sont détournées de la pilule et utilisent des moyens mécaniques. Cette recherche provient de l'Université de l'Illinois où, sur 70 athlètes féminines, 60 % préfèrent les méthodes de contraception mécaniques, et seulement 13 % choisissent la pilule[2]. On relève des observations similaires dans une étude des femmes coureurs de marathon[3].

Le préservatif, qui fut tant décrié, nous fait retour, avec la bénédiction du Directeur du Centre Margaret Pyke, le Dr John Guillebaud. Un de ses avantages est de protéger à la fois contre la blennorragie et le cancer du col. Il semble très en faveur chez les nouveaux utilisateurs, est ensuite relégué à la seconde place lorsque les relations sont stables, et retrouve sa popularité chez les personnes d'âge moyen. L'un des problèmes du préservatif se situait au niveau de l'utilisateur. Des grossesses surviennent lorsqu'il n'est pas utilisé correctement, et il y a eu des affaires de sabotage du mari ou de la femme, où l'on rejette la responsabilité d'une grossesse sur la déchirure du préservatif. Les préservatifs avec spermicide, aidant à immobiliser le sperme, sont plus efficaces mais aussi plus coûteux.

Tandis que le préservatif a été populaire chez les

* SIDA, gonococcie, blennorragie...

hommes à tous les moments de la vie, le diaphragme a été choisi le plus souvent par les femmes des classes sociales élevées. Des diaphragmes de caoutchouc ont été en usage depuis près de cent ans, et s'adaptent à travers la voûte du vagin, en couvrant le col utérin. Mais, comme le disait la célèbre pionnière du Planning Familial, le Dr Helena Wright : « Il ne faut pas qu'ils y restent collés. » Un diaphragme est destiné à empêcher le sperme d'être projeté directement dans l'utérus, et une crème spermicide est utilisée sur ses faces supérieure et inférieure, afin de détruire tout spermatozoïde s'efforçant de nager à sa périphérie.

Pour les femmes qui ont un faible tonus musculaire ou qui souffrent de cystites à répétition, il existe des formes et des matériaux divers. La cape cervicale se fixe au col par effet de ventouse, tandis que la cape en voûte, ou vimule, peut convenir à d'autres femmes.

L'une des objections contre l'utilisation du diaphragme est qu'il serait malpropre, à cause des crèmes, gelées ou pessaires spermicides qui sont eux aussi nécessaires pour garantir un faible risque de grossesse. À cause de cela, on a inventé d'autres modèles de capes, l'une appelée « cape au miel » parce qu'elle est imprégnée de miel et peut rester en place plus des douze heures habituellement recommandées. Un développement américain est la Contracape sur laquelle on fait actuellement des essais. Un moulage de silicone est pris sur le col utérin de chaque femme, de telle sorte que la cape puisse être portée continuellement pendant plusieurs mois, car il a une valve à sens unique qui permet au sang menstruel et aux sécrétions cervicales de s'écouler mais empêche le liquide séminal de monter.

Un inconvénient manifeste de ces nouvelles méthodes est le risque de faire un syndrome de choc septique. Ces cas résultent-ils du matériel qui fait tampon, ou simplement d'une obstruction du canal cervical, le débat est toujours ouvert. Pour la même raison, deux nouvelles éponges jetables et faciles à mettre en place en cours de test ont, elles aussi, soulevé des doutes et paraissent beaucoup moins fiables. *Une autre complication possible des moyens de contraception mécaniques pour les femmes est l'endométriose, qui peut être favorisée par la remontée du sang de l'utérus vers les trompes de Fallope.* Pour ma part, ma préférence va au diaphragme utilisé de façon traditionnelle.

Le planning familial naturel

Avec beaucoup d'autres médecins ou para-médicaux, j'ai été intéressée de savoir quelle est l'efficacité du planning familial naturel. Cela paraît tellement merveilleux, la femme et son partenaire s'arrangeant pour espacer les naissances sans avoir recours aux drogues ou aux techniques envahissantes. Mais les résultats ne sont pas bons.

Le Dr Anna Flynn, experte en contraception naturelle, rappelle une vieille plaisanterie : « Comment appelez-vous les gens qui utilisent la méthode des rythmes naturels de contrôle des naissances ? » La réponse est : « Des parents. »

Mais les techniques d'identification du moment exact de fertilité maximum deviennent plus précises et pourraient amener à simplifier pour les femmes les moyens de déceler dans leur cycle les moments où une relation aurait les plus grandes chances d'aboutir à une grossesse. L'une des idées les plus simples est déjà développée dans les laboratoires : c'est un bâtonnet révélateur qui peut capter le changement du niveau des œstrogènes excrétés dans l'urine. Au moment où se produit la fertilité, le bâtonnet va changer de couleur. Il faudra peut-être plusieurs années avant qu'un progrès aussi remarquable vienne à notre aide, aussi, en attendant, qu'y a-t-il de valable dans la contraception non toxique ?

Le planning familial naturel est une technique qui doit être apprise. Il y a plusieurs moyens pour une femme de découvrir sa phase de fertilité, par la prise de température, l'identification des phases de la glaire cervicale, ou l'état du col de l'utérus. Le partisan des méthodes naturelles le plus connu est le Dr Flynn, chargé de recherches en gynécologie au Birmingham Maternity Hospital, et des fondateurs de l'Association Nationale des Enseignants du planning familial naturel qui donne des cours d'orientation pour les médecins afin de leur apprendre les plus récentes méthodes [4]. L'ensemble des cours dure six mois et l'on apprend aux médecins à enseigner le planning familial naturel et la conscience de la fertilité. Certains médecins généralistes qui ont suivi ces cours ont organisé des consultations dans leurs centres de santé où les patientes peuvent, si elles le désirent, s'informer, mais c'est là une nouveauté très récente.

Depuis les années trente, des médecins ont pu enseigner aux femmes à reconnaître certains symptômes de la phase de fertilité, mais la plupart des méthodes nécessitaient la prise de température, le matin dès le réveil, jusqu'à ce que la méthode d'ovulation Billings [5] *utilise pour guide la glaire cervicale. Maintenant les femmes peuvent apprendre toute une gamme de signes, y compris les modifications de l'humeur, comme aide complémentaire dans la recherche de la période fertile.*

Auparavant, nous pensions que l'ovule survivait deux ou trois jours après l'ovulation, et le spermatozoïde quelques jours ; nous savons maintenant que la vie de l'ovule ne dure que douze à vingt-quatre heures, tandis que le spermatozoïde peut survivre jusqu'à six jours. Comme la grossesse ne peut survenir que le jour où l'ovule est vivant, on pourrait croire que la méthode parfaite de contrôle des naissances consiste à identifier ce jour particulier, mais le tableau se complique du fait que le spermatozoïde peut être « stocké » et nager à la rencontre de l'ovule le jour où il est émis.

On apprend aux femmes à identifier le type de glaire qui leur indique à quelle phase de leur cycle elles se situent. Après la période menstruelle il n'y a pas de glaire, et c'est la phase infertile précoce avant l'ovulation. Alors que l'ovule grossit, la montée des œstrogènes provoque la sécrétion de la glaire, et la phase fertile commence. À partir de ce moment la glaire augmente en quantité et change d'aspect. Il y a une abondance de glaire liquide, presque transparente, qui atteint un sommet quand l'ovule est libéré ; c'est le jour où cela se produit que la femme est le plus fertile.

J'ai entendu dire que la glaire de la période fertile préovulatoire peut être appelée une « glaire autoroute » parce que, sous le microscope, cette glaire présente des chemins rectilignes et clairs qui attirent le spermatozoïde à s'y précipiter.

La glaire change d'apparence à cause de la baisse des œstrogènes et de la présence de progestérone dès lors que l'ovule est émis, et elle devient un bouchon épais et collant. Cette glaire fait obstacle au sperme et la phase de moindre fertilité commence. Toutefois, le Dr Flynn enseigne qu'il faut compter 36 heures pour l'ovulation et 24 heures pour la survie de l'ovule. La phase infertile post-ovulatoire débute, en sécurité, trois jours après ce qu'elle appelle « dégradation maximale du mucus » et dure dix à douze jours jusqu'à la période menstruelle suivante.

En soi, la méthode d'ovulation n'est pas satisfaisante, parce que d'autres facteurs entrent en cause, et qu'il y a des variations avec chaque femme et chaque cycle, qui peuvent allonger ou réduire la phase fertile. Et parfois, la glaire fertile peut apparaître des jours supposés non fertiles et tromper une femme*.

La méthode basée sur la prise de température quotidienne s'est améliorée avec la mise sur le marché de thermomètres électroniques qui permettent une lecture en quelques secondes. Les thermomètres ont des gra-

* N. du T. : Parfois le processus de l'ovulation, même commencé avec apparition de la glaire cervicale, peut être interrompu par un facteur extérieur physique (altitude, voyage, maladie...) ou psychique (émotion). La glaire disparaît alors, et réapparaîtra quelques jours plus tard. Le cycle sera plus long, et l'ovulation reportée. Mais la présence de mucus, ou glaire, garde sa valeur de signe de fécondité et doit être recherchée chaque jour.

duations suffisamment larges pour permettre à une femme de noter *les faibles modifications de température qui indiquent que l'ovulation a eu lieu et que le reste du cycle sera infertile.* La température du corps est basse dans la première moitié du cycle et s'élève dans la deuxième moitié, soit rapidement, soit par degrés, et l'on apprend aux femmes à la reconnaître. Dès que la lecture est élevée durant trois jours consécutifs, vous savez que vous êtes entrée dans une « zone de sécurité ». La température restera élevée jusqu'à la prochaine période menstruelle. En cas de grossesse, la température reste élevée pendant environ vingt jours après l'ovulation — c'est un des premiers signes. Mais même alors, un double contrôle est de prudence. Le changement de température en soi ne donne pas suffisamment de signes avertisseurs des jours fertiles, précédant l'ovulation. Les spermatozoïdes peuvent encore atteindre l'utérus dans la glaire et demeurer là, en attente de l'ovulation.

La méthode sympto-thermique combine différents signes pour identifier les périodes de sécurité : un contrôle de tous les signes que peut donner le corps. Il est particulièrement utile de contrôler l'état du col de l'utérus avec le doigt. Pendant la période non fertile du cycle, il est bas, sec et ferme, par contraste avec la sensation d'humidité et de souplesse causée par l'élévation des œstrogènes dans la phase fertile.

Une étude de la méthode d'ovulation fut organisée par une délégation de l'Organisation Mondiale de la Santé (O.M.S.) en 1977, enrôlant 725 femmes en Nouvelle-Zélande, en Irlande, aux Philippines, à San Salvador et en Inde[6]. Les résultats furent publiés en décembre 1983, montrant un taux d'échec global de 2%, avec conception probable dans la phase non fertile évalué à 0,4%.

On a montré qu'il y avait 50% de risques de grossesses si les couples s'unissaient pendant les trois jours qui précèdent l'ovulation, lorsque la glaire produite est épaisse et coagulée. Si les rapports sexuels ont lieu au même moment, mais en présence de glaire liquide, l'augmentation du risque passe à 54%. Mais le risque diminue chaque jour qui suit le jour sommet de l'ovulation, descendant à 9% le troisième jour.

Mais quelle que soit l'efficacité de ces méthodes, elles ne peuvent convenir qu'aux couples très motivés qui ont entre eux des relations sûres, stables et d'amour dans lesquelles le partage des problèmes est possible. Outre la motivation nécessaire pour apprendre les techniques et les appliquer avec soin, les couples peuvent avoir à s'abstenir de rapports sexuels jusqu'à 14 jours — les cinq jours de menstruation, auxquels s'ajoutent jusqu'à neuf*jours durant les périodes fertiles. Et les facteurs tels que les chocs émotionnels, les voyages aériens et la maladie peuvent provoquer chez la femme une interruption de l'ovulation**.

Pour la moyenne des personnes non motivées ou pour les adolescentes qui vont aux consultations du Planning familial, ces méthodes sont encore trop compliquées. Une recherche plus poussée est encore nécessaire, afin de mettre au point une technique extrêmement simple qui puisse identifier les jours d'absolue sécurité pour les années avant lesquelles on ne désire pas d'enfants, ou les années après lesquelles on a eu le nombre d'enfants désirés.

Nouveaux développements

Lors d'une consultation entre médecins écologistes à laquelle j'assistai en 1979, il y eut une discussion sur une technique de stérilisation réversible, une sorte de clip, mais il ne semble pas qu'il en soit sorti grand-chose. Toutefois, cela n'irait pas sans problèmes ; en effet, un tel dispositif devrait être conçu de manière à

* N. du T. : La fourchette oscille selon les femmes entre 4 et 8 jours ; 9 est un maximum.

** N.du T. : et un report, qu'il faut toujours prévoir quelques jours après.

ne pas endommager les trompes, extrêmement délicates. Il est plus facile d'obstruer les trompes que de les désobstruer ensuite.

Et à propos de l'idée qu'il vaudrait mieux une contraception pour hommes ? Quelles recherches a-t-on entreprises à ce niveau, maintenant que les femmes crient leur répugnance à être tenues seules responsables du planning familial ? Il est déprimant de constater que la recherche est toujours bloquée dans le système des hormones exogènes, avec l'Organisation Mondiale de la Santé pour soutenir le développement de remèdes par voie orale ou injectables.

Je puis difficilement condamner l'utilisation d'hormones de synthèse dans la contraception chez la femme, et trouver des excuses à leur utilisation chez l'homme ! Je pense qu'elles sont un désastre pour les deux sexes et c'est pour cela que nous ne les avons pas vues apparaître plus vite en tant que contraception masculine. Dès les premières recherches, on découvrit que les hommes ne pouvaient pas prendre d'alcool pendant qu'ils prenaient leur « pilule », et ce fut un échec immédiat. Le problème le plus urgent pour les scientifiques est de produire un médicament qui inhibe la fertilité sans influer sur les pulsions sexuelles. De fait, la perte de la libido est un des accidents qui surviennent à beaucoup de femmes lorsqu'elles sont sous pilule. Au début des années 1960, le Dr Margaret Jackson rapporta que ses patientes féminines (dans le Devon) pensaient que c'était ainsi qu'agissait la pilule, par la suppression de tout désir sexuel. *Il semble bien que cela soit un effet secondaire que les scientifiques de la pilule ont jugé acceptable pour les femmes, mais non pour les hommes.*

Les difficultés soulevées par la production d'une drogue destinée aux hommes et comportant le moins possible d'effets secondaires paraissent avoir refroidi l'enthousiasme de l'industrie pharmaceutique. Le Professeur S.L. Jeffcoate, de l'hôpital des femmes de Chelsea, a remarqué un notable manque d'intérêt chez les grands laboratoires[7]. Il invoque le manque de connaissance de la fertilité masculine comme obstacle, mais une égale absence de connaissance de la reproduction féminine n'a pas l'air d'avoir mis fin à la production de la pilule.

Des essais avec un produit de synthèse analogue à la testostérone n'ont pas donné grand-chose, à cause des effets secondaires : prise de poids, hypertrophie mammaire et légère diminution de la libido. La puissance sexuelle de l'homme est aussi atteinte par l'usage des œstrogènes, dont on a montré qu'ils réduisaient la numération du sperme à un niveau subfertile. La taille des testicules est aussi affectée, de sorte que les œstrogènes n'ont aucun avenir dans la contraception masculine. Cependant, des essais soutenus par l'O.M.S. examinent actuellement une préparation à base d'androgènes progestatifs. Comme chez la femme, les progestatifs produisent une fertilité réversible chez l'homme. Les progestatifs suppriment d'emblée toutes pulsions sexuelles, aussi doit-on ajouter un androgène pour suppléer à la production endogène des androgènes, et pour restaurer la puissance sexuelle. On a montré que la numération du sperme avait été réduite avec certaines doses de cette composition[8]. Si jamais la contraception hormonale pour hommes était lancée, je m'attends à voir apparaître chez eux des problèmes de santé similaires à ceux que j'ai décrits chez la femme.

La recherche se poursuit pour trouver différentes manières d'administrer les hormones, par implants, stérilets, éponges, vaccins et pulvérisations — mais ce ne sont en fait que « de vieux stéroïdes dans des utilisations nouvelles », et je n'arrive pas à trouver en quoi ils constituent un progrès. Jusqu'ici, les principales alternatives à la pilule sont des techniques mécaniques efficaces, le planning familial naturel et la stérilisation de l'homme et de la femme. Ces deux dernières méthodes ont souffert d'une malencontreuse contre-publicité, bien que, pour les couples qui ont achevé leur famille et qui sont inaptes ou opposés à l'utilisation des méthodes mécaniques, la vasectomie ou la stérilisation féminine soient un bon choix. Pour les jeunes couples toutefois, qui pourraient désirer plus tard des enfants, c'est naturellement sans objet, et ce n'est pas du tout une bonne chose pour le jeune célibataire.

La plupart de nos volontaires des essais sur la pilule des années soixante étaient des femmes mariées, qui avaient tous les enfants qu'elles avaient désiré, et beaucoup optèrent pour la stérilisation après avoir développé de sérieux effets secondaires à la pilule. En dépit de déclarations contraires, les études contrôlées ont montré que les femmes n'ont pas plus tendance à faire de la dépression après une stérilisation, et quelques-unes signalent une satisfaction sexuelle améliorée[9], probablement parce que leur libido est revenue après l'arrêt de la pilule, et parce qu'elles sont libérées de l'anxiété liée au risque de grossesses.

Lorsqu'il fut constaté que les singes vasectomisés avaient des anticorps au sperme et un risque accru d'athérosclérose, l'on craignit que l'opération ne rende les hommes plus susceptibles de crises cardiaques, d'attaques et d'hypertension. Ceci a rendu les hommes nerveux quant à ces techniques. Mais deux rapports récents de l'Hôpital Radcliffe et de l'École Médicale de l'Université de Yale indiquent que l'opération n'augmente pas les risques de maladies cardiaques. Il faut toutefois davantage d'études à long terme, car peu d'hommes au-dessus de 55 ans, au moins en Grande-Bretagne, ont subi des vasectomies[10].

La vaccination contre la grossesse n'en est qu'à un stade précoce de développement. On estime que 5% environ des femmes stériles pourraient avoir en circulation dans le sang des anticorps qui empêchent la conception. Les anticorps antizonas neutralisent le processus de fixation du sperme à la zone pellucide qui entoure l'ovule.

Un autre type de vaccin contre l'hormone gonadotrope (H.C.G.), hormone produite par l'embryon, a été suggéré, mais cette hormone est chimiquement similaire aux propres hormones hypophysaires de la mère.

L'immunologie, bien qu'elle soit un domaine de la médecine en progression rapide, n'en est encore qu'au stade de l'enfance, et après notre expérience de la pilule, les femmes ont toutes les raisons d'être prudentes.

Que dire aux jeunes ?

Quand la pilule devint disponible, mon beau-père, ministre d'une cathédrale écossaise, déclara qu'elle serait la source d'une permissivité généralisée. À cette époque, j'étais encore enchantée de l'efficacité à 100% de la pilule, et je croyais naïvement que nous serions capables de maîtriser cette nouvelle liberté avec sérieux. Mais non, il avait raison. La pilule est distribuée gratuitement aux filles, — passeport pour la licence sexuelle, — à des âges de plus en plus jeunes, même s'il est illégal pour un homme d'avoir des rapports sexuels avec une fille au-dessous de seize ans. Certaines personnes pensent qu'il faudrait davantage conseiller les jeunes. Qu'est-ce que cela veut dire ? Quelle fille, décidée à coucher avec un ami pour l'empêcher de partir avec une autre, se laissera persuader d'attendre quelques années de plus et de manquer le plaisir que prennent ses amies ?

Contrairement à l'opinion populaire, la pilule n'a pas évité les avortements. Le nombre d'interruptions de grossesses chez les jeunes au-dessous de vingt ans a doublé entre la fin des années 1960 et le début des années 1970, et s'est élevé de 8,9 pour mille femmes non mariées en 1969, à 22,5 pour mille en 1981. On a estimé qu'en 1970, 9% seulement des femmes célibataires en Angleterre et au Pays de Galles, âgées de 16 à 35 ans, avaient pris la pilule. Aujourd'hui, l'essentiel du groupe des nouvelles utilisatrices de la pilule se compose de lycéennes et d'étudiantes, et *comme les médecins peuvent prescrire la pilule aux mineures sans en informer leurs parents, l'âge de la première pilule continue à baisser.* On affirme que le nombre des avortements ne s'est pas encore élevé avec cette dernière augmentation de l'activité sexuelle précoce, mais la pilule peut paraître aux lycéennes plus sûre qu'elle ne l'est en réalité. Elles sont pratiquement au mieux de leur santé, font de l'exercice physique régulièrement, et sont capables de tolérer la pilule, sans effets secondaires évidents. Mais veulent-elles hypothéquer leur avenir et leurs chances de fonder des familles normales et en bonne santé ? Parce qu'elles ont commencé à prendre la pilule si jeunes, le délai avant qu'elles ne l'arrêtent, soit pour effets secondaires, soit parce qu'elles seront prêtes à devenir enceintes, n'en sera que plus long. Une fois la pilule arrêtée, elles devront utiliser des méthodes alternatives, ce qui requiert auto-discipline et coopération avec un partenaire sérieux, et il est probable que le taux d'avortements augmentera parce que pour l'instant, aucune autre forme de contraceptifs n'est aussi fiable.

La pilule, à dose assez forte, est la seule méthode de contraception qui puisse garantir une stérilité complète et actuellement réversible. C'est la seule méthode vraiment adaptée à une sexualité sans risques, mais que fait-elle par ailleurs ? Elle bloque les hormones cérébrales et agit sur les jeunes ovaires ; elle modifie le métabolisme à un moment critique de la croissance et du développement sexuel et affectif. À la puberté, les êtres humains ne sont pas encore parvenus à une complète maturité, mais vont continuer à se transformer jusqu'à vingt et quelques années. Les premières règles, souvent irrégulières, ne veulent pas forcément dire qu'une jeune fille soit déjà devenue femme.

Si l'usage de la pilule est trop dangereux pour une femme, il l'est certainement beaucoup plus pour des enfants. Nous attaquons notre futur capital génétique. À une époque où le standard intellectuel et le comportement de nos enfants sont en baisse, on ne peut plus se permettre l'auto-suffisance. Il n'est pas étonnant que l'on ait conseillé aux médecins de ne pas trahir les confidences d'une fille ni de prévenir ses parents. Sa mère n'est certainement que trop consciente des effets secondaires de la pilule. Probablement a-t-elle déjà une expérience de première main.

À travers l'histoire, il y a toujours eu une place dans la culture humaine pour la protection de notre Futur : nos jeunes femmes. La coutume et les mœurs ont accordé beaucoup de prix à la virginité. Les corps des femmes, admirablement développés et compliqués, sont trop facilement définitivement abîmés. Les trompes de Fallope sont trop vite bloquées. Nous devons protéger nos jeunes, encore innocents, avant qu'il ne soit trop tard pour qu'ils puissent apprendre à se protéger eux-mêmes.

Des intellectuelles aussi différentes que Valérie Riches et Germaine Greer sont maintenant unies dans leurs conseils à la jeunesse. Un pamphlet dans la Société responsable conseille de « Dire : Non »[11], tandis que l'ouvrage *Sexe et Destinée*[12] recommande : « Évitez l'Intromission ». Il peut paraître étrange d'imaginer une société où les jeunes gens attendent d'être plus âgés pour commencer à avoir des rapports sexuels, mais c'était l'état de choses normal avant la pilule. Il y avait très peu d'avortements chez les très jeunes. Si la pilule était interdite, il y aurait un accroissement des grossesses désirées, mais on peut espérer que les habitudes sociales changeraient rapidement. Il n'est que de constater la diminution du nombre des consultations de maladies sexuellement transmissibles (M.S.T.) aux États-Unis, à cause de la peur du SIDA.

Quelques femmes disent que la pilule leur laisse tout contrôle sur leur vie. Elles n'ont pas à compter sur les hommes pour prendre des précautions. Mais prendre la pilule ne donne pas aux femmes le contrôle de leur santé. Au contraire, une femme qui prend des hormones ne peut jamais savoir à l'avance quelle maladie elle se prépare. Aucun homme ne peut constamment pratiquer de manière fiable la méthode du retrait (coïtus interruptus ou méthode romaine), ou utiliser toujours des préservatifs et des produits chimiques, mais la grande réduction de la taille de la famille de six à dix enfants (chose courante à l'époque victorienne à travers l'Europe) à une moyenne de deux enfants, a été en grande partie menée à bien par des hommes ayant pris cette décision de manière responsable avant que les consultations pour femmes ne se soient répandues.

Il est certain qu'en lui-même, l'acte sexuel appelle la confiance mutuelle. Quand une femme ne peut se fier à un homme, il ne faudrait pas qu'elle ait avec lui cette relation.

Les pays qui, comme la Russie, n'ont jamais autorisé la pilule ont un taux d'avortements très élevé, et c'est là un grave sujet de préoccupation. Les avortements augmentent le risque d'infertilité et les problèmes physiques et affectifs. Toutefois, d'après mon expérience chez la majorité des couples plus âgés et responsables, les méthodes mécaniques, spécialement le diaphragme et les spermicides, sont en général très efficaces et peuvent être utilisées par les femmes pendant la plus grande partie de leur période fertile. Quand je conseille à une femme de s'arrêter de prendre la pilule et de porter un diaphragme, sa réaction habituelle consiste en une agréable surprise : c'est moins gênant qu'elles ne s'y attendaient. Les spermicides entraînent un léger accroissement de risques d'anomalies fœtales, si on les utilise pendant le mois où la conception a lieu, mais non s'ils ont été utilisés seulement les mois précédents. Une combinaison des méthodes mécaniques et des méthodes naturelles peut être l'idéal pour beaucoup de couples.

La méthode la plus commune utilisée dans les temps modernes, avant la pilule, pour limiter la population et la taille de la famille, était le retrait. Encore une fois, ce peut être une méthode très efficace pour les couples qui ont trouvé qu'elle leur réussissait. La taille de la famille est restée au-dessous du taux de remplacement de 2,5 dans ce pays depuis les années 1920, et cela veut dire que c'est la taille moyenne de la famille qui est le principal facteur de contrôle de la croissance de la population.

En Chine, le problème de la population est tellement sérieux que l'on n'autorise qu'un enfant par famille. Les petites familles signifient que nous voulons des enfants sains. Les stéroïdes amplifient le danger de bébés malformés ; il est temps de dire non à la pilule.

L'histoire de la pilule n'est pas seulement celle d'une sombre intrigue politique, ni même simplement celle d'énormes profits financiers. Ce n'est l'histoire de personne. C'est le scandale d'une collusion sur une échelle massive au niveau mondial. Les femmes ont besoin de prendre la pilule. Les hommes ont besoin que les femmes soient toujours disponibles. Il est conforme à la nature humaine de désirer quelque chose sans vouloir en payer le prix. C'est la contraception sans risque de grossesse, pour la première fois dans l'histoire de l'humanité.

Une mère, atteinte d'hémorragie cérébrale, persiste à vouloir prendre la pilule ; des femmes non mariées, ainsi que Germaine Greer l'a décrit, nient les effets secondaires de la pilule. Des mères et même des pères, effrayés par une époque de permissivité, veulent que leurs jeunes filles se mettent sous pilule. Avec tristesse, des médecins chercheurs, qui se sentent incapables de continuer leurs recherches décourageantes sur la pilule, abandonnent leur tâche, alors que l'on a grandement besoin de leur sens de l'humain.

On trouve un tas d'autres raisons à l'accroissement effroyable de la mauvaise santé chez les jeunes. Nous sommes tous responsables. *Mais il est évident que la vraie victime, c'est la génération future. L'heure de vérité s'est longtemps faite attendre.*

***

Mais au fait, qu'est-ce que cela a coûté ?

Il a fallu dix à quinze ans pour synthétiser les premières pilules à partir d'hormones naturelles. Plus notre connaissance des effets secondaires augmentait, plus la recherche se développait et se faisait de plus en plus sophistiquée, et il peut actuellement falloir près de vingt à trente ans pour mettre sur le marché un nouveau produit, engagement financier que peu de grands laboratoires sont prêts à assumer, même en ayant reçu de très importantes subventions du contribuable britannique. Dans les années 1970, jusqu'à trois millions et demi de femmes ont bénéficié chaque année de pilules gratuites par le N.H.S. (National Health Service). Le prix de vente de telles pilules sur le marché varie selon la concurrence entre 23 pence et 1,15 livre, mais au plus fort de la popularité de la pilule, le coût moyen des pilules habituellement utilisées était d'1 livre, ce qui signifie que le Gouvernement payait chaque année en gros 50 millions de livres pour acheter des pilules d'hormones contraceptives destinées aux femmes britanniques, sans compter ce que l'on dépensait pour les pilules des femmes des pays sous-développés, au titre de l'aide aux pays d'Outre-Mer, et en hormones destinées à d'autres usages, lesquelles sont largement plus coûteuses. Bien que depuis les années 1970 le nombre des femmes sous pilule ait diminué, elles sont encore plus de trois millions à la prendre. Le coût réel a été toutefois bien plus élevé. Il est impossible de faire l'estimation de ce qui a été dépensé pour « arrondir les angles », à traiter ou à calmer les souffrances, les tragédies sociales et les handicaps causés par la pilule. *Aucun gouvernement britannique n'accepterait de nos jours de distribuer des cigarettes gratuitement, et cependant, la pilule cause autant de maladies que le tabac.*

Jusqu'ici, la recherche de nouveaux contraceptifs s'est concentrée sur de nouvelles hormones stéroïdes, de meilleures méthodes mécaniques, sur des techniques immunologiques et une meilleure connaissance de la fertilité. Les stéroïdes affectent tout le corps. Les méthodes immunologiques peuvent ne pas être réversibles. Tandis que les méthodes mécaniques semblent un retour au passé.

Le Dr Hugh Cox, qui assure au N.H.S. (Service National de la Santé) une clientèle extrêmement rentable en tant que clinicien écologiste, était Directeur de la Recherche clinique dans les années soixante pour la société qui fabriquait la seule pilule totalement britannique. Depuis qu'il a étudié avec moi les modifications causées par les pilules stéroïdes, il ne cesse de réfléchir aux solutions de remplacement. À un niveau très élementaire, nous sommes tous faits de charges électriques positives et négatives, et il pense qu'il pourrait être possible de tirer parti de cela — peut-être en inversant le faible potentiel normal existant à travers le col utérin quand une femme se trouve dans la période fertile de son cycle. Qu'elles soient réalisables ou non, les idées nouvelles doivent être étudiées dans des Instituts de recherche consacrés à la physiologie de la reproduction et pourvues d'hommes de science et de médecins du plus haut niveau pour éviter, autant que possible, que nous répétions nos erreurs. Les droits acquis et les préjugés personnels ne doivent pas occulter les faits.

La recherche d'un contraceptif sûr est une priorité majeure, afin que nous puissions régler notre fertilité sainement et en toute responsabilité. *À cause de la pilule nous avons pris l'habitude d'une méthode de contraception à la fois fiable et commode. L'attente générale dans le même temps s'est faite plus exigeante, et lorsque nous cherchons une alternative, celle-ci doit pouvoir apporter tous les bienfaits de la pilule, mais sans ses effets secondaires, en particulier si nous devons aider les pays du Tiers Monde.* Jusqu'à présent notre intrusion dans les cultures et les traditions a peut-être soulevé plus de problèmes qu'elle n'en a résolu. Mais il faut continuer nos efforts. Notre but doit être de trouver un contraceptif qui n'aura pas pour effet d'abîmer définitivement les ovaires, le sperme ou les testicules, ou qui n'aura aucun effet sur l'organisme. Les femmes, les enfants et les familles, ne doivent pas être sacrifiés sur l'autel de la contraception parfaite.

Appendice I

Les hormones surrénaliennes normales

L'hypophyse est située à la base du cerveau, en arrière des yeux. Elle est divisée en deux parties. La partie antérieure sécrète les hormones qui agissent sur la croissance, l'activité thyroïdienne, la fonction sexuelle, la lactation et le métabolisme de l'eau, des hydrates de carbone, des protéines et des graisses, en régularisant les sécrétions des autres glandes endocrines. Les hormones de la partie postérieure de l'hypophyse contrôlent la conservation de l'eau du corps par les reins et provoquent la contraction de l'utérus pendant le travail à la fin de la grossesse.

Quand le Dr Raymond Greene décrivit le syndrome prémenstruel en 1953 avec le Dr Dalton [1], ils savaient que la progestérone soulageait les symptômes chez quelques femmes. Le Dr Greene, toutefois, continuait à douter que la progestérone-thérapie soit une panacée universelle. Il pensait que l'hypothèse était trop facile et sentait que peu de désordres en endocrinologie pouvaient être expliqués aussi simplement. Il fit valoir que la rétention d'eau, qui tient une place si importante dans le syndrome, était le signe d'une hyperactivité de l'hormone surrénale.

Toutes les hormones stéroïdes ont une parenté chimique étroite ayant en commun une structure similaire. Elles sont synthétisées à partir d'une substance grasse, le cholestérol, qui est fabriqué dans le foie, conservé et concentré dans la vésicule biliaire, avant d'être relâché avec la bile dans l'intestin. Le cholestérol est aussi produit par les ovaires, les testicules ou les deux glandes surrénales où il se transforme en une variété d'hormones stéroïdes.

Les petites glandes surrénales sont placées au-dessus de chaque rein et la partie centrale vasculaire de la glande sécrète des hormones telles l'adrénaline, qui commande nos réactions immédiates et réflexes de fuite ou de combat. Ces hormones sont apparentées aux protéines et n'ont pas une structure stéroïde, mais la couche la plus externe de la glande surrénale, appelée la corticale, fabrique plus de quarante hormones stéroïdes différentes, classées d'ordinaire en trois groupes principaux selon leur rôle dans la régularisation du métabolisme cellulaire. Ce sont :

1. les androgènes
2. les gluco-corticoïdes
3. les minéralo-corticoïdes.

Les androgènes

Les hormones sexuelles masculines des surrénales, surtout la testostérone, retiennent l'azote et aident à construire les muscles du corps et les protéines, ce qui est connu comme un effet anabolisant. Les stéroïdes anabolisants sont le sujet d'une controverse dans le sport où ils sont utilisés par certains concurrents pour stimuler la force des muscles et l'endurance. Ces hormones étaient à l'origine probablement destinées à promouvoir la croissance des cellules, et plus tard, au cours de l'évolution, elles s'adaptèrent progressivement à la régulation de la reproduction bisexuelle. Les hormones anabolisantes stimulent le métabolisme et forment des sucres et des protéines à l'intérieur des cellules. Ceci provoque une croissance vigoureuse des cellules et des vaisseaux sanguins. La paroi des vaisseaux devient souple et permet un transport aisé des métabolites.

Les glandes surrénales des hommes comme celles des femmes produisent de petites quantités d'œstrogènes et de progestérone. Bien que la plus grande partie de la production des hormones femelles d'une femme provienne des ovaires, après la ménopause les glandes surrénales deviennent la principale source d'œstrogènes. Les hommes ont, dans le sang, des taux élevés de testostérone provenant des testicules et des glandes surrénales, mais les femmes transforment seulement une faible quantité de leurs androgènes de la glande surrénale en testostérone active. Dans les deux sexes, la croissance est aussi contrôlée par un grand nombre d'autres régulateurs, y compris l'hormone de croissance hypophysaire et les hormones thyroïdiennes.

Les gluco-corticoïdes

Ces hormones sont libérées pendant le stress et arrêtent temporairement le métabolisme cellulaire : c'est ce qu'on appelle l'effet catabolique. L'hormone principale, la cortisone, bloque la sécrétion d'insuline et élève le taux de sucre du sang en changeant les composantes des protéines (amino-acides) en sucre (glucose) lequel est stocké dans le foie. Les hormones cataboliques rendent également les parois de la cellule rigides et moins perméables aux ions, tels le sodium et le potassium, qui vont et viennent à travers les cellules. Comme c'est ainsi que sont transmis les influx nerveux, de fortes doses de cortisone ou de prednisone peuvent provoquer un déséquilibre émotionnel, irritabilité et dépression, et même une psychose quasi schizophrénique ou une folie temporaire. Tout le monde peut souffrir du stress, si celui-ci est prolongé et suffisamment grave, — comme on l'a découvert dans les tranchées pendant la Première Guerre Mondiale.

Les stéroïdes cataboliques suppriment aussi les réactions inflammatoires qui sont la réponse du corps aux lésions, aux infections ou aux modifications immunitaires. Elles ont été largement utilisées pour apporter un soulagement temporaire à des maladies telles que l'asthme et l'arthrite, mais leurs effets secondaires peuvent être désastreux : élévation de la pression artérielle, modification du métabolisme des graisses et de l'eau, mais aussi obésité, visage en « pleine lune » et amincissement des os — ostéoporose — par interférence avec le métabolisme des cellules osseuses. Elles peuvent aussi amener la formation de plaquettes visqueuses, et l'ostéoporose sénile peut être provoquée par des masses de petits caillots sanguins formés dans les os. Les malades qui prennent des stéroïdes ont une sensibilité accrue aux infections, et sont moins capables de faire face aux carcinogènes, à cause de modifications de la fonction du foie.

Dans son livre, « *Comportement des os* »[2], le Dr Kitty Little écrit : « L'équilibre hormonal peut approcher l'équilibre catabolique (arrêt de la croissance) aux derniers stades de la grossesse et après la naissance, après la ménopause, pendant la vieillesse, lors de la prise de cortico-stéroïdes à des fins thérapeutiques, ou bien comme résultat des agents contraceptifs oraux. Une combinaison de facteurs peut entraîner une élévation des taux de cortico-stéroïdes, telle qu'elle dépasse le seuil de formation de caillots sanguins. Ce seuil dépend d'autres produits chimiques qui agissent sur le système hypophyse - surrénale. Il est anormalement bas pour les agents contraceptifs. » Dans les expérimentations sur l'animal, le Dr Little a constaté que l'hormone mâle testostérone avait un effet plus important sur la croissance des cellules et des vaisseaux sanguins, que les hormones femelles normales. Mais elle a découvert que le progestatif de synthèse dérivé delatestostérone causait davantage de « surcroissance » des vaisseaux sanguins, que la testostérone associée à l'un des progestatifs qui provoque le plus de changements.

Les minéralo-corticoïdes

La principale hormone qui contrôle le métabolisme de l'eau et du sel est l'aldostérone, laquelle donne l'ordre aux reins de retenir le sodium et d'excréter le potassium. Cela peut provoquer une élévation si rapide de la pression du sang que l'on ne donne jamais d'aldostérone aux malades. Ces minéralo-corticoïdes sont réglés par un système vasculaire rénal dans lequel agissent la rénine et l'angiotensine. Une des raisons pour laquelle les contraceptifs oraux augmentent la tension artérielle est qu'ils accroissent l'activité de la rénine du sang.

Les autres stéroïdes des surrénales sont contrôlées par le cerveau via l'hypothalamus et la sécrétion d'A.C.T.H. (l'hormone adréno-corticotrophique) de l'hypophyse. En retour, la sécrétion d'A.C.T.H. est bloquée par de hauts niveaux de cortisone ou d'hormones sexuelles, éléments d'un système de rétroaction négative. Elle est également altérée par l'horloge journalière du corps, ou rythme diurne, qui explique que nous ayons tendance à nous sentir mieux à certains moments de la journée qu'à d'autres. Mais le mécanisme le plus puissant et qui l'emporte sur tous est le stress. Le stress est provoqué par une blessure, par la douleur, la peur, l'inquiétude, les nausées, la fièvre, l'abaissement du sucre du sang et en particulier par la jalousie.

Le fait que les taux élevés d'hormones sexuelles soient à même d'interrompre l'action de l'A.C.T.H. explique que les hormones très puissantes de la pilule puissent aisément intervenir dans les mécanismes qui permettent au corps de faire face au stress, au moment même où elles bloquent la stimulation de l'ovulation.

Il y a un écueil : les hormones stéroïdes ont la même structure de base avec de nombreux effets qui se chevauchent, de telle sorte que, lorsque les taux d'hormones d'une femme se modifient, ils entraînent beaucoup d'autres modifications dans leur métabolisme.

La nature a formé les hormones sexuelles de manière à les rendre bien spécifiques, mais lorsque l'homme les a altérées en laboratoire pour qu'elles agissent par voie orale, elles sont devenues plus puissantes — et primitives. Les progestatifs de la pilule peuvent être œstrogéniques, anti-œstrogéniques, androgéniques, aussi bien que progestéroniques. Les hormones de la pilule sont solubles dans l'eau et excrétées dans l'urine mais les hormones naturelles sont liposolubles, et elles sont dès lors accumulées dans les graisses du corps des animaux ou des femmes qui utilisent ces hormones.

⁂

La plupart des travaux sur le métabolisme de la pilule en Grande-Bretagne ont été menés par le Professeur Victor Wynn et son équipe, dans l'unité métabolique de l'hôpital St. Mary de Paddington. Dès les années 1950, il effectuait déjà des recherches sur les stéroïdes anaboliques et il avait découvert que les hormones de synthèse par voie orale avaient davantage tendance à altérer la fonction hépatique, le métabolisme des graisses et des hydrates de carbone que les hormones naturelles homologues. Le Professeur Wynn en a déduit que les progestatifs oraux étant très similaires aux stéroïdes anabolisants de synthèse, ils pourraient aussi opérer des bouleversements très étendus.

Le Professeur Wynn avait une autre raison de s'attendre à ce que les œstrogènes et les progestatifs provoquent des diabètes : ces hormones simulent l'état de grossesse et quand les femmes sont enceintes, la glycémie tend à s'élever et à passer dans l'urine.

Métabolisme des hydrates de carbone

En 1966, l'équipe de St. Mary publia des résultats qui montraient que près d'une femme sur cinq sous différents contraceptifs oraux, dont la plupart contenaient 0,1 mg de mestranol, avait des taux de glucose anormalement élevés [3] et même une femme avait des chiffres exceptionnellement élevés. Depuis lors, le Professeur Wynn a vu des diabètes du début de l'âge mûr causés par la pilule chez un grand nombre de malades.

Microdosage de la pilule

En 1982, le Professeur Wynn publia son étude sur la plus faible dose de pilule alors disponible [4]. Trois ans auparavant, il avait donné à 210 jeunes femmes saines, pour la plupart âgées de 25 à 30 ans, la pilule combinée la plus faiblement dosée alors sur le marché : 150 microgrammes de levonorgestrel et 30 microgrammes d'éthinyl œstradiol. Après quinze mois, 60% des femmes avaient cessé de la prendre et après trois ans, seulement 8% l'utilisaient encore, 42% ayant été perdues de vue. Seules 10% l'avaient arrêtée parce qu'elles n'avaient plus besoin de contraception.

Sur les trente-neuf femmes qui entamaient leur troisième année, deux (5%) développèrent une thrombose des veines profondes et une autre femme avait une thrombose des veines superficielles. Quatre présentèrent une élévation prolongée de la pression sanguine après un an d'utilisation, qui revint à la normale quand elles arrêtèrent la pilule, et une femme présenta un électrocardiogramme anormal. Six femmes avaient des tests de tolérance au glucose anormaux et quelques-unes entrèrent dans la catégorie des diabétiques avec traitement continu, s'améliorant lorsqu'elles arrêtaient la pilule. Une femme fit deux fois cette expérience. Un peu plus du quart des femmes seulement arrêtèrent la pilule pour effets secondaires « mineurs » : prise de poids, maux de tête, dépression, baisse de la libido, hémorragies, aménorrhée et nausées, tandis que onze pour cent d'entre elles demandaient à changer de pilule.

Détérioration progressive

Au cours de cette étude, même les femmes qui semblaient en bonne forme avaient une détérioration progressive de leur tolérance au glucose. Ceci signifie que le métabolisme d'une femme devient d'autant plus anormal qu'elle prend la pilule plus longtemps, qu'elle ait ou non des symptômes.

La sécrétion d'insuline s'élevait au début, mais en fin de compte ne se maintenait pas en hausse comme les chiffres du glucose. La conclusion du Professeur Wynn était que cette combinaison de stéroïdes était trop forte pour l'usage contraceptif et il suggéra que l'on devrait en utiliser une plus faible, avec moins de progestatif androgénique tel que le norethindrone, mais le Dr Little avait remarqué que ce médicament avait tendance à déformer les vaisseaux sanguins.

Depuis 1970, on sait que des injections de fortes doses de progestérone (300 à 400 mg par jour), qui correspondent à la sécrétion de progestérone endogène du dernier tiers de la grossesse, produisent des modifications dans le métabolisme des hydrates de carbone. La tolérance au glucose est amoindrie, comme dans le diabète, et il se produit une résistante accrue à l'insuline — les injections d'insuline sont moins efficaces pour faire baisser le sucre du sang. L'équipe du Professeur William Spellacy à Chicago établit que les microdoses orales d'un progestatif à action du type hormone mâle, données comme contraceptifs oraux, peuvent altérer le métabolisme tout autant que ces fortes doses de progestérone par injection. À partir des doses utilisées, on peut établir que l'acétate de mégestrol, le noréthistérone et le diacétate d'éthynodiol sont en gros mille fois, et le norgestrel cinq mille fois, plus puissants que le progestatif à cet égard[5]. Le risque que la pilule puisse provoquer un diabète est accru par ses effets de type hormone, mais il est aussi accru par l'œstrogène qui est ajouté à la plupart des pilules. Les androgènes par voie orale, les stéroïdes anabolisants et le danazol, utilisés pour supprimer les tumeurs bénignes du sein, peuvent avoir des effets contraires similaires sur la tolérance au glucose et sont particulièrement antagonistes de l'insuline.

Métabolisme des graisses

Dans ses études de 1966, le Professeur Wynn a découvert également que les pilules combinées courantes élevaient le taux de graisses du sang : cholestérol, triglycérides et acides gras libres nonestérifiés[6]. La modification la plus frappante était une élévation du pyruvate du sang qui, c'est bien connu, se produit lorsque des hormones surrénales glucocorticoïdes telles que l'hydrocortisone sont données. Les dernières études du Professeur Wynn ont montré que plus la dose ou l'équilibre des œstrogènes sont élevés, ce qui augmente l'effet de la cortisone du corps, plus forte est l'augmentation des graisses du sang.

Risque de crise cardiaque

Voilà quelque chose de très curieux, car les jeunes gens sont plus sujets aux crises cardiaques que les jeunes femmes. Après la ménopause, les taux de graisse du sang chez les femmes se rapprochent de ceux des hommes, et les femmes ménopausées ont à peu près le même risque de crises cardiaques que les hommes.

Depuis des années, on pensait que l'augmentation du risque de maladies artérielles était lié aux taux de cholestérol du sang, lesquels augmentent aussi avec l'âge. Mais on pense actuellement que le risque de crises cardiaques est apparenté aux taux en baisse d'une fraction de cholestérol appelé HDL_2 (lipoprotéine à haute densité). Plus le taux de HDL_2 est bas, plus paraît grandir le risque de durcissement des artères, l'athérosclérose.

En 1982, le Professeur Wynn rapporta que dans un groupe de pilules faiblement dosées, les pilules les plus androgéniques abaissaient plus les taux de HDL_2 que les pilules œstrogéniques. Trente microgrammes à peine de Norgestrel, ou 350 microgrammes de noréthistérone, donnés seuls en pilule à progestatif seul abaissaient de manière significative les taux de HDL_2[7]. Ce qui veut dire que l'accroissement des crises cardiaques était lié aux modifications des graisses induites par les androgènes. Quand une petite quantité d'œstrogènes, 30 microgrammes d'éthinyl œstradiol, était ajoutée à 150 microgrammes de norgestrel, les taux de HDL_2 demeuraient plus bas et il se produisait aussi des altérations significatives des triglycérides et des hydrates de carbone.

Les prévisions du Professeur Wynn se sont avérées justes. Les pilules contraceptives sont à l'origine de changements métaboliques analogues à ceux dus aux stéroïdes anabolisants, mais ces changements sont également similaires à ceux observés pendant la grossesse, lorsque trop de cortisone est sécrétée, provoquant un effet de stress prolongé.

Les problèmes de vésicule biliaire sont deux fois plus à craindre sous pilules fortement dosées en œstrogènes — sept sur mille femmes observées dans l'étude R.C.G.P. — *à cause de l'élévation du cholestérol et des graisses* du sang telles que les triglycérides, mais on a constaté que le progestatif M.P.A. empêchait de façon significative la vésicule biliaire de se vider, augmentant la formation de calculs biliaires [8].

La fonction hépatique

Nous savons que les altérations de l'activité enzymatique dans le foie — usine métabolique du corps — sont cruciales, rendant les femmes qui prennent la pilule de plus en plus allergiques et sensibles à un nombre croissant d'aliments et de produits chimiques. Ce sont surtout les progestatifs qui tendent à ralentir la clairance* du foie. Normalement les hommes et les personnes âgées ont des taux plus lents de clairance que les jeunes femmes. Le tabac, le thé et le café augmentent la clairance du foie. Plusieurs médicaments, y compris des remèdes utilisés pour traiter la tuberculose et l'épilepsie, altèrent la clairance du foie et augmentent les risques de grossesse, spécialement avec des pilules faiblement dosées [9]. Les malades qui prennent des œstrogènes ont davantage tendance à présenter des effets secondaires toxiques avec l'antidépresseur tricylique Imipramine, car les œstrogènes bloquent le métabolisme des médicaments.

* Clairance : épuration.

Les antibiotiques à large spectre, tels que l'ampicilline et la néomycine peuvent agir sur la circulation intestin-foie* des stéroïdes, probablement parce qu'ils détruisent les bactéries de l'intestin, et l'on a signalé des grossesses** et des saignements irréguliers. Chose importante, quand on sait que les femmes sous pilule sont plus exposées à développer des infections.

Si l'on donne de la vitamine C avec de l'éthinyl œstradiol, les deux médicaments rivalisent pour être excrétés par la paroi intestinale. Si l'on donne 1 gramme d'acide ascorbique, les taux d'œstrogènes du plasma s'accroissent de 50 %, ce qui revient à transformer une pilule à dose faible d'œstrogènes, en pilule à haute dose, dépassant la limite fixée en 1969 par le Comité pour la Sécurité des Médicaments. Mais la vitamine C est nécessaire aux mécanismes antioxydants d'épuration du corps, lesquels sont « surmenés » chez les utilisatrices de pilule.

Métabolisme des protéines

Les protéines sont faites de constituants essentiels séparés, appelés amino-acides. Le fromage, en particulier les variétés dites « bleus », contiennent de grandes quantités de tyramine, tandis que le chocolat contient beaucoup de phényléthylamine. Les amines aident à transmettre les influx nerveux, aussi sont-ils impliqués dans le contrôle des humeurs et du comportement. Les mêmes produits chimiques modifient aussi les réactions des vaisseaux sanguins. Quand vous mangez du fromage ou du chocolat, vous pouvez vous sentir bien, mais si vous en mangez trop, vous pouvez attraper la migraine.

La pilule intervertit le métabolisme des protéines et des amines. Les protéines sont séparées dans le foie et suivent deux voies principales : la voie tryptophane-sérotonine et la voie dopamine-adrénaline. Le tryptophane est transporté par le sang, lié aux protéines du plasma qui sont augmentées par les œstrogènes et abaissées par les hormones anabolisantes

* Cycle entéro-hépatique.

** Les antibiotiques, en agissant sur les stéroïdes du cycle entéro-hépatique, détruisent la pilule avant son arrivée au foie... Dans ce cas, elle n'est plus contraceptive.

telles que les progestatifs et les androgènes, lesquel encouragent l'effondrement des protéines.

La sérotonine

Dans les années soixante, on a découvert, pendant les crises de migraines, des taux anormalement élevés de sérotonine et de ses sous-produits. En même temps, on a découvert que les cerveaux des victimes de suicides contenaient trop peu de sérotonine.

La sérotonine provient du tryptophane, lequel est aussi trop bas chez les malades cliniquement déprimés. Comme les œstrogènes augmentent les taux des protéines du plasma, ils libèrent davantage de tryptophane dans le flux sanguin, et ont été utilisés pour traiter la dépression. Mais les œstrogènes de synthèse et les pilules combinées élèvent les taux de cortisone qui accroissent la décomposition enzymatique du tryptophane dans le foie, ce qui peut entraîner une insuffisance de sérotonine. Malheureusement, cette décomposition suit une voie anormale, et en 1966 Dr David Rose, qui travaillait à l'hôpital St. Mary avec le Professeur Wynn, trouva que toutes les utilisatrices de la pilule avaient ensuite des sous-produits de métabolisme anormaux dans les urines[10]. Ces métabolites sont carcinogènes et peuvent entraîner un cancer de la vessie.

Comme les utilisatrices de la pilule disposent de moins de tryptophane pour fabriquer de la sérotonine, elles ont davantage tendance à faire de la dépression. De grandes quantités de vitamines B6 (pyridoxine) sont utilisées dans cette sécrétion accrue de tryptophane, et le Dr Adams a constaté que 40% des femmes montraient les preuves d'une déficience en cette vitamine dans leurs tissus[11]. La vitamine B6 prise avec la pilule peut aider à prévenir la dépression, mais le métabolisme anormal démarre alors plus loin dans le processus, et de nombreuses autres anomalies se produisent alors. Le zinc devient également déficient.

Le Dr Adams a remarqué que lorsque les femmes déficientes en B6 prenaient des suppléments de B6, il y avait une amélioration de leur métabolisme hydro-carboné, et elles avaient moins de métabolites anormaux. Mais le Professeur Wynn a découvert que la tolérance au glucose se détériore avec la prolongation de la durée de prise de la pilule ; ainsi, il est peu probable que les suppléments de B6 ou de zinc puissent aider indéfiniment. Toutes les utilisatrices de la pilule produisent des métabolites anormaux, qu'elles soient ou non déficientes en vitamines. La pyridoxine n'a pas amélioré la tolérance au glucose chez 60% des femmes ayant des taux normaux de vitamine B6. Les suppléments de vitamine B6 améliorent seulement la dépression produite par la pilule chez les femmes qui ont une déficience mesurable en B6, mais n'ont pas d'effet sur les autres [12].

Adrénaline

La vitamine B6 est également nécessaire au métabolisme normal de l'adrénaline. Les œstrogènes et les pilules combinées abaissent les taux de tyrosine du sang. Encore une fois, le métabolisme normal qui produit la dopamine, la noradrénaline et l'adrénaline, est détourné vers un circuit anormal [13].

M.A.O. (Mono amine oxydase)

La sérotonine et l'adrénaline sont toutes deux rendues inactives par l'enzyme M.A.O. Nous savons que les pilules progestatives ont une forte activité, et les pilules d'œstrogènes une faible activité, en M.A.O. dans l'endomètre. Si les amines du cerveau en font autant, il est facile de comprendre pourquoi quelques femmes font de la migraine (amines élevées), d'autres, de la dépression (amines basses) et d'autres encore, les deux, lorsque les taux d'amines fluctuent au-dessous ou au-dessus du taux normal.

C.O.M.T. (Catechol o-methyl transferase)

Une autre enzyme qui absorbe l'adrénaline et la rend inactive quand cela n'est plus nécessaire, c'est la C.O.M.T. À l'hôpital Royal du Comté de Surrey, Université de Guilford et Surrey, nous avons mesuré les taux de C.O.M.T. dans les globules rouges. La plupart des femmes qui souffraient de migraines avaient des taux normaux, mais quelques femmes prenant la même pilule avaient des taux d'activité de C.O.M.T. soit trop élevé, soit trop bas. Presque toutes les femmes qui prenaient de l'ergotamine chaque jour pour prévenir les crises de migraines (accoutumance à l'ergotamine) avaient des taux anormaux[14;15].

Métabolisme des oligo-éléments

La plupart des enzymes du corps nécessitent de petites quantités d'oligo-élements tels que le fer, le zinc et le cuivre, pour agir, comme certaines vitamines, en tant que coenzymes ou catalyseurs de réactions. Encore une fois, comme pour les vitamines, trop ou trop peu peuvent être dangereux. S'il y a une carence d'un oligo-élément clé, un métal de rechange peut lui être substitué, ce qui signifie que l'activité enzymatique peut augmenter ou décroître.

Le cuivre

Le M.A.O. et le C.O.M.T. sont tous deux des enzymes qui contiennent du cuivre. Les modifications les plus importantes provoquées par la pilule dans les oligo-éléments atteignent le cuivre. En 1968, Halsted, Hackly et Smith ont constaté que les femmes qui prenaient la pilule avaient dans le sang des taux de cuivre plus de deux fois plus élevés que la normale, et bien plus élevés que dans la grossesse. Des femmes, qui étaient conscientes d'être atteintes d'effets secondaires, avaient trois fois plus de cuivre[16].

Les œstrogènes et les pilules combinées élèvent les taux de protéines du sang, et le cuivre est fixé à une protéine, la ceruloplasmine. Même des doses aussi faibles que 30 microgrammes d'éthinyl œstradiol doublent les taux de céruloplasmine, élévation qui ne baisse pas avec les pilules combinées[17].

Ceci peut donner au plasma une coloration bleu-vert, ce qui, à l'occasion, a inquiété les banques du sang. *Le tabac élève également le cuivre du sang et la céruloplasmine, aussi une femme qui à la fois fume et prend la pilule a tendance à avoir beaucoup trop de cuivre.* Ces hauts niveaux toxiques de cuivre peuvent être contrôlés par des analyses des cheveux. Le Dr Elisabeth Lodge Rees, une pédiatre américaine qui a une grande expérience de l'utilisation des tests de cheveux en pratique clinique, suspecte toujours l'usage des œstrogènes ou de la pilule quand un échantillon de cheveux présente un degré élevé de cuivre. Les stérilets (D.I.U.) de cuivre peuvent aussi faire monter le cuivre des cheveux, mais n'ont pas, en général, autant d'impact que la pilule.

Le cuivre et le zinc sont antagonistes l'un à l'autre, et il est essentiel pour une fonction enzymatique normale que le rapport correct en cuivre et zinc soit maintenu. Lors de notre étude de la fonction hépatique par le test de clairance à l'antipyrine, nous avons mesuré en même temps le cuivre et le zinc du plasma. La proportion normale cuivre-zinc était de 1,0 pour 1,7. Les malades migraineux avec une fonction hépatique anormale ont des proportions nettement plus élevées. Le taux le plus élevé[5] appartenait à une employée de laboratoire qui avait été, au début, étudiée comme contrôle, mais elle souffrait elle aussi de migraines, fumait et prenait la pilule.

En 1972, Pfeiffer et Iliev découvrirent que certaines schizophrènes qui prenaient la pilule avaient des taux exceptionnellement élevés de cuivre dans le sang[18]. Le taux normal 0,9 à 1,2 microgramme/ml, s'élève à 2,2 microgrammes/ml en fin de grossesse, mais certaines schizophrènes qui prennent la pilule ont des taux de 2,6 à 5,65 microgrammes/ml. Le Professeur Pfeiffer et d'autres lient l'élévation du cuivre à l'élévation de la pression artérielle et aux crises cardiaques, à la dépression et à la psychose du post-partum, et à la prééclampsie dans la grossesse.

Le zinc

Parmi les oligo-éléments, le zinc est l'un des plus importants. Il est nécessaire au fonctionnement normal de plus de 90 enzymes, y compris les phosphates acides et alcalins. Il est essentiel à la division cellulaire normale, à la synthèse des protéines et à la croissance. La stabilité à la fois de l'A.D.N. et de l'A.R.N. requiert la présence de zinc, ce qui signifie qu'une déficience en zinc peut procurer des anomalies chromosomiques*.

* N. du T. Avant de mettre une grossesse en route il est essentiel que la future mère ait un bon équilibre en sels minéraux.

La pilule réduit les taux de zinc. Les adultes ont besoin de 15 mg de zinc chaque jour, et les femmes enceintes, de beaucoup plus. Beaucoup de régimes modernes ont de 10 à 11 mg par jour et la déficience en zinc est fréquente. On peut la suspecter chez des personnes ayant des points blancs sur les ongles, une diminution du goût et qui perdent leur cheveux. Les femmes enceintes et les femmes qui allaitent ont des taux tissulaires inférieurs de 50% à la normale. Le zinc est encore plus bas sous œstrogènes seuls que sous pilule combinée. Un déficit en zinc est particulièrement susceptible de provoquer des désordres immunologiques qui augmentent les risques d'allergies et d'infections. *Si une femme manque de zinc au début de sa grossesse, elle est davantage exposée au risque d'avoir un bébé anormal ou un enfant souffrant de difficultés scolaires ou d'hyperactivité. Le tabac lui aussi est à l'origine de carences en zinc.*

Les carences en zinc peuvent aussi provoquer des lésions localisées sur les vaisseaux sanguins.

Le fer

La plupart des pilules combinées ont une action fortement progestative sur le revêtement interne de la matrice qui devient très mince. Le retour des saignements tend à devenir très insuffisant. Bien que les taux d'hémoglobine demeurent habituellement les mêmes, le fer du sérum s'accroît chez les utilisatrices de la pilule, ce qui est peut-être dû à la mobilisation des réserves de la moelle osseuse. Un petit nombre parmi les utilisatrices de la pilule développent de forts saignements irréguliers, et elles sont plus nombreuses à développer des fibromes que les non-utilisatrices de pilule.

L'étude Walnut Creek de 1981 a rapporté que nettement plus de femmes souffraient d'anémies graves par déficience en fer nécessitant une hospitalisation, si elles avaient pris la pilule ou des œstrogènes.

Le magnésium

Le magnésium est cofacteur de 200 enzymes. L'analyse de la sueur a montré que la carence en magnésium arrive, pour la fréquence, en second rang après la carence en zinc. Le taux de magnésium est abaissé par les œstrogènes et les progestatifs, et dépend de l'équilibre hormonal et de la sensibilité individuelle ; certaines femmes ont un déficit en magnésium provoqué par la pilule. Ceci peut élever les taux d'aldostérone et accroître le risque de maladies vasculaires, de thrombose, d'épilepsie et de modifications du comportement. Dans les années 40 et 50, on utilisait largement le magnésium pour prévenir l'épilepsie, mais maintenant on utilise des anti-épileptiques. Le déficit en magnésium provoque également un grand besoin de sucre.

Le manganèse

Il a tendance à être abaissé par l'utilisation de la pilule, dans la mesure où la vitamine B_6, l'acide folique et les acides gras essentiels sont nécessaires pour l'absorption et l'utilisation du manganèse. Le manganèse est essentiel pour le fonctionnement correct du cerveau, et il est souvent très bas dans les cheveux des enfants dyslexiques ou hyperactifs et chez les épileptiques.

L'iode

La pilule peut bouleverser la fonction thyroïdienne, car l'iode et la thyroxine fixées aux protéines sont en hausse[19]. En théorie, les mécanismes de rétroaction métaboliques et hormonaux peuvent accroître le risque de myxœdème (goître) ou l'hyperthyroïdisme chez les femmes prédisposées.

Le chrome

Il intervient dans le métabolisme des hydrates de carbone, la tolérance au glucose et le diabète. On a constaté un accroissement des diabètes juvéniles, en particulier dans les classes sociales élevées. Cela peut résulter de ce que la prise de pilule a été plus répandue chez les mères des classes sociales élevées. Les enfants sont atteints en priorité (N. du T.).

Appendice II

Noms commerciaux des hormones sexuelles stéroïdiennes mises sur le marché, y compris les contraceptifs oraux

CONTRACEPTIFS ORAUX						
Progestatifs dérivés de la testostérone	Combinés		Séquentiels		Progestatif seul	
Norethistérone acétate	Anovlar	4				
	Gynovlar 21	3				
	Norlestrin	2,5				
	Minovlar	1				
	Orlest 21	1				
	Loestrin 20	1				
Norethistérone	Ortho-Novum *(retiré du marché)*	2				
	Ortho-Novin 1/50	1				
	Norinyl-1	1				
	Norimin	1				
	Neocon 1/35	1				
	Brevionor	0,5	Binovum	0,5 1		

	Ovysmen	0,5	Trinovum	0,5	Micronor	0,35
				0,75		
				0,1	Noriday	0,35
Norethynodrel	Enovid *(retiré)*	10				
	Conovid *(retiré)*	5				
	Conovid E *(retiré)*	2,5				
Ethynodiol diacétate	Métrulen *(retiré)*	2				
	Conova 30	2				
	Ovulen 50	1				
	Demulen	0,5			Femulen	0,5
Lynestrenol	Lyndiol *(retiré)*	5				
	Lyndiol *(retiré)*	2,5				
	Minilyn	2,5				
Levonorgestrel	Eugynon 30	0,25				
	Ovran	0,25				
	Microgynon 30	0,15				
	Ovranette	0,15	Trinordiol	0,05		
				0,075		
				0,125	Néogest	0,075
			Logynon	0,05	Microval	0,03
				0,075		
				0,125		
					Norgeston	0,03
Desogestrel	* Marvelon	0,15				

Acétate de Mégestrol**	Volidan *(retiré)*	4				
			Sequens *(retiré)*			
Norethistérone acétate	Controvlar	3			Trisequens	1
	Norlestrin	2,5				
Norethistérone			Utovlan	5	Menophase	1
						1,5
			Primolut N	5		0,75
Norgestrel	Prempak	0,5				
	Prempak C	0,15				
Levonorgestrel					Cyclo-Progynova 1 mg	0,25
					Cyclo-Progynova 2 mg	0,5
Methyl Testostérone	Mixogen	3,6				
Progestérone					Cyclogest	200
					(suppositoires)	400
Acétate Médroxy-progestérone						
Acétate cyprotérone	Diane	2			Provera	5
					Dépoprovera	50
Dydrogestérone					Duphaston	10
Allyloestrénol					Gestanin	5
Hydroxyprogestérone					Depo Proluton	250

Les pilules combinées contiennent jusqu'à 0,05 mg d'éthinyl œstradiol ou jusqu'à 1,25 mg d'œstrogènes conjuguées.

* Les pilules combinées ou les pilules continues contiennent entre 0,05 mg et 0,02 mg d'éthinyl-oestradiol, excepté le Norinyl et l'Ortho-Novin qui contiennent 0,05 mg de mestranol. Les pilules à dose plus élevée d'œstrogène furent discontinues à cause du risque de thrombose.
** L'acétate de Mégestrol et la chlormadinone furent retirées à cause des tumeurs du sein chez la chienne.

Œstrogènes	Dose fixe		Séquentiels doses variées	
Quinestrol	Estrovis	4		
Allyloestrénol	Gestanin	5		
Piperazine oestrone sulfate	Hazmogen	1,5		
Dienoestrol	Hormofemin (crème)	% 0,025		
Œstriol	Ortho Dienoestrol (crème)	% 0,01		
	Ovestin (crème)	0,25		
Œstriol	Hormonin	0,27		
Œstrone		1,4		
Œstradiol		0,6		
Quinestradol	Pentovis	0,25	Premarin	0,625
				1,25
Œstrogènes conjuguées (équine)	Premarin (crème)	0,625		2,5
			Progynova	1
				2
Œstradiol valerate				
Stilbœstrol	Tampovagan	0,5		

LEXIQUE

Acides et alcalines (phosphatases)	Enzymes contenant du zinc, qui libèrent les phosphates et entrent dans les processus des sécrétions et des divisions de la cellule. Se trouvent dans la matrice et ailleurs. Leurs actions étendues sont altérées par les hormones de la pilule.
A.C.T.H.	Hormones adréno-cortico-trophiques sécrétées par la glande hypophyse et qui régulent la sécrétion des stéroïdes de la surrénale.
Adénomyose	Maladie dans laquelle les tissus glandulaires vivants de la matrice pénètrent dans les muscles de la paroi utérine.
Adrénaline	Hormone contrôlant les réactions « combat et fuite ».
AIDS (SIDA)	Syndrome d'immunodépression acquise.
Aldostérone	Hormone du cortex surrénal contrôlant le métabolisme du sel et de l'eau.
Allergie	Réponse exagérée par réaction Antigène-Anticorps.
Aménorrhée	Absence du saignement menstruel : pas de règle

Aminés (acides)	Acides qui construisent les protéines du corps.
Amnésie	Perte de mémoire.
Anabolique	Hormones qui construisent les protéines et le muscle.
Anatomo-pathologie	Étude des tissus malades au microscope.
Androgène	Hormone masculine, trouvée aussi en petites quantités chez les femmes.
Anévrisme	Sac distendu au point faible d'une artère.
Anti-thrombine III	Facteur du sang qui empêche la formation de caillots.
Artérioles	Très petites artères.
Ascorbique (acide)	Vitamine C.
Bénin	Simple, non malin.
Biochimie	Chimie des organismes vivants.
Cancer	Croissance maligne de cellules qui peuvent s'étendre à d'autres parties du corps.
Carcinogènes	Substances qui peuvent provoquer le cancer.
Cataboliques	Hormones du stress qui arrêtent temporairement le métabolisme cellulaire.
Cérébral	Appartenant au cerveau.
Céruloplasmine	Protéine transportant le cuivre dans le sang. Le taux du cuivre est élevé par les hormones de la pilule.
Cervix	Col de l'utérus.
Cholestérol	Substance grasse produite dans le foie, les glandes surrénales, les ovaires et les testicules, et à partir de laquelle les hormones stéroïdes sont formées.

Choriocarcinome	Une modification maligne, hautement envahissante, se produisant dans une mole hydatiforme qui peut se développer si quelque produit de la conception demeure dans l'utérus après une fausse couche ou un avortement.
Coagulation	Caillots de sang.
C.O.M.T.	Catechol-o-méthyl transferase. Une enzyme contenant du cuivre qui décompose l'adrénaline et qui est altérée par les hormones de la pilule.
Congénital	De naissance.
Contraceptif oral	Hormones femelles modifiées pour être effectivement absorbées lorsqu'elles sont données comme pilules.
Corpus luteum	Corps jaune qui produit les hormones ovariennes au début de la grossesse.
Cortex surrénal	La partie externe des glandes surrénales qui sécrètent les stéroïdes.
Cortisol	Hormones stéroïdiennes surrénales qui altèrent le métabolisme des cellules.
Cortisone	Médicament stéroïdien dont l'action est celle du cortisol.
Diaphragme	Cape vaginale utilisée pour couvrir le col de l'utérus comme moyen de contraception.
Dopamine	Amine dérivée de la décomposition des protéines.
Dyslexie	Difficulté pour apprendre, comprenant habituellement la lecture, l'épellation, l'écriture, l'arithmétique et la mémoire à court terme.
Dysménorrhée	Crampes pelviennes au moment des règles.
Endocrines	Sécrétions hormonales du corps.

Endogènes	Appartenant au corps de l'individu concerné.
Endométriose	Maladie dans laquelle le tissu glandulaire de la matrice pénètre ailleurs, dans l'utérus ou le bassin.
Endomètre	Revêtement intérieur de l'utérus contenant des glandes à sécrétion.
Enzyme	Un catalyseur qui active les réactions chimiques du corps.
Érosion	Zone irritée sur le col de l'utérus.
Exogène	N'appartenant pas au corps de l'individu concerné. Exemple : les hormones fabriquées artificiellement ou les « hormones naturelles » provenant de sources animales ou humaines.
Fœtus	Enfant avant la naissance.
Fibrome	Tumeur bénigne se développant dans l'utérus.
Folique (acide) (Folic Acid)	Vitamine essentielle pour prévenir les anomalies fœtales, diminuée par la pilule et le stress.
F.S.H.	Hormone hypophysaire stimulante du follicule ovarien.
Glandes surrénales	Deux petites glandes placées au-dessus de chaque rein qui sécrètent un élément régulateur des hormones : adrénaline et cortico-stéroïdes.
Glutathion-Péroxydase	Seul enzyme contenant du sélénium lequel prend une part essentielle aux mécanismes anti-oxydants d'épuration du corps. Il est altéré par les hormones de la pilule.
Gynécologue	Médecin spécialisé dans les maladies des femmes.
Hémorragies	Saignements.

H.C.G.	Hormone humaine chorionique gonadotrophique produite par le développement du fœtus.
Histologie	Étude des tissus du corps au moyen du microscope.
Hormone	Messager chimique du corps.
Hydrates de carbone	Substances faites de carbone, d'hydrogène et d'oxygène telles que l'amidon, les sucres et les céréales.
Hypertension	Élévation de la pression du sang.
Hypertension intracranienne bénigne	Élévation de la pression des liquides dans les espaces du cerveau.
Hypothalamus	Partie de la base du cerveau qui contrôle le système endocrinien, y compris la reproduction.
Hystérectomie	Ablation chirurgicale de l'utérus.
Immune	Ayant une résistance.
Intromission	Pénétration dans le vagin pendant le rapport sexuel.
Lactation	Alimentation au sein.
Leucocyte	Globule blanc.
LH	Hormone hypophysaire lutéinique qui stimule le corps jaune en vue de produire la progestérone après l'ovulation.
Libido	Désir sexuel.
Linoléique (acide)	Acide gras essentiel obtenu dans l'alimentation à partir d'huiles végétales.
M.A.O.	Mono-Amine-Oxydase. Enzyme contenant du cuivre qui décompose les amines et est altéré par la pilule.
Mégacaryocyte	Grande cellule « mère » de la moelle qui produit les plaquettes.

Mélanome	Un cancer noir hautement envahissant qui peut se développer à partir d'un naevus de la peau.
Ménopause	Âge où s'arrêtent les saignements menstruels.
Menstruel	Mensuel (relatif aux cycles féminins).
Métabolisme	Réactions chimiques du corps.
Microgramme	La millionième partie d'un gramme.
Migraine	Mal de tête sévère accompagné habituellement de troubles visuels ou de nausées.
Milligramme	La millième partie d'un gramme.
Narcotique	Médicaments sédatifs ou calmants de la douleur entraînant fortement la toxicomanie.
Obstétricien	Médecin qui se spécialise dans la grossesse et l'accouchement.
Œstradiol	Un œstrogène naturel.
Œstrogène	Hormone féminisante.
Œstrogènes conjugués	Un mélange d'œstrogènes chimiquement modifiés pour être facilement excrétés dans l'urine. Voir Premarin.
Ostéoporose	Amincissement de la structure de l'os.
Ovaires	Deux glandes produisant hormones et ovules et situées dans le pelvis ou bas-ventre.
Ovulation	Libération d'un ovule de l'ovaire.
Pancréas	Glande située derrière l'estomac, qui fabrique les sucs digestifs et l'insuline.
Pharmacologie	Étude des médicaments.
La « pilule »	Habituellement, le mélange d'un progestatif et d'un œstrogène.

Pituitaire ou hypophyse	Glande endocrine située à la base du cerveau
Plaquettes	Minuscules cellules du sang, lesquelles interviennent dans la coagulation.
Placenta	Organe hautement vascularisé rattachant le fœtus à l'utérus maternel. Il est l'intermédiaire entre la mère et l'enfant. C'est la plaque nutritive du fœtus.
Prednisone	Un médicament stéroïdien qui agit comme le cortisol.
Prémarin	Œstrogènes conjugués obtenus à partir de l'urine de juments gravides.
Prémenstruel	Peu de jours avant les règles.
Progestatif	Hormone fabriquée artificiellement qui agit comme la progestérone. Appelée « progestine » aux U.S.A.
Progestérone	Hormone stéroïdienne sexuelle féminine, qui prépare la grossesse.
Prostaglandines	Produits chimiques qui aident à contrôler les réactions vasculaires et l'humeur.
Prostate	Glande masculine qui sécrète des produits chimiques dans le sperme.
Psychiatre	Médecin spécialisé dans les maladies mentales.
Psychose	Maladie mentale. Démence. Perte du rapport avec la réalité.
Embolie pulmonaire	Volumineux caillot sanguin qui a « voyagé » depuis les veines des jambes ou des veines pelviennes jusqu'au poumon
Pyridoxine	Vitamine B_6.
Rénine	Hormone du rein, qui contrôle la pression du sang.

Riboflavine	Vitamine B_2, partie du mécanisme antioxydant du corps et altérée par les hormones de la pilule.
Sarcome	Croissance maligne de muscles, d'os, ou autres tissus non glandulaires.
Sarcome de Kaposi	Tumeur maligne vasculaire rare de la peau.
Schizophrénie	Maladie mentale caractérisée par une « rupture de la personnalité » avec des épisodes de pertes de la réalité et souvent des taux élevés de cuivre, et abaissés de zinc.
Séquentiel (traitement séquentiel)	Contraceptif oral ou combinaison hormonale lorsque différentes hormones sont prises à différents jours. Habituellement, l'œstrogène est pris la première partie du mois, avant le début de la pilule combinée.
Sérotonine	Amine dérivée de la décomposition de protéines.
Sinusoïde	Petite veine.
Stéroïde	Un composé chimique qui a ses atomes disposés en quatre anneaux et qui comprend les hormones sexuelles naturelles et les contraceptifs oraux.
Stilbœstrol	Œstrogène synthétique non stéroïdien, connu comme D.E.S. (Diethyl Stilbœstrol) aux U.S.A.
Condensation du stroma	Un épaississement du tissu vivant de l'utérus autour des petites veines.
Hémorragie subarachnoïdienne	Saignement provenant d'un anévrisme dans les tissus qui entourent le cerveau.
Phlébite superficielle	Inflammation et caillots dans une veine superficielle.
Testicules	Deux glandes mâles qui produisent le sperme et les hormones mâles.

Testostérone	Principale hormone masculine produite en grande quantité dans les testicules mâles.
Thrombose	Caillot sanguin qui obstrue vaisseau, artère ou veine.
Triglycérides	Graisses du sang.
Trompes de Fallope	Deux canaux partant de chaque corne de l'utérus et qui s'étendent vers les ovaires. *Lieu principal de la fécondation humaine.*
Tryptophane	Acide aminé essentiel.
Utérus	Matrice. C'est le premier « berceau » maternel.
Vitamine B_6	Pyridoxine. Vitamine nécessaire au métabolisme des amines. Souvent abaissée par les hormones de la pilule à cause d'un métabolisme anormal des amines.
Zinc = oligo-élément	Métal cofacteur nécessaire pour le fonctionnement correct de la reproduction et du système immunitaire. Nécessaire à 90 enzymes. Abaissé par la pilule. Se rencontre dans les huîtres et la viande rouge.

RÉFÉRENCES

Chapitre I

1. a) Paffenbarger, R.S. *et al* (1977) : Cancer risk as related to use of oral contraceptives during fertile years. *Cancer* 39, suppl. 1887
   b) Pike, M.C. *et al* (1981) : Oral contraceptive use and early abortion as a risk factor for breast cancer in young women. *British Journal of Cancer* 43, 72
   c) Harris, N.V. *et al* (1982) : Breast cancer in relation to patterns of oral contraceptive use. *American Journal of Epidemiology* Oct. 643
   d) McPherson, K. *et al* (1983) : Oral contraceptives and breast cancer. *Lancet* 2, 1414
2. Janerich, D.T. *et al* (1977) : Benign Breast Disease and Oral Contraceptive Use. *JAMA* 237, 20, 2199
3. Oral contraceptives (1963) *BMJ* 2, 489 and 550
4. Seaman, B. and Seaman, G. *Women and the Crisis in Sex Hormones.* Bantam Books, New York 1977

Chapitre II

1re partie

1. Mears, E. and Grant, E.C.G. (1962) : Anovlar as an oral contraceptive. *BMJ* 2, 75
2. GRANT, E.C.G. (1965) : Relation of arterioles in the endometrium to headaches from oral contraceptives. *Lancet* 1, 1143
3. GRANT, E.C.G. (1968) : Relation between headaches from oral contraceptives and development of endometrial arterioles. *BMJ* 3, 403
4. Sommerville, B. (1971) : Daily variation in plasma levels of pro-

gesterone and estradiol throughout the menstrual cycle. *American Journal of Obstetrics and Gynecology* 111, 3, 419
5. GRANT, E.C.G. (1978) : Creatures of the Moon. *BMJ* 1, 165
6. GRANT, E.C.G. (1964) : The effects of oral contraceptives on the endometrium. *Journal of Reproduction and Fertility* 8, 275
7. GRANT, E.C.G. (1967) : Hormone balance of oral contraceptives. *Journal of Obstetrics and Gynaecology of the British Commonwealth* 74, 6, 908
8. Mears, E. *et al* (1969) : Preliminary evaluation of four oral contraceptives containing only progestogens. *BMJ* 2, 730

2e partie
1. Jordon, W.M. (1961) : Pulmonary embolism. *Lancet* 2, 1146
2. GRANT, E.C.G. (1969) : Venous effects of oral contraceptives. *BMJ* 4, 73
3. Wright, H.P. in *Medical Physiology and Biophysics* ed. Ruch and Fulton, W.B. Saunders, Philadelphia, 1960
4. Little, K. *Bone Behaviour* Academic Press, London 1973
5. Irey, N.S., Manion, W.C., & Taylor, H.B. (1970) : Vascular lesions in women taking oral contraceptives. *Archives of Pathology* 89, 1
6. Osterholzer, H.O. *et al* (1977) : The effect of oral contraceptive steroids on branches of the uterine artery. *Obstetrics and Gynecology* 49, 2, 227
7. Changing oral contraceptives (1969) *BMJ* 4, 789
8. Inman, W.H.W. *et al* (1970) : Thromboembolic disease and the steroidal content of oral contraceptives : a report to the Committee on Safety of Drugs. *BMJ* 2, 203
9. Bottiger, L.E. *et al* (1980) : Oral contraceptives and thromboembolic disease. Effect of lowering oestrogen content. *Lancet* 1, 1097
10. Bickerstaff, E.R. *Neurological complications of oral contraceptives,* Clarendon, Oxford, 1975
11. Walsh, F.B. *et al* (1965) : Oral contraceptives and Neuro-ophthalmologic interest. *Archives of Ophthalmology* 74, 628
12. Wynn, V. *et al* (1982) : Effect of duration of low-dose oral contraceptive administration on carbohydrate metabolism. *American Journal of Obstetrics and Gynecology* 142, 6, 739

3e partie
1. GRANT, E.C.G. & Mears, E. (1967) : Mental effects of oral contraceptives. *Lancet* 2, 945
2. GRANT, E.C.G. & Pryse-Davies, J. (1968) : Effects of oral contraceptives on depressive mood changes on endometrial monoamine oxidase and phosphatases. *BMJ* 3, 777
3. Vessey M.P. *et al* (1976) : A long term follow-up study of

women using different methods of contraception: an interim report. *Journal of Biosocial Science* 8, 373
4. Dalton, K. *The Premenstrual Syndrome,* Wm. Heinemann Medical Books. London 1964
5 Holding, T.A. *et al.* (1977): Parasuicide in Edinburgh — a seven year review 1968-74. *British Journal of Psychiatry* 130, 534
6. Wexler, L. *et al* (1978): Suicide attempts 1970-75: Updating a United States Study and comparisons with international trends. *British Journal of Psychiatry* 132, 180
7 Hawton, K. & Catalan, J. (1981): Psychiatric management of attempted suicide patients. *British Journal of Hospital Medicine* 25, 4, 365
8. Ramcharan, S. *et al.* The Walnut Creek Contraceptive Drug Study: A prospective study of the side effects of oral contraceptives, III. *Center for Population Research Monograph,* NIH, Bethesda 1981
9. RCGP Oral Contraception Study (1981): Further analysis of mortality in oral contraceptive users. *Lancet,* 541 and Kay, C.R. (1984) Clinics in Obst. and Gyn. 11, 3, 759
10. McClure, G.M.G. (1984): Recent trends in suicide amongst the young. *British Journal of Psychiatry* 144, 134
11. Grant, E.C.G.: Allergies, smoking and the contraceptive pill. In *Biological Aspects of Schizophrenia and Addiction,* ed. G. Hemmings & J. Wiley Chichester 1982
12. Cohen, S. *et al* (1964): Histochemical studies on the human endometrium. *Lancet* 2, 56
13. Southgate, J., Grant E.C.G. *et al* (1968): Cyclical variations in endometrial monoamineoxidase: Correlations of histochemical and quantitative biochemical assays. *Biochemical Pharmacology* 17, 721
14. Michael, R.P. (1976): Hormones and sexual behaviour in the female. *Hospital Practice* 10, 69
15. Pfeiffer, C.C. In *Mental and Elemental Nutrients,* Keats, Conn. 1975

Chapitre III

1. Weindling, H. and Henry, J.B. (1974): Laboratory tests altered by "The Pill". *JAMA* 229, 1762
2. Recent advances in oral contraception (1984). *The British Journal of Family Planning* suppl. 10, 1, 1
3. Back, D.G. *et al* (1984): Pharmacokinetics and potency of contraceptive steroids. *Lancet* 1, 171

Chapitre IV

1. Volans, G.N. & Castledon, C.M. (1976) : Relationship between smoking and migraine. *Postgraduate Medical Journal* 52, 80
2. Grant, E.C.G. *et al* (1978) : Oral contraceptives, smoking and ergotamine in migraine. In *Current Concepts in Migraine Research,* ed. R. Greene, Raven Press, New York, 1978
3. Grant, E.C.G. & Clifford Rose, F. : Smoking and Migraine. In *Smoking and Arterial Disease* ed. R.M. Greenhalgh Pitman Medical, London 1981
4. Petitti, D.B. & Wingerd J. (1978) : Use of oral contraceptives, cigarette smoking and risk of subarachnoid haemorrhage. *Lancet* 2, 234
5. RCGP (1981) : Further analyses of mortality in oral contraceptive users. *Lancet* 1, 541
6. Vessey, M.P. *et al* (1981) : Mortality in oral contraceptive users. *Lancet* 1, 549
7. Grant, E.C.G. (1983) : Cervical cancer and oral contraceptives. *Lancet* 1, 528
8. Hanington, E. (1967) : Preliminary report on tyramine headache. *BMJ* 1, 1007
9. Grant, E.C.G. (1978) : Oral contraceptives, smoking, migraine and food allergy. *Lancet* 2, 581
10. Hanington, E. *et al* (1982) : Platelet aggregation in response to 5HT in Migraine patients taking oral contraceptives. *Lancet* 1, 967

Chapitre V

1. Kalland, T. & Forsberg, J.G. (1981) : Estrogen and Immunity. *Journal of Immunology* 124, 2993
2. Editorial (1969) Oral contraceptives and Immune response. *JAMA* 209, 3, 410
3. Arnason, B.G. & Richman, D.P. (1969) : Effect of oral contraceptives on experimental demyelinating disease. *Arch Neurol.* 21, 103
4. Grant, E.C.G. (1983) : The contraceptive pill : Its relation to allergy and illness. *Nutrition and Health* 2, 33
5. Grant, E.C.G. *et al.* : Hormones and headaches in women. In *Background to Migraine* 6th Migraine Symposium Migraine Trust. London 1974
6. Mackarness, R. : *Not all in the Mind* Pan, London 1976
7. Randolf, T.G. : *Human Ecology and Susceptibility to the Chemical Environment* C.C. Thomas, Illinois 1962
8. Grant, E.C.G. (1979) : Food Allergies and Migraine. *Lancet* 1, 966

9. Lord, G.D.A. & Duckworth, J.W. (1977) : Immunoglobulin and complement studies in migraine. *Headache* 17, 163
10. Fennell, P.G.S. (1983) : Cytotoxic test for food intolerance. *Lancet* 1, 989
11. Capel, I.D., Grant E.C.G. *et al* (1979) : Disturbed liver function in Migraine patients. *Headache* 19, 5, 270
12. Saunders, J.B. *et al* (1981) : A twenty-year prospective study of cirrhosis. *BMJ* 282, 263
13. Horrobin, D. (1984) : Prostaglandins and essential fatty acids. A new approach to the understanding and treatment of alcoholism. *Psychiatry in practice* 3, 21, 19
14. Abraham, G.E. (1980) : Premenstrual tension. *Current problems in Obstetrics and Gynecology* III, 1
15. Editorial (1969) : Oral contraceptives and immune responses. *JAMA* 209, 3, 410
16. Joshi, U.M. *et al* (1971) : Effect of steroidal contraceptives on antibody formation in the human female. *Contraception* 3, 327
17. Hagen, C. & Froland, A. (1972) : Depressed lymphocyte response to PHA in women taking contraceptives. *Lancet* 1, 1185
18. Beaumont, J.L. *et al* (1979) v. chap. VII, Réf. 29
19. Miller, J.B. (1977) : A double-blind study of food extract injection therapy : A preliminary report. *Annals of Allergy* 38, 3, 185
20. Truss, C.O. (1982) : The role of candida albicans in human illness. *Journal of Orthomolecular Psychiatry* 10, 4, 228
21. Mason, P. *et al* (1984) : Induction of ovulation with pulsatile luteinising hormone releasing hormone. *BMJ* 288, 181

Chapitre VI

1. Ramcharan, S. *et al*: The Walnut Creek Contraceptive Drug Study. A prospective study of the side effects of oral contraceptives, III. *Center for Population Research Monograph,* N.I.H. Bethesda, 1981
2. RCGP : *Oral Contraceptives and Health,* Pitman Medical Books, London 1974
3. Vessey, M.P. *et al* (1976) : A long term follow-up study of women using different methods of contraception : an interim report. *Journal of Biosocial Science* 8, 373
4. Vaughan, Paul : *The Pill on Trial,* Weidenfeld and Nicolson, London, 1970
5. Grant, E.C.G. (1974) : Stopping the Pill. *BMJ* 3, 115
6. Beral, V. (1974) : Oral Contraceptives and Health. *Lancet* 1, 1280
7. RCGP (1977) : Mortality among oral contraceptive users. *Lancet* 2, 727
8. Vessey, M.P. (1980 : Female hormones and vascular disease —

An epidemiological overview. *The British Journal of Family Planning* 6, 3, 1

9. Vessey, M.P. *et al* (1981) : Mortality in oral contraceptive users. *Lancet* 1, 549
10. RCGP Oral Contraception Study (1981) : Further analyses of mortality in oral contraceptive users. *Lancet* 1, 541

Chapitre VII

1. Schwallie, P.C. & Mohberg, N.R. (1977) : Medroxyacetate, an injectable contraceptive. *Advanced Planned Parenthood* 12, 149
2. Rinaldo, C.R. *et al* (1980) : Mechanism of immunosuppression in cytomegalovirus mononucleosis. *Journal of Infectious Diseases* 141, 488
3. Detels, R. *et al* (1983) : Relation between sexual practices and T-cell subsets in homosexually active men. *Lancet* 1, 609
4. a) Cervical carcinoma and the pill : a possible link ? (1968) *World Medicine* 4, 6, 1
   b) Melamed, M.R. *et al* (1969) : Prevalence rates of uterine cervical carcinoma in situ for women using the diaphragm or oral contraceptives. *BMJ* 3, 195
5. GRANT, E.C.G. (1982) : Oral Contraceptives and Malignancy. *Clinical Oncology* 8, 2, 97
6. Bamford, P.N. *et al* (1982) : Changing pattern of cervical intraepithelial neoplasia seen in a family planning clinic. *Lancet* 1, 747
7. Vessey, M.P. *et al* (1983) : Neoplasia of the cervix uteri and contraception — a possible adverse effect of the pill. *Lancet* 2, 930
8. Wright, N.H., Vessey M.P. *et al* (1978) : Neoplasia and dysplasia of the cervix uteri and contraception. A possible protective effect of the diaphragm. *British Journal of Cancer* 38, 273
9. Kay, R.C. (1983) : Oral contraceptive and cancer. *Lancet* 2, 1018
10. Robinson, J. : Cancer of the cervix : occupational risks of husbands and wives and possible prevention strategies. In *Pre-clinical Neoplasia of the Cervix* RCOG, London, 1982
11. British Gynaecological Cancer Group (1981) : Oestrogen replacement and endometrial cancer. *Lancet* 1, 1359
12. Pike, M.C. *et al* (1983) : Breast cancer in young women and use of oral contraceptives, possible modifying effect of formulation and age of use. *Lancet* 2, 926
13. Vessey, M.P. *et al* (1971) : Investigation of the possible relationship between oral contraceptives and benign and malignant breast disease. *Cancer* 28, 1395
14. Swyer, G.I.M. (1983) : Oral contraceptives and cancer. *Lancet* 2, 1018

15. Gillmer, M.D.G. (1983) : Breast cancer and oral contraceptives. *Lancet* 2, 1145
16. RCGP (1981) : Breast cancer and oral contraceptives : findings in the Royal College of General Practitioner's Study. *BMJ* 282, 2089
17. Vessey, M.P. *et al* (1981) : Breast cancer and oral contraceptives : findings in Oxford/FPA Study. *BMJ* 282, 2093
18. Report of the panel of persons appointed by the Licensing Authority to hear the application by Upjohn Ltd for a product licence to market the drug Depo-Provera as a long-term contraceptive. Department of Health and Social Security Crown Copyright, 1984
19. Rejecting Scientific advice (1982) *BMJ* 284, 1426
19a. Yovich, J.L. *et al* (1983) : Medroxyprogesterone in in-vitro fertilisation. *Lancet* 1, 711
20. GRANT, E.C.G. (1984) : Cancer and the Pill. *The Ecologist* 14, 2, 68
21. Walnut Creek Study, v. chap. VI, Réf. 1
22. Ory, H.W. (1982) : Non-contraceptive health benefits of pill use. *Family Planning Perspectives* 14, 4, 182
23. The Centers for Disease Control Cancer and Steroid Hormone Study (1983). Oral contraceptives and endometrial cancer. *JAMA* 249, 12, 1600
24. Cramer, D.W. *et al* (1982) : Ovarian cancer and talc : a case-control study. *Cancer* 50, 372
25. The Centers for Disease Control Cancer and Steroid Hormone Study (1983). Oral Contraceptive use and the risk of ovariar cancer. *JAMA* 249, 17, 1596
26. Schoental, R. Carcinogens in plants and micro organisms. In *Chemical Carcinogens* e.d. C.E. Searle. Am. Chem. Soc. Monogr., 173. Washington 1976, p. 626
27. Schoental, R. (1976) : Hazards of oral contraceptives to future generations. *International Journal of Environmental Studies* 9, 81
28. Paffenbarger, R., v. chap. I, Réf. 1
29. Beaumont, J.L. *et al* (1979) : Anti-ethinyloestradiol antibody activities in oral contraceptive users. *Clinical and Experimental Immunology* 38, 445
30. Capel, I.D. *et al* (1981) : The effect of prolonged oral contraceptive steroid use on erythrocyte glutathione peroxidase activity. *Journal of Steroid Biochemistry* 14, 729
31. Fasal, E. *et al* (1975) : Oral contraceptives as related to cancer and benign lesions of the breast. *Journal of the National Cancer Institute* 55, 4, 767
32. Jick, H. *et al* (1980) : Oral contraceptives and breast cancer. *American Journal of Epidemiology* 112, 5, 577
33. MacMahon, B. *et al* (1970) : Age at first birth and breast cancer risk. *Bulletin of the World Health Organisation* 43, 290

34. Drife, J.O. (1981) : Breast Cancer, pregnancy and the pill. *BMJ* 283, 778
35. Kaufman, D.W. *et al* (1984) : Non-contraceptive oestrogen use and the risk of breast cancer. *JAMA* 252, 1, 63
36. Daniel, D.G. *et al* (1967) : Puerperal thromboembolism and suppression of lactation. *Lancet* 2, 287
37. Lingeman, C.H. (1979) : Hormones and hormonomimetic compounds in the etiology of cancer. In *Recent Results of Cancer Research* 66, 1
38. Davies, J.M. (1981) : Testicular cancer in England and Wales : some epidemiological aspects. *Lancet* 1, 928

Chapitre VIII

1. Herbst, A.L. *et al* (1971) : Adenocarcinoma of the vagina : association of maternal stilbestrol therapy with tumour appearance in young women. *New England Journal of Medicine* 284, 878
2. Smith, O.W. (1948) : Diethylstibestrol in the prevention and treatment of complications of pregnancy. *American Journal of Obstetrics and Gynecology* 56, 821
3. Beral, V. & Colwell, L. (1981) : Randomised trial of high doses of stilboestrol and ethisterone therapy in pregnancy : Long term follow-up of the children. *Journal of Epidemiology and Community Health* 35, 155
4. Dickmann, W.J. *et al* (1953) : Does the administration of diethylstibestrol during pregnancy have therapeutic value ? *American Journal of Obstetrics and Gynecology* 66, 1062
5. Shepherd, J.H. *et al* (1979) : Cervical carcinoma in situ in a woman exposed to diethylstilboestrol in utero. *BMJ* 3, 246
6. Schoental, R. : Behavioural and other effects of secondary metabolites of certain fusarium species. In *Behavioural Models and the Analysis of Drug Action.* Proc. of the 27th OHOLO confer. Israel. Eds. Spiegelstein and Levy. Elsevier Scientific Pub. Co. Netherlands. 1982
7. Matlai, P. & Beral, V. (1985) : Trends in congenital malformations in external genitalia. *Lancet* 1, 108
8. Delanoe, D. *et al* (1984) : Androgenisation of female partners of men on medroxyprogestrone acetate/percutaneous testosterone contraception. *Lancet* 1, 276
9. Kirkwood, K. *et al* (1983) : Oral contraceptive use and the occurrence of pituitary prolactinoma. *JAMA* 249, 16, 2204
10. Dodds, E.C. (1961) : Rhyme and reason in endocrinology. *Journal of Endocrinology* 23, 3
11. Lodge Rees, E. (1981) : The Concept of Preconceptual Care *International Journal Of Environmental Studies* 17, 37
12. a) Grant, E.C.G. (1981) : The harmful effects of common

social habits, especially smoking and using oral contraceptive steroids on pregnancy. *International Journal of Environmental Studies* 17, 57

b) GRANT, E.C.G. (1982): Environmental and pollutional effects upon the learning skills of young children. *Dyslexia Review* 5, 1, 29

c) GRANT, E.C.G. (1983): Recent advances in understanding toxic and teratogenic effects of hormones. In *The Next Generation: Avoiding damage before birth in the 1980s* Foresight

13. The Association for the Promotion of Pre-conceptual care. *Guidelines for Future Parents* Foresight, Witley, Surrey. 1984
14. Capel, I.D., GRANT E.C.G. *et al* (1981): Comparison of concentrations of some trace, bulk and toxic metals in the hair of normal and dyslexic children. *Clinical Chemistry* 27, 879
15. Rimland, B. & Larson, G.E. (1983): Hair mineral analysis and behaviour: An analysis of 51 studies. *Journal of Learning Disabilities* 16, 5, 1
16. Davies, S.: Zinc nutrition and health. In *The Yearbook of Nutritional Medicine* ed. J. Bland. Keats, New Cannan, Conn. 1984
17. Barnes, B. & Colquhoun, J.: *The Hyperactive Child — What the family can do,* Thorsons, Wellingborough, Northamptonshire. 1984
18. Bryce-Smith, D.: Environmental influence on prenatal development. In *The Next Generation. Avoiding damage before birth in the 1980s* Foresight, Witley, Surrey. 1983
19. Hurley, L.S. (1968): The consequences of fetal impoverishment. *Nutrition Today* 3, 2
20. Oberleas, D. *et al* (1972): Trace elements and behaviour. *International Review of Neurobiology* Suppl. 1, 83
21. Beach, R.S. *et al* (1983): Persistent immunological consequences of gestational zinc deprevation. *American Journal of Clinical Nutrition* 38, 579
22. Rimland, B. & Larson, G.E. (1981): The manpower quality decline. *Armed Forces and Society* 8, 1, 21
23. Goh, K.G. (1967): Chromosomal breakages in women taking birth control pills. SS AFC (Report) Oak Ridge Ass. Universities, 106, 97
24. Bala Krishna Murthy, P. & Prema, K. (1979): Sister-chromatid exchanges in oral contraceptive users. *Mutation Research* 68, 149
25. Lejeune, J. & Prieur, M. (1979): Oral contraceptives and Trisomy 21: A retrospective study of 730 cases. *Annals of Genetics* 22, 2, 61
26. Vessey, M.P. *et al* (1979): Outcome of pregnancy in women using different methods of contraception. *British Journal of Obstetrics and Gynaecology* 86, 548
27. Gal, I. (1973): Variations in the incidence of congenital malfor-

mations in spontaneous abortions, stillbirths and artificially interrupted pregnancies. *Human Genetics* 20, 367
28. Gal, I. *et al* (1967) : Hormonal pregnancy tests and congenital malformations. *Nature* 216, 83
29. Nora, J.J. *et al* (1978) : Exogenous progestogen and estrogen implicated in birth defects. *JAMA* 240, 9, 837
30. McCredie, J. *et al* (1983) : Congenital limb defects and the pill. *Lancet* 2, 623
31. Robertson, W.F. (1962) : Thalidomide (Distaval) and vitamin B deficiency. *BMJ* 1, 792
32. Capel, I.D. *et al* (1980) chap. VII, Réf. 30
33. Jofen, J. : Long-range effects of medical experiments in concentration camps (the effect of administration of estrogen to the mother on the intelligence of the offspring). In *The Fifth World Congress of Jewish Studies,* Jerusalem 2, 55 1972
34. Potts, M. *et al* (1982) : The Puerto Rico oral contraceptive study : An evaluation of methodology and results of a feasibility study. *The British Journal of Family Planning* 7, 99
35. Saenz de Rodriguez, C.A. & Toro-Sola, M.A. (1982) : Anabolic Steroids in meat and premature telarche. *Lancet* 1, 1300
36. Harlap, S. & Davies, M. *The Pill and Births : The Jerusalem Study* National Institute of Child Health and Development, Bethesda USA, 1978
37. Gal, I. & Parkinson, C.E. (1973) : Changes in serum vitamin A levels during and after oral contraceptive therapy. *Contraception* 8, 1, 13
38. Smithels, R.W. *et al* (1980) : Possible prevention of neural tube defects by preconceptional vitamin supplements. *Lancet* 1, 339
39. Morley, C.J. *et al* (1982) : Surfactant abnormalities in babies dying from sudden death syndrome. *Lancet* 1, 1320
40. McClure, G.M.C. (1984), v. chap. II, Part. 3, Réf. 10

Chapitre IX

1. Vessey, M.P. *et al* (1976) : A long-term follow-up study of women using different methods of contraception : an interim report. *Journal of Biosocial Science* 8, 373
2. Jarrett, J.C. & Spellacy, W.N. (1983) : Contraceptive Practices of Female Runners. *Fertility and Sterility* 39, 374
3. Schangold, M.M. & Levine, H.S. (1983) : The Effect of Marathon Training on Menstrual Function. *American Journal of Obstetrics and Gynecology,* 143, 862
4. Flynn, A. & Brooks, M. : *A Manual of Natural Family Planning,* George Allen and Unwin, London 1984
5. *The Billings Method,* Dr Billings, Evelyn, & Westmore, Ann, Penguin, 1982

6. World Health Organisation (1983) : Prospective multicentre trial of ovulation method of natural family planning. Characteristics of the menstrual cycle and the fertile phase. *Fertility and Sterility* 40, 773
7. Anon. (1983) : Gloomy outlook for new male contraction. *Pharmaceutical Journal* Jan. 1 and 8, 21
8. Wortman, J.S. & Sciarra, J.J. (1974) : Control of Male Fertility : Report of a Workshop. *Contraception* 10, 561
9. Bledin, K.D. *et al* (1984) : Psychological sequelae of female sterilisation : short term outcome in a prospective controlled study. *Psychological Medicine* 14, 379
10. Goldacre, *et al* (1983) : Cardiovascular disease and vasectomy. *New England Journal of Medicine* 308, 805
11. *Saying No Isn't Always Easy* The Responsible Society. Family and Youth Concern. Wicken Milton Keynes 1980
12. Greer Germaine, *Sex and Destiny,* Secker & Warburg, London 1984

Appendice I

1. Greene, R. & Dalton, K. (1953) : The Premenstrual Syndrome. *BMJ* 1, 1007
2. Little, K., v. chap. II, Part. 2, Réf. 4
3. Wynn, V. & Doar, J.W.H. (1966) : Some effects of oral contraceptives on carbohydrate metabolism. *Lancet* 1, 715
4. Wynn, V. *et al,* v. chap. II, Part. 2, Réf. 12
5. a) Spellacy, W.N. *et al* (1975) : Effects of norethindrone on carbohydrate and lipid metabolism. *Obstetrics and Gynaecology* 45, 560
   b) Spellacy, W.N. *et al* (1976) : Carbohydrate and lipid metabolic studies before and after one year of treatment with ethynodiol diactate in "normal" women. *Fertility and Sterility* 27, 900
   c) Spellacy, W.N. *et al* (1976) : Lipid and carbohydrate metabolic studies after one year of megestrol acetate treatment. *Fertility and Sterility* 27, 157
   d) Spellacy, W.N. *et al* (1981) : Prospective studies of carbohydrate metabolism in "normal" women using norgestrel for eighteen months. *Fertility and Sterility* 35, 167
6. Wynn, V. *et al* (1966) : Some effects of oral contraceptives on serum-lipid and lipo protein levels. *Lancet* 1, 720
7. Wynn, V. *et al* (1982) : The effect of progestins in combined oral contraceptives on serum lipids with special reference to high density lipo proteins. *American Journal of Obstetrics and Gynecology* 142, 6, 766
8. a) RCGP Oral Contraception Study (1982) : Oral contracep-

tives and gall bladder disease. *Lancet* 2, 957
b) Shaffer, E.A. *et al* (1984) : The effect of a progestin on gall bladder function. *American Journal of Obstetrics and Gynecology* 148, 504
9. Orme, M.L.E. *et al* (1984) : Drug interactions with oral contraceptive steroids. *British Journal of Family Planning* 10, 1, 19
10. Rose, D.P. (1966) : Excretion of xanthurenic acid in the urine of women taking progestogen-oestrogen preparations. *Nature* 210, 5032, 196
11. Adams, *et al* (1976) : Influence of oral contraceptives, pyridoxine (vit. B6) and tryptohan on carbohydrate metabolism. *Lancet* 1, 759
12. Adams *et al* (1973) : Effect of pyridoxine hydrochloride (vit. B6) upon depression associated with oral contraception. *Lancet* 1, 897
13. Rose, D.P. & Cramp, D.G. (1970) : Reduction of plasma tyrosine by oral contraceptives and oestrogens : a possible consequence of tyrosine amino transferase induction. *Clinica Chemico Acta* 29, 49
14. GRANT, E.C.G. *et al*: Hormones and headaches in women. In *Background to Migraine,* 6th Migraine Symposium, Migraine Trust, London 1974
15. GRANT, E.C.G. (1975) : The influence of hormones on headache and mood in women. *Hemicrania* 6, 4, 2
16. Halsted, J.A. *et al* (1968) : Plasma-zinc and copper in pregnancy and after oral contraception. *Lancet* 2, 278
17. Fotherby, K. (1984) : Metabolic effects of low dose combined oral contraceptives. *British Journal of Family Planning* 10, 1, 15
18. Pfeiffer, C.C. & Iliev V. : A study of zinc deficiency and copper excess in the schizophrenias. In *International Review of Neurobiology* supp. 1, Academic Press, New York, 1972
19. Shatz, D.L. *et al* (1968) : Effects of oral contraceptives and pregnancy on thyroid function. *Canadian Medical Association Journal* 99, 882

Achevé d'imprimer en mars 1990
sur presse CAMERON
dans les ateliers de la S.E.P.C.
à Saint-Amand-Montrond (Cher)
pour le compte des Editions de l'O.E.I.L.

N° d'imp. 563.
Dépôt légal : mars 1990.

Imprimé en France